Vom Drachen geheilt

Die Stonefire-Drachen
Buch 8

Jessie Donovan

Mythical Lake Press, LLC

Impressum

Dies ist eine erfundene Geschichte. Namen, Charaktere, Orte und Vorfälle sind entweder ein Fantasieprodukt der Autorin oder werden fiktional verwendet. Jegliche Ähnlichkeit mit Personen, ob lebend oder tot, Firmen, Ereignissen oder Orten ist rein zufällig.

Vom Drachen geheilt
Englisches Copyright © 2016 Laura Hoak-Kagey
Deutsches Copyright © 2024 Laura Hoak-Kagey
Deutsche Übersetzung von Anna Drago und Katrin Dolle
Mythical Lake Press, LLC
www.JessieDonovan.com

Cover-Art von Laura Hoak-Kagey von Mythical Lake Design

ISBN: 979-8891560208

Die Stonefire Drachen und Lochguard Highland Drachen Serien sind miteinander verflochten. Da so viele Leser nach der Lesereihenfolge fragen, habe ich sie in dieses Buch aufgenommen. (Diese Liste gilt ab April 2026.)

Dem Drachen geopfert (Stonefire Drachen #1)

Den Drachen verführen (Stonefire Drachen #2)

Die Drachen offenbaren (Stonefire Drachen #3)

Den Drachen heilen (Stonefire Drachen #4)

Den Drachen wiedererwecken (Stonefire Drachen #5)

Das Dilemma des Drachen (Lochguard Highland Drachen #1)

Vom Drachen geliebt (Stonefire Drachen #6)

Der Drachenwächter (Lochguard Highland Drachen #2)

Dem Drachen ergeben (Stonefire Drachen #7)

Das Drachenherz (Lochguard Highland Drachen #3)

Vom Drachen geheilt (Stonefire Drachen #8)

Der Drachenkrieger (Lochguard Highland Drachen #4)

Dem Drachen helfen (Stonefire Drachen #9)

Den Drachen finden (Stonefire Drachen #10)

Vom Drachen ersehnt (Stonefire Drachen #11)

Die Drachenfamilie (Lochguard Highland Drachen #5)

Skyhunter gewinnen (Stonefire Drachen Universum #1)

Kapitel Eins

D r. Cassidy „Sid" Jackson presste die Hände an die Schläfen und rollte sich auf ihrem Bett zu einer Kugel zusammen. Das unaufhörliche Pochen war schlimm genug, aber es fühlte sich an, als würde etwas versuchen, ihr Gehirn zu durchschlagen.

Es war fast so, als versuchte ein Drache, sich zu befreien.

Egal, wie sehr sie sich bemühte und die Mauer aufbrechen wollte, um das Hämmern zu stoppen, nichts passierte. Nach drei Stunden Kampf war Sid kurz davor aufzugeben.

Sie knirschte mit den Zähnen und schob das Gefühl beiseite. Diese innere Schlacht führte sie nun schon seit über zwanzig Jahren, und sie hatte nicht vor aufzugeben. Die Leute von Stonefire verließen sich auf sie. Auch wenn in ein paar Wochen ein neuer Junior-Arzt eintraf, wäre Stonefire ungeschützt, wenn Sid sich jetzt dem Wahnsinn hingeben würde.

Als Erinnerungen an Geburten, Todesfälle und sogar das Richten von Knochen in ihrem Geist aufblitzten, ließ das Hämmern einen Bruchteil nach. Sid war der Grund, dass so viele Clanmitglieder durchgekommen waren und überlebt hatten. Dem Wahnsinn nachzugeben wäre egoistisch.

Sie stieß ein Knurren aus und drückte gegen die unsichtbare Wand in ihrem Kopf. *Stopp! Der Clan braucht uns.*

Das Klopfen hörte für einen Moment auf, bevor es wieder begann, wenn auch leiser. Die veränderte Lautstärke signalisierte normalerweise, dass Sid kurz davor war, sich selbst in den Griff zu bekommen.

Ich muss nach Nikkis und Samiras Babys sehen. Außerdem sollte ich Brams Herz untersuchen, nach den Schmerzen in seiner Brust gestern. Alle könnten sterben, wenn ich nicht arbeiten kann.

Die Geisterkraft hörte auf zu hämmern.

Sid zählte bis sechzig, ließ ihren Kopf los und rollte auf den Rücken, während sie tief Luft holte. Wenn sich das Muster all ihrer früheren Anfälle nicht geändert hatte, hatte sie den Kampf vorerst gewonnen.

Sid starrte an die Decke ihres Schlafzimmers und fragte sich, ob sie auch das nächste Mal gewinnen würde. Die erhöhte Häufigkeit ihrer Anfälle war einer der Gründe, warum sie so darauf gedrängt hatte, einen neuen Arzt aus dem Clan

Snowridge anzunehmen. Während Bram Zweifel an der Loyalität des walisischen Drachen-Clans hatte, hatte Kai, Stonefires oberster Beschützer, Trahern Lewis gründlich überprüft und ihm grünes Licht gegeben.

Sid glitt von ihrem Bett und ging zu ihrer Kommode. Die Morgendämmerung mochte noch zwei Stunden entfernt sein, aber auf keinen Fall könnte sie jetzt noch schlafen. Nur eine Laufrunde würde ihr helfen, sich zu konzentrieren, und ihr erlauben, wieder zu Verstand zu kommen. Sie könnte sogar den Anschein von Frieden gewinnen, wenn auch nicht lange.

Sie wechselte ihre Kleidung und sah sich ihr Bild im Spiegel an. Ihre Wangenknochen waren ausgeprägter, als es ihr gefiel, und die Flecken unter ihren Augen waren dunkler als sonst. Die nun häufigeren innerlichen Kämpfe forderten ihren Tribut. Wäre sie ihre eigene Patientin gewesen, hätte sie einen Urlaub empfohlen.

Aber sie war nicht irgendjemand – sie war Sid Jackson. Die Arbeit hielt sie geerdet. Sie gab ihr die Energie zu kämpfen. Ein oder zwei Wochen ohne sie könnten ihr Ende sein.

Sie wandte sich vom Spiegel ab und begann eine Reihe von Dehnübungen. Obwohl sie nicht den Wunsch hatte, dem Wahnsinn nachzugeben und ihre Tage an ein Bett gefesselt zu verbringen, würde es eher früher als später passieren. Alles, was sie in der Gegenwart tun konnte, war, weiterzukämpfen, bis sie den Juniorarzt ausgebildet hatte, damit der ihren Platz einnahm.

Sie hoffte nur, dass sie für niemanden eine Gefahr darstellte, bis das passierte.

Nachdem sie ihre Laufschuhe zugebunden hatte, verließ Sid ihr Zimmer und ging die Treppe hinunter. Sobald sie zur Hintertür hinausgeschlichen war, sah sie zum Himmel auf. Die Wolken hielten die Sterne vor ihr verborgen, aber sie wusste, dass sie dennoch durchscheinen würden. Noch so viele Jahre, nachdem sie als Kind mit ihrem jüngeren Bruder und ihrem Vater die Sterne beobachtet hatte, kannte Sid sie wie ihre Westentasche.

Anstatt an ihre schon lange nicht mehr lebende Familie zu denken, joggte Sid an den Rand des Clan-Landes. Der Wind gegen ihre Wangen, kombiniert mit dem gleichmäßigen Rhythmus ihrer Arme und Beine, half ihr, die Nerven zu beruhigen. Das war das, was für sie dem Fliegen noch am nächsten kam, ohne in einem verdammten Hubschrauber zu sitzen.

Nein. Sie würde nicht ans Fliegen denken. Immer wenn sie an etwas dachte, das sie ohne ihre Drachengestalt vermisste, brachte es das höllische Pochen zurück.

Sie leerte ihren Verstand, hielt ein zügiges Tempo, folgte dem Rand des Clan-Landes und wünschte sich, sie könnte die Bäume und das Unterholz mit ihren Fingern berühren. Aber in den letzten anderthalb Jahren hatte Stonefire-Führer Bram seine Verteidigung aufgebaut und die Natur war unerreichbar. Nicht, dass sie ihm angesichts der vielen Angriffe auf Stonefire einen Vorwurf daraus machen könnte.

Vielleicht konnte sie sich rausschleichen und den Hügel neben dem Land ihres Clans hinaufrennen.

Nein, das würde sie nicht riskieren.

Sid lief zurück in Richtung ihres Cottages, als sie oben am Kopf ein plötzliches Stechen verspürte und Schmerzen durch ihren Körper rasten. Während sie zu Boden stürzte, bemerkte Sid die kleine Form einer fliegenden Drohne, bevor die Welt schwarz wurde.

Dr. Gregor Innes vom Clan Lochguard lauschte noch ein paar Sekunden auf den Herzschlag des kleinen Jamie MacDonald-MacKenzie, bevor er sich mit einem Lächeln zurückzog. „Der Junge ist so gesund wie ein ausgewachsener Drache."

Fergus MacKenzie, der Adoptivvater des Kleinen, runzelte die Stirn. „Sicher? Seine Temperatur ist etwas erhöht."

„Da ich ein jahrelanges Medizinstudium und fast zwei Jahrzehnte Praxis hinter mir habe, bin ich mir ziemlich sicher, dass ich weiß, was ich tue", sagte Gregor gedehnt.

Gina MacDonald, Fergus' amerikanische Gefährtin und Jamies Mutter, klopfte Fergus auf die Brust. „Achte gar nicht auf ihn. Er ist in letzter Zeit überfürsorglich. Ich glaube, das liegt daran, dass er gegen den Rausch ankämpft."

Fergus knurrte. „Der kleine Jamie ist erst vier Monate alt. Du musst dich ausruhen."

„Von mir wirst du keine Beschwerde hören. Aber es macht dich immer noch launisch."

Als Gregor das Stethoskop um seinen Hals legte, hielt er ein Lächeln auf seinem Gesicht. Nur weil er vor all den Jahren seinen eigenen Sohn und seine Gefährtin während der Geburt verloren hatte, gab ihm das nicht das Recht, auf andere neidisch zu sein.

Sein Drache meldete sich zu Wort. *Wir könnten eine neue Gefährtin haben, und du weißt, wer es ist.*

Der scharfe Blick und die sachliche Art von Cassidy Jackson blitzten ihm in den Kopf. *Nein, können wir nicht. Selbst, wenn sie etwas anderes als ihre Arbeit auch nur ansehen würde, ist sie fast vierzig und das Risiko einer Geburt zu groß.*

Ist das nicht ihre Entscheidung?

Gregor ignorierte sein Tier und konzentrierte sich wieder auf das streitende Paar. Er räusperte sich. Sobald die beiden ihn ansahen, sagte er: „Bringt Jamie nach Hause, kuschelt mit ihm und lasst ihn schlafen. Er ist nur ein wachsender kleiner Junge. Kleine Temperaturschwankungen sind in diesem Alter ziemlich normal." Gregor stand auf. „Wenn seine Temperatur weiter steigt, habt ihr meine Nummer."

Gina nickte. „Vielen Dank, Dr. Innes."

Fergus grunzte nur, bevor er seinen Sohn hochhob. Er kuschelte den Jungen mit einem Arm, zog Gina mit dem anderen eng an sich und führte seine Familie aus dem Raum. Als die Tür ins Schloss fiel, seufzte Gregor und schloss die Augen. Während er hart daran arbeitete, sicherzustellen, dass alle im Clan gesund waren, war die Arbeit mit Babys am schwierigsten. Aber er sollte verdammt sein, wenn er zuließe, dass irgendwas einen Gefährten und ein Kind von einem anderen Paar in Lochguard nähme.

Sein Drache schnaubte. *Manchmal liegt es außerhalb deiner Kontrolle.*

Gregor sah es nicht so. Es gab immer wissenschaftliche Fortschritte und neue Methoden zu versuchen.

Anstatt sich zu streiten, wandte er sich jedoch an den Computer, um seine Notizen abzutippen. Gerade als er die Informationen gespeichert hatte, klopfte jemand an die Tür. Er hob seine Stimme: „Herein!"

Die Tür öffnete sich für Finlay Stewart, den Anführer des Lochguard Clans. Finn kam herein, schloss die Tür hinter sich und fragte ohne lange Vorrede: „Hast du irgendwelche Fälle, die Layla nicht allein bewältigen kann?"

Layla MacFie war Lochguards Juniorärztin. „Nein. Schließlich hat sie ihre Ausbildung fast abgeschlossen. Warum?"

Finn senkte die Stimme. „Ich schicke dich nach Stonefire."

Stonefire war der nordenglische Drachenclan

11

und Lochguards engster Verbündeter. „Hättest du die Güte, mir noch ein paar Details mitzuteilen?"

Finn schüttelte den Kopf. „Nicht hier. Wir müssen zum Zentralkommando der Beschützer, da ist es sicherer."

Auch wenn Finn jung und erst seit einigen Jahren Clanführer war, hatte er Gregors Vertrauen mehr als verdient. „Aye, nun, worauf warten wir dann noch?"

Finn schlug ihm auf den Bizeps. „Wusste ich doch, dass ich dich mag. Vielleicht könntest du meiner Gefährtin beibringen, wie man nicht eine Million Fragen stellt."

Einer von Gregors Mundwinkeln zuckte nach oben. „Du genießt es. Du magst nur nicht, dass sie dich nicht immer ernst nimmt."

„Vielleicht." Finns Gesicht wurde ernst. „Ara, können wir später diskutieren. Meine Angelegenheit ist zeitkritisch."

Die beiden Männer verließen den Raum und gingen zügig auf das befestigte Gebäude nahe dem vorderen Teil des Clans zu. Während Gregor sich mit Schweigen begnügte, meldete sich sein verdammter Drache zu Wort. Sie *ist auf Stonefire*.

Nein, Drache. Ich mache mich nicht an Cassidy ran.

Das werden wir sehen.

Glücklicherweise schwieg sein Tier für den Rest des Wegs. Zweifellos schmiedete sein Drache insgeheim Pläne, was schon einiges erforderte, wenn man bedenkt, dass sie sich ein Gehirn teilten.

Die Wissenschaft hinter den beiden Persönlichkeiten in einem Drachenwandler hatte Gregor schon immer fasziniert. Sobald Layla bereit war, vollwertige Oberärztin zu werden, konnte er sein Interesse vielleicht noch tiefergehend verfolgen. Es gab zu viele offene Fragen über die Wissenschaft seiner Art.

Doch als die befestigte Front des Zentralkommandos in Sicht kam, vergaß Gregor all seine Interessen und konzentrierte sich auf die vorliegende Frage. Finn hatte ihn noch nie nach Stonefire geschickt, und er hoffte, dass der Grund nicht ein Angriff auf die englischen Drachenwandler war. Normalerweise halfen Ärzte unterschiedlicher Clans einander nur in einem solchen Fall. Zumindest bis vor Kurzem. Layla arbeitete daran, Beziehungen zu einigen anderen aufzubauen, und Gregor unterstützte ihre Bemühungen.

Nachdem Finn einen Korridor hinuntergegangen war, führte er ihn schließlich in einen kleinen Konferenzraum. Grant, Lochguards oberster Beschützer, saß an dem kleinen Tisch. In dem Moment, als die Tür hinter Gregor ins Schloss fiel, fing Finn wieder an zu reden. „Stonefires Ärztin wurde angegriffen."

Gregor runzelte die Stirn. „Cassidy ist verletzt?"

„Aye", antwortete Gregor. „Es war in den frühen Stunden vor Sonnenaufgang. Obwohl niemand etwas gehört hat und Stonefire nicht weiß, was passiert ist. Dr. Sid wurde von einem Clanmitglied gefunden, kurz nach Sonnenaufgang."

Gregors Drache brüllte. *Wir müssen uns um sie kümmern und denjenigen finden, der ihr wehgetan hat.*

Ruhig, Drache. Lass uns erst einmal die Fakten hören."

„Wenn du mich schickst, dann ist sie wohl bewusstlos?", fragte Gregor.

Finn antwortete: „Aye. Bram bittet darum, dass du nach Stonefire kommst. Bis er herausfindet, was passiert ist, müssen alle Drachen am Boden bleiben. Wie schnell kannst du so weit sein?"

„Zwanzig Minuten. Ich möchte einen Teil meiner Arztausrüstung einpacken."

„Gut. Iris wird mit dir fahren, nur für den Fall. Sie wird auch Stonefire helfen, zu untersuchen, was passiert ist."

Iris war eine von Lochguards Beschützerinnen und ihr bester Tracker. „Ich würde Iris mein Leben anvertrauen."

Grant ergriff erneut das Wort. „Bevor du gehst, bekommst du von mir einige Informationen, die du an Stonefires obersten Beschützer Kai weitergeben kannst. Nur für den Fall, dass dieser Angriff mit dem in Zusammenhang steht, den wir vor vier Monaten in Lochguard hatten."

Der verheerende Angriff hing Gregor noch nach. Nicht nur wegen der großen Zahl von Verletzten, sondern er hatte ihm seine Schwester und seine

Nichte genommen. „Wenn das die verdammten Lochguard-Verräter oder die amerikanischen Drachen waren, dann schwöre ich, werde ich sie selbst verfolgen."

Finn verschränkte die Arme vor der Brust. „Nein, Gregor. Deine Fähigkeiten werden als Arzt benötigt. Bis Dr. Sid sich erholt, bist du die einzige Person, die Stonefire zusammen- und in Kampfform halten kann, wenn es weitere Angriffe gibt."

Sein Tier meldete sich zu Wort. *Er hat recht. Außerdem ist unser Platz bei Cassidy. Wir müssen nach ihr sehen.*

„Na schön. Aber wenn mir einer über den Weg läuft, werde ich mich nicht zurückhalten, Finn."

„In Ordnung", erklärte Finn. „Aber genug geredet vorerst. Hol dir, was du brauchst, und komm in zwanzig Minuten zu uns. Je früher du aufbrichst, desto schneller kannst du zurückkehren."

Mit einem Nicken verließ Gregor den Raum. Auf dem Weg aus dem Gebäude und in Richtung seines Cottages versuchte er, sich nicht Cassidy bewusstlos in einem Krankenhausbett vorzustellen, mit Schläuchen, die aus ihrem Körper kamen.

Er ballte die Fäuste und beschleunigte sein Tempo. Obwohl Gregor nicht die Absicht hatte, Cassidy zu beanspruchen, gefiel ihm der Gedanke nicht, dass sie verletzt und hilflos war. Auch wenn sie nicht offiziell seine Gefährtin war, würde Gregor während seiner Zeit in Stonefire ihr Beschützer sein. Die Frau hatte genug mit ihrem stillen Drachen gelitten; sie brauchte nicht auch noch langanhaltende körperliche Verletzungen.

Der schwierige Teil wäre, für längere Zeit in Cassidys Nähe zu sein und ihr zu widerstehen.

Sein Drache lachte im Hinterkopf. *Warte, bis sie aufwacht. Du wirst keine Chance haben.*

Verdammter Drache. Auf wessen Seite stehst du eigentlich?

Auf meiner.

Manche hatten kooperative oder clevere Drachen. Gregors schien immer darauf aus zu sein, ihm das Leben schwer zu machen.

Sein Tier schnaubte. *Ich bin clever. Du bist nur spießig und hast Angst, ein Risiko einzugehen.*

Anstatt zuzugeben, dass die Worte seines Drachen ein wenig Wahrheit enthielten, stürmte Gregor in sein Cottage und packte. Cassidy brauchte seine Hilfe, und er wollte sie ihr nicht verwehren.

Kapitel Zwei

Sid war in der Dunkelheit gefangen. Ohne Geräusche, Wind und Gerüche fragte sie sich, ob sie vielleicht lebendig begraben worden war.

Sie saß in diesem kleinen, leeren Gefängnis fest, seit wer weiß wie viele Stunden. Wenn sie noch länger bliebe, würde sie den Verstand verlieren.

Dann begann das Hämmern und nahm links in ihr an Frequenz zu. Aus Neugier klopfte sie an die Wand. Nach einer kurzen Pause hallte der gleiche Rhythmus, den sie geklopft hatte, von der anderen Seite wider.

Etwas Intelligentes war da, aber was?

Sie tastete zum zehnten Mal in dem Raum herum, und ihre Finger fühlten nur Glätte. Es gab nichts, woran man sich festhalten konnte, nicht einmal ein kleines Loch. Die Leere reichte bis zum Boden, nur ihre eigenen Füße störten die Oberfläche.

Sie war gefangen.

Wenn sie nur noch ihren Drachen hätte, dann hätte Sid ihre Krallen ausstrecken und durch die Wand stoßen können.

Genau in dem Moment, in dem sie ihren Gedanken beendet hatte, begann ein verzweifeltes Klopfen von der mysteriösen Quelle. Ein kleiner Teil von ihr dachte, es könnte ihr innerer Drache sein, der in ihrem Geist gefangen war, ohne einen Ausweg. Doch der Wunsch, es könnte wahr sein, war gefährlich; beim nächsten Mal, wenn sie einen Anfall hatte, könnte Sid das Klopfen annehmen und ihren Verstand verlieren. Sie brauchte mehr Informationen.

Sie legte ihre Hand an die Wand, und ihre Handfläche wärmte sich. Etwas Großes, das Unmengen an Wärme ausstrahlte, musste sich auf der anderen Seite der Mauer befinden.

Als sie versuchte, sich einen Weg einfallen zu lassen, wie sie weiter kommunizieren konnte, um festzustellen, was da war, wirbelte ein eisiger Luftstoß um sie herum, und sie wurde zu einem grellen Licht gerissen.

Sid keuchte, als sie die Augen öffnete, nur, um sie sofort gegen das grelle Licht zu schließen.

Ein männlicher schottischer Akzent rollte über sie. „Guten Morgen, Sonnenschein."

Diese Stimme brachte Erinnerungen an eine

nackte, muskulöse Brust, die mit blonden Haaren bedeckt war. „Innes?", krächzte sie.

„Aye, obwohl ich im Moment Dr. Innes bin, und ich bin hier, um mich um dich zu kümmern. Öffne die Augen, wenn du kannst, Mädel."

Als Sid langsam ihre Augenlider öffnete, versuchte sie mit Fingern und Zehen zu wackeln. Doch nichts passierte. Sie wünschte, sie könnte sich äußern und zum Punkt kommen, doch sie konnte nur fragen: „Was?"

Gregor Innes' kräftiger Kiefer, dunkelblondes Haar und graue Augen erfüllten ihre Sicht. Als er sich über sie beugte, um ihre Pupillen zu untersuchen, schwelgte sie in der Hitze seines Körpers. Für den Bruchteil einer Sekunde wollte sie, dass er auf ihr lag.

Reiß dich zusammen, Sid! Da Gregor immer noch nichts gesagt hatte, grunzte sie. Der Bastard lachte und lehnte sich zurück. „Du hattest recht. Ärzte sind wirklich die schlimmsten Patienten." Sie runzelte die Stirn, und er fuhr fort: „Ich bin mir immer noch nicht sicher, was mit dir passiert ist. Abgesehen von den blauen Flecken, die von deinem Sturz herrühren, gibt es keine körperlichen Verletzungen. Die Testergebnisse haben keine Gifte oder Toxine gezeigt, nur ein Beruhigungsmittel. Alles ist normal, abgesehen von den niedrigen Drachenwandlerhormonen, aber normalerweise nimmst du ja ein Ergänzungsmittel, und ich glaube nicht, dass das deine Bewusstlosigkeit verursacht hat."

„Ich kann mich nicht bewegen."

„Deine Lippen bewegen sich gut, Mädel."

Sid knurrte und sagte: „Ich bin kein Mädel."

„Ah, für mich aber schon. Und das ist alles, was zählt." Er nahm ihr Handgelenk und sah auf seine Uhr, während er ihren Puls nahm. Die meisten Hände von Ärzten waren glatt, aber Gregor hatte einen Hauch von Rauheit. Sie fragte sich, was der Grund dafür war.

Doch sie drängte diese Frage beiseite. „Mach deinen Job."

Gregor hob zwar die Augenbrauen, nahm aber den Blick nicht von seiner Uhr, bis er ihren Puls kontrolliert hatte. „Du bist doch wach, oder? Auch wenn ich neugierig bin, warum ich gegen die Kran- kenschwestern kämpfen musste, um dir irgend- welche Medikamente verabreichen zu können."

„Ich mag keine Medikamente", erwiderte sie leise.

Er sah ihr einen Moment lang in die Augen, und sie dachte, er könnte fragen, warum. Aber er zuckte mit den Schultern und nahm ihre Akte. „Ich verwende sie selten, aber manchmal sind sie notwen- dig. Wenn ich denke, dass du sie brauchst, werde ich dich festhalten und sie dir selbst verabreichen, wenn es sein muss. Meine Aufgabe ist es, deine Gesund- heit wiederherzustellen und mich um Stonefire zu kümmern, bis ich dich für diensttauglich halte."

Sid versuchte erneut, ihre Zehen zu bewegen,

und die großen taten es. „Glaub mir, ich werde in zwei Tagen aus diesem Bett sein."

Er sah sie nicht an und schrieb etwas auf. „Selbst wenn du aufstehen kannst, brauchst du meine Erlaubnis, um wieder an die Arbeit zurückzukehren."

Sid wünschte, sie könnte ihre Finger zusammendrücken. „Ich muss arbeiten, Innes."

Seine scharfen grauen Augen trafen auf ihre, und seine Pupillen blitzten zu Schlitzen. „Und warum ist das so, Cassidy?"

Seit ihr Drache verstummt war, hatte sie niemand außer Gregor so genannt. Schließlich war Cassidy eine sorglose junge Drachenfrau mit einem verspielten Drachen gewesen; dieser Teil von ihr war als Teenager gestorben. Sich selbst Sid zu nennen, hatte für einen sauberen Schnitt gesorgt.

Aus irgendeinem seltsamen Grund mochte sie jedoch, dass er ihren vollen Vornamen benutzte.

Ein kurzes Hämmern ging in ihrem Kopf los, und sie biss die Zähne zusammen. Sie konnte es sich nicht leisten, jetzt einen Anfall zu haben. Gregor würde zu viele Fragen stellen und ihre Rückkehr zur Arbeit noch länger hinauszögern, wenn er sie überhaupt ließe.

Mit jeder Kraft, die sie besaß, brüllte Sid in ihrem Kopf: *Hör auf!*

Gregor wollte Cassidys sanftes Handgelenk wieder berühren, konzentrierte sich aber darauf, seine Notizen zu schreiben. Diese einfache Aufgabe hielt ihn beschäftigt. Noch wichtiger: Es war eine gute Ablenkung.

Sein Drache meldete sich zu Wort. *Wirf die verdammten Papiere beiseite, und berühre ihre Haut noch einmal!*

Nein.

Er warf sein Tier in einen mentalen Irrgarten und wartete, ob Cassidy seine Frage beantworten würde. Als sie jedoch die Zähne aufeinander biss und die Augen zudrückte, gingen die Alarmglocken in seinem Kopf los. „Was ist los, Mädel? Sag es mir!"

Sie schwieg noch einen Moment, bevor sich ihr Körper entspannte. „Es ist nichts."

„Hör auf, so verdammt stur zu sein, Frau. Ich kann dich nicht behandeln, wenn du mir nicht sagst, was gerade passiert."

Sie öffnete die Augen, begegnete seinem Blick, und Traurigkeit blitzte auf. „Es gibt nichts, was du tun kannst, Innes."

Wenn es um Drachenwandlerpatienten ging, gab es Zeiten, in denen man drängen, und Zeiten, in denen man sanft sein musste. Cassidy Jackson würde es noch mit ihrem sterbenden Atem leugnen, aber sie brauchte Sanftheit.

Er schob ihr vorsichtig eine Haarsträhne aus dem Gesicht. „Vielleicht doch, Mädel. Wenn es etwas über mich zu wissen gibt, dann, dass ich nie einen Patienten aufgebe. Das schließt dich jetzt ein."

Als sie einander anstarrten, verlor er sich in ihren dunkelbraunen Augen. In diesem Moment wollte er alles über sie wissen. Vielleicht konnte er dann ihre Traurigkeit verjagen.

Sein Drache schlug gegen das Labyrinth, aber die Wände hielten.

Cassidy seufzte. „Wenn ich es dir nicht sage, habe ich so das Gefühl, dass du mich nie mehr für diensttauglich erklären wirst, oder?"

„Das ist ja mal eine gute Idee."

Ihr Blick entfernte sich und kehrte zurück. Die Traurigkeit war durch Stahl ersetzt. „Meine Arbeit ist, was ich bin. Ohne sie bin ich verloren, Innes. So wie du meine Befehle in Lochguard missachtet hast, als ich helfen wollte und du früher zur Arbeit zurückgekehrt bist, bin ich genauso. Ich kann meinen Clan nicht länger als nötig aufgeben."

Einige Sekunden lang musterte er sie. Es war mehr an ihrer Geschichte; da war er sich sicher. Doch er hatte ja noch Zeit, es aus ihr herauszu-bekommen.

Er legte seine Hände auf die Schenkel und beugte sich vor. „Du erzählst mir alles, was los ist, und ich meine alles, auch wenn es ein eingewach-sener Zehennagel ist, und ich werde dich arbeiten lassen, sobald du körperlich und geistig bereit bist. Kannst du das tun?"

„Nur, wenn du zustimmst, das, was ich dir sagen werde, für dich zu behalten."

„Wenn es nicht dein Leben oder einen unserer Clans gefährdet, dann behalte ich es für mich."

Cassidy atmete tief durch, und die Worte strömten von ihren Lippen. „In meinem Kopf hämmert es oft, was ich nicht kontrollieren kann. Es ist keine Migräne oder Kopfschmerzen, sondern etwas anderes." Sie hielt inne, und er dachte, sie würde nichts weiter sagen. Dann fügte ihre leise Stimme hinzu: „Es ist fast so, als ob etwas versucht, sich zu befreien, aber nicht kann."

„Dein Drache?"

Cassidy blinzelte. „Mein Drache ist schon lange weg. Das weiß jeder, sogar in Lochguard. Außerdem kommt der Schlag von einer undurchdringlichen Wand. Ich habe noch nie von einem Drachen gehört, der seit Jahrzehnten so gefangen ist."

Gregor hatte ein paar Theorien, aber er entschied, sie erst später auszusprechen. „Dann erzähl mir die ganze Geschichte, Mädel. Ich muss alles wissen."

Als die Drachenfrau in seine Augen sah, hielt Gregor den Atem an. Er hatte so das Gefühl, dass Cassidy nicht oft über ihre Vergangenheit sprach. Würde sie es wirklich mit ihm teilen?

Sein Drache brüllte noch weiter, konnte sich aber immer noch nicht befreien. Zweifellos wollte sein Tier helfen, einen Weg zu finden, um ihren Drachen zurückzubringen, wenn es möglich wäre.

Die Frage war, ob es möglich war oder nicht.

Noch während die Ideen durch Gregors Kopf rasten, klopfte jemand an die Tür. Angesichts der Unterbrechung überflutete Erleichterung Cassidys Gesicht. Sie ahnte wohl nicht, dass er später darauf zurückkommen würde. „Herein!"

Der Anführer des Stonefire-Clans, Bram Moore-Llewellyn, stand in der Tür. Seine Augen fielen auf Cassidys, und er sagte: „Du bist endlich wach, Sid." Bram ging zu Cassidys Bett, und Gregor packte seine Knie, um nicht wegen Brams Nähe zu seiner Drachenfrau zu knurren.

Er widerstand einem Blinzeln. Cassidy wäre nie seine. Das Risiko war zu groß. Daran musste er sich erinnern.

Bram ergriff erneut das Wort. „Kannst du dich an irgendwas erinnern, Sid?"

Gregor stand auf. „Sie ist gerade erst aufgewacht. Kann dein Verhör nicht bis später warten?"

Brams hellblaue Augen trafen auf seine. „Ich verstehe ja, dass du deinen Job machst, aber Sid kann für sich selbst sprechen."

Während er den Anführer von Stonefire noch taxierte, unterbrach Cassidys Stimme das Schweigen. „Ich erinnere mich nur an ein verschwommenes Detail, Bram."

Stonefires Anführer drehte sich zu der Drachenfrau zurück. „Alles wird helfen, Sid, egal wie klein."

„Nach einem Schmerzensblitz fiel ich zu Boden

und bemerkte die vagen Umrisse einer kleinen fliegenden Drohne."

Bram runzelte die Stirn. „Drohne? Du meinst, eines dieser fliegenden Geräte, von denen menschliche Männer so fasziniert zu sein scheinen?"

Gregor lächelte. „Näher kommen sie nicht daran, selbst zu fliegen, natürlich sind sie fasziniert."

Bram schüttelte den Kopf und warf Gregor einen verärgerten Blick zu. „Das ist nichts, was man auf die leichte Schulter nehmen sollte, Dr. Innes. Fangen Sie an, es ernst zu nehmen."

Cassidys Stimme kam Gregor mit einer Antwort zuvor. „Konzentriert euch auf das, was wichtig ist, ihr zwei. Sind die Abwehrkräfte von Stonefire gegen kleine Flugmaschinen geschützt?"

„Ich muss mit Kai darüber reden, und Evie soll sich an das MDA wenden. Der Splitter, den wir oben in deinem Kopf gefunden haben, könnte ein Hinweis sein, also werden wir uns auch darum kümmern."

Evie war Brams Gefährtin und ehemalige Mitarbeiterin des britischen Ministeriums für Drachenangelegenheiten (MDA).

Gregor sprang ein. „Gut, dann machen Sie das. Ich muss noch ein wenig mit Dr. Jackson über ihren Zustand sprechen."

Bram starrte ihn an, aber Gregor zuckte nicht. Eine der Hauptvoraussetzungen für die Rolle eines Drachenwandlerarztes war es, Alpha-Persönlichkeiten ertragen und sich ihnen widersetzen zu können. Aus welchem Grund auch immer, vor allem Drachenmänner hatten Alphagehabe im Überfluss.

Obwohl auch Cassidy einen ansehnlichen Anteil daran zu haben schien.

Bram ergriff schließlich das Wort. „Na schön. Aber Sie sollten wissen, dass ich Sie, sobald Sid für den Dienst freigegeben wird, im nächsten Moment nach Lochguard schicken werde."

Einer seiner Mundwinkel zuckte hoch. „Wir werden sehen."

„Ich bin hier der Anführer, Doktor. Ich weiß nicht, wie Finn die Dinge handhabt, aber ich lasse nicht zu, dass Fremde Amok laufen", warnte Bram.

„Ich bin wohl kaum ein Fremder. Cassidy kann für mich bürgen."

Cassidy seufzte erneut. „Könnt ihr beide endlich aufhören? Nur weil ich die Patientin bin, heißt das nicht, dass ich euch nicht rausschmeißen werde, bis ihr euch benehmt."

Gregors Drache entkam schließlich dem Labyrinth. *Ja, ja! Ich mag ihre Stärke. Wie kannst du ihr widerstehen?*

Auch wenn er tatsächlich ein Mädel bewunderte, das für sich selbst einstehen konnte, konnte Gregor Cassidy nicht haben. *Weil ich sie nicht töten will, darum.*

Sein Tier schnaubte. *Niemals Risiken einzugehen, macht das Leben langweilig.*

Aye, du nennst es langweilig, aber ich nenne es, nach Möglichkeit die Gesundheit aller zu gewährleis-

ten, was vor allem bedeutet, Cassidy Jackson zu schützen.

Brams Stimme unterbrach Gregors inneres Gespräch. „Sind Sie bald fertig mit Ihrem Drachen, Dr. Innes? Schließlich behaupten Sie, es sei dringend, Sid zu untersuchen."

Er öffnete den Mund, doch Cassidy kam ihm zuvor. „Raus, Bram! Ich werde nie gesund werden, wenn ihr beide ständig streitet."

„Ich werde vorerst gehen und dich, falls erforderlich, auf den neuesten Stand bringen." Brams Blick wanderte zu Gregors. „Sie sagen mir sofort, wenn sich an Sids Zustand etwas ändert, verstanden?"

„Toll, dass Sie meine Hilfe so zu schätzen wissen", sagte er gedehnt.

Sein Drache meldete sich zu Wort. *Warum ihn verärgern? Bram hat eine Gefährtin. Er ist keine Bedrohung.*

Die Worte seines Tiers trugen dazu bei, seinen mentalen Dunstschleier zu durchtrennen. Es gab keinen Grund, weiter zu streiten. Seine Laune musste mit Cassidys Nähe zusammenhängen.

Sein Drache fügte hinzu, *Natürlich tut es das. Unser Instinkt ist es, sie zu beschützen.*

Ich glaube irgendwie, sie kann sich selbst vor Bram schützen.

Der betreffende Drachenmann schüttelte den Kopf und sagte: „Die verdammten schottischen Drachen gehen einem immer auf den Sack", bevor er den Raum verließ.

Als die Tür zufiel, füllte Cassidys Stimme den Raum. „Deine Pupillen blitzen ständig."

Gregor drehte sich zurück zu ihr und bemerkte zum hundertsten Mal die Ringe unter Cassidys Augen und die Schärfe ihrer Schlüsselbeine, die aus ihrer Haut vortraten.

In diesem Moment beschloss er, dass ein Teil seiner Mission darin bestehen würde, sie zu voller Gesundheit zu bringen und einen Weg zu finden, ihren Drachen zu wecken.

Sein Drache schwenkte erwartungsvoll den Schwanz.

Bevor Gregor zu viel über die Reaktion nachdenken konnte, wand Cassidy sich in ihrem Bett. „Hör auf, mich mit diesen blitzenden Augen anzustarren."

Er trat einen Schritt näher. „Willst du mir sagen warum, Mädel?"

Sie wandte den Blick ab. „Weil es mich daran erinnert, was ich nicht haben kann."

Bei jedem anderen wäre Sid in der Lage gewesen, ihre Gedanken für sich zu behalten. Nicht ein einziges Mal in ihrem erwachsenen Leben war ihr etwas entglitten, das ihr nicht hätte herausrutschen dürfen. Aber mit Gregor platzte sie immer wieder Dinge heraus.

Seine blitzenden Drachenaugen und dass er bei

Bram so knurrig wurde, verstärkten nur ihren wachsenden Verdacht über den schottischen Drachenmann.

Sie hatte so das Gefühl, dass er ihr wahrer Gefährte war.

Aber Sid würde nie einen Gefährten nehmen können. Nicht, dass sie nicht neugierig war, jemanden zu haben, mit dem sie lachen und weinen konnte, denn natürlich war sie das. Seit die Paarungen in den letzten zwei Jahren in ihrem Clan zugenommen hatten, wollte sie selbst eine.

Das einzige Problem war, dass Sid nicht viele Jahre geistiger Gesundheit übrighatte. Der einzige Weg, sich und andere zu schützen, war, ihr ganzes Leben lang ungebunden zu bleiben.

Der Gedanke, einen Anfall zu haben und während der Schwangerschaft in den Wahnsinn zu geraten, war ein Alptraum. Da alle wahren Paarungen mindestens eine Schwangerschaft zur Folge hatten, musste Sid vorsichtig sein. Selbst wenn es schwieriger wurde, Gregors volle Lippen zu ignorieren oder über seinen sarkastischen Humor nicht lachen zu wollen, würde sie sich widersetzen.

Gregors Stimme war leise, als seine schottischen Vokale über sie rollten. „Wenn es dein Drache ist, den du suchst, hast du vielleicht die Hoffnung aufgegeben, aber ich habe es nicht."

Sie peitschte ihren Kopf herum und runzelte die Stirn. „Du hast keine Ahnung, wovon du redest, und ich bin so nah dran, dich aus meinem

Zimmer zu werfen. Ich lebe damit seit über zwanzig Jahren, und du tanzt hier rein und lässt es so aussehen, als ob ich zu schnell aufgeben würde." Sie zeigte ihm den Finger. „Fick dich, Gregor Innes."

Gregor ging zu ihr und nahm ihr Kinn zwischen seine Finger. Sie versuchte, sich loszureißen, aber sein verdammt starker Griff rührte sich nicht. Seine Stimme war stählern, als er sagte: „Da ist aber jemand empfindlich. Ich wollte nie andeuten, dass du zu schnell aufgegeben hast, Cassidy. Aber ich bin ein sehr entschlossener Drachenmann, und ich bin noch nicht fertig mit dir."

Sie schwor, seine Worte waren doppeldeutig, aber Sid konnte kaum zwei Gedanken zusammen-bringen, als Gregors heißer Atem ihre Wange strei-chelte. Trotz aller Gründe, warum sie widerstehen sollte, erwärmte sich ihr Körper bei seiner Berüh-rung, und sie beugte sich ein Stück näher. Erst als seine Pupillen wieder aufblitzten, brach es den Zauber. Gregor lehnte sich zurück, ließ seinen Griff los, und Sid rutschte an den hinteren Rand des Bettes.

Sie hätte ihn beinahe geküsst. Sie musste von jetzt an wachsamer sein.

Als Reaktion auf ihren Gedanken begann das Pochen wieder in ihrem Kopf. Da sie Gregor nicht darauf aufmerksam machen wollte, hielt sie ihr Gesicht neutral, so wie sie es in der Vergangenheit für kurze Zeit bei ihren Patienten getan hatte.

„Du hast dich gerade angespannt. Warum, Mädel?"

War Gregor Innes ein verdammter Gedankenleser?

Sie räusperte sich, und der Lärm in ihrem Kopf wurde noch intensiver. Sie hielt ihren Blick abgewandt, als sie antwortete: „Ich muss mich nur ausruhen."

„Lügnerin."

Sie sah zu ihm. „Das sagst du immer wieder. Wenn etwas, das dich was angeht, auftaucht, sage ich es dir."

„Alles an dir geht mich etwas an, Cassidy. Also, was zum Teufel ist los?"

Verärgert brachte sie zwischen zusammengebissenen Zähnen heraus: „Der dumme Lärm ist zurück, okay? Wenn du mich nicht allein damit lässt, meinen Kampf zu führen, werde ich mich vielleicht nie erholen."

„Dann lass mich dir helfen, Mädel. Ich habe eine Theorie und würde dir gerne etwas verabreichen. Wenn meine Theorie falsch ist, wird es überhaupt keine Wirkung auf dich haben. Es kann nicht schaden, es zu versuchen."

Sie sah ihm in die Augen. „Du bist vage. Sag mir einfach, was du in meinen Körper schießen willst."

„Du willst Ehrlichkeit? Dann sollst du sie haben. Ich glaube, das Hämmern hat mit deinem inneren Drachen zu tun. Das Medikament, das einen

Drachen für ein paar Tage zum Schweigen bringt, könnte dazu führen, dass es aufhört."

Bei der Erwähnung der Drachenschlafdroge, wie das Medikament umgangssprachlich genannt wurde, war Sid plötzlich wieder vierzehn Jahre alt. Sie lag in einem Krankenhausbett, und ihre Gliedmaßen wechselten zwischen denen eines Drachen und denen eines Menschen. Ihr Drache hatte die Kontrolle übernommen und wollte sie nicht zurückgeben. Nicht einmal die Drachenschlafdroge hatte funktioniert.

Einer der Ärzte gab ihr endlich eine weitere Dosis und dann noch eine. Er wiederholte den Vorgang, bis sich ihr Drache schließlich zurückzog und ihr Geist leer wurde.

Ihr Drache war danach nie zurückgekehrt.

„Cassidy. Warum weinst du?"

Sie wischte sich die Wangen ab und war überrascht, dass sie nass waren. „Es gibt keinen Grund."

Gregor setzte sich neben sie aufs Bett und nahm ihre Hände. Sie zog sie zurück, aber er ließ nicht los. „Quatsch! Du kannst vielleicht jeden anderen aus dem Clan damit abfertigen, aber bei mir wird es nicht funktionieren."

Seine Forderungen heizten ihr Temperament an. „Hör zu, es ist mir egal, ob du denkst, ich bin deine Gefährtin oder was auch immer. Ich lehne dich von ganzem Herzen ab, also hör auf mit dem überfürsorglichen Mist."

„Du kannst mich nicht ablehnen, da ich dich schon abgelehnt habe."

Sie blinzelte, als seine Ablehnung durch ihren Körper strömte. „Was?"

Er drückte ihre Hände. „Du hast mich gehört. Nicht wegen deines stillen Drachen, also bring diesen verdammten, lächerlichen Gedanken aus dem Kopf. Ich habe schon einmal eine Gefährtin bei der Geburt verloren und mir geschworen, es nie wieder zu tun. Also, auch wenn du vor meinem Schwanz sicher bist, bin ich dein Arzt, und ich plane, ein Heilmittel für deinen Zustand zu finden, Cassidy. Ich war bis jetzt sanft, aber wenn du nicht anfängst zu kooperieren, werde ich alles tun, um dich zum Reden zu bringen."

Kapitel Drei

Gregors Drache wollte nicht aufhören zu brüllen. *Ich lehne sie nicht ab. Sie gehört uns.*

Er war an die Wutanfälle seines Tieres gewöhnt und ignorierte es. Stattdessen konzentrierte er sich auf Cassidy. Ihre Wut war in Mitleid geschmolzen, der eine Blick, den Gregor nicht ertragen konnte.

„Ich habe zwei Menschen verloren, die mir wichtig waren, und du hast deinen Drachen verloren. Ich würde sagen, wir sind auf Augenhöhe, was Verlust und Tragödie angeht, also wenn du nicht willst, dass ich dich bemitleide, hörst du jetzt auf, Dr. Jackson."

„Du irrst dich, weißt du. Wir sind nicht auf Augenhöhe." Er öffnete den Mund, um etwas zu erwidern, doch sie kam ihm zuvor. „Ich weiß von deiner Schwester und Nichte, Gregor. Ich habe im Laufe der Jahre mit vielen Patienten zu tun gehabt, die den Tod eines geliebten Menschen erlebt haben, und ich weiß, dass du immer noch trauerst, unabhängig von deinem äußeren Erscheinungsbild."

Bei der Erwähnung seiner Schwester Nora und seiner jungen Nichte verstummte Gregors Drache aus Respekt. „Aye, ich trauere. Aber das hier ist kein Wettstreit darüber, wer das tragischste Leben hat. Ich versuche, dir zu helfen, und du stößt mich immer wieder weg."

Cassidy sah ihm in die Augen und sagte schließlich: „Ich bin es gewohnt, das Kommando zu übernehmen. Um Hilfe zu bitten, fällt mir schwer."

Er widersetzte sich zu blinzeln bei ihrem direkten Eingeständnis. „Träume ich, oder erzählt mir Cassidy Jackson gerade etwas kampflos?"

Sie verdrehte die Augen. „Scheinbar bin ich verdammt, wenn es um dich geht, egal, was ich tue."

Seine Lippen zuckten. „Aye, das ist ja gerade das Lustige." Er wurde ernst. „Aber wenn du meine Hilfe willst, brauche ich alle Fakten. Sag mir genau, was vor dem Schweigen deines Drachen geschah und was man danach gemacht hat."

Cassidy schwieg weiter. Er fragte sich, ob sie sich ihm gegenüber wirklich öffnen würde oder nicht. Gerade als er etwas sagen wollte, erfüllte ihre leise, distanzierte Stimme den Raum. „Ich war vierzehn Jahre alt. Mein Dad und mein jüngerer Bruder Wyatt und ich waren zu den White Cliffs von Dover gereist. Damals war Clan Skyhunter neutral uns gegenüber, und das MDA hatte die Erlaubnis für die Reise erteilt." Sie sah ihn an. „Und wenn du denkst, dass Cassidy und Wyatt seltsame Namen für britische Drachenwandler-Kinder sind, dann hast du recht. Aber Dad hatte etwas für den alten amerikanischen Wilden Westen übrig, und Mama gab seinen Entscheidungen nach."

Gregor wollte sie necken, weil sie wahrscheinlich nach Butch Cassidy benannt worden war, aber er nickte nur. Sie fuhr fort: „Die Klippen an der Küste war einer der wenigen Orte, an denen Menschen gern Drachen fliegen sahen. Wahrscheinlich weil Drachen, die über das Meer tauchten, sicherstellten, dass sie keine Dörfer bedrohten, oder zumindest dachten sie so.

Obwohl Dad mir den ersten Versuch versprochen hatte, war Wyatt so aufgeregt, von den Klippen abzutauchen, dass wir schließlich einverstanden waren, es gemeinsam zu tun. Ich war nicht gerade begeistert, mit meinem zehnjährigen Bruder vor all den jungen Drachenmännern in der Nähe zu fliegen, aber es galt: zusammen oder gar nicht.

Dad zählte bis zehn, und ich sprang, aber Wyatt zögerte. Also schlug ich mit den Flügeln und ritt die Strömungen wieder hoch. Ich war damals eine ziemlich zickige Schwester, wirbelte herum und drehte mich vor Wyatt, um anzugeben. Schließlich sprang er, aber als er in die Tiefe tauchte, rutschte ein großes Stück der Klippe ab und landete auf seinem Flügel. Im Nu stürzte er Richtung Wasser."

Cassidy schloss die Augen, und Gregor wusste, dass sie 24 Jahre in der Vergangenheit war und ihren

Bruder möglicherweise in den Tod versinken sah. Er berührte ihren Arm und hielt seine Stimme leise, als er fragte: „Was ist als Nächstes passiert?"

Sie schüttelte den Kopf und öffnete die Augen, hielt aber den Blick abgewandt. „Ich bin ihm hinterhergetaucht. Sobald Wyatt das eisige Wasser traf, zwang der Schock eine Rückkehr in seine menschliche Gestalt. Er war zu jung, um unter den Umständen zu wandeln, und er sank schnell.

Als ich jedoch ins Wasser kam, hielt ich meinen Drachen in meinem Kopf fest und zwang ihn, uns in Drachengestalt zu halten. Wäre ich etwas älter gewesen, hätte ich ohne Gewalt mein Wandeln kontrollieren können. Aber mit vierzehn war Finesse das Letzte, was mir in den Sinn kam. Ich kämpfte gegen den Drachen in meinem Kopf und gegen die Kälte des Kanals und strengte meine Muskeln an, um zu meinem Bruder zu schwimmen."

Er nahm Cassidys Hand und drückte sie. Endlich sah sie ihn wieder an und beantwortete die Frage in seinen Augen. „Ich konnte Wyatt nicht retten. Als ich ihn erreichte, war er bewusstlos. Noch während ich mich zurück zur Wasseroberfläche kämpfte, hörte sein Herz auf zu schlagen. Sobald ich auftauchte, war Dad da, um ihn an Land zu bringen. Aber es war zu spät."

„Es tut mir leid, Cassidy. Das tut es wirklich."

Sie nickte bestätigend. „Es mögen mehr als zwanzig Jahre seitdem vergangen sein, aber in meinem Kopf sind die Erinnerungen noch so frisch, als wäre es gestern gewesen." Sie hielt inne und fügte dann hinzu: „Dieser ganze Vorfall ist der Grund, warum ich Ärztin wurde. Wäre ein Drachenwandlerarzt vor Ort gewesen, hätte Wyatt vielleicht überlebt."

Während Gregor ihren Handrücken mit dem Daumen streichelte, ließ das Pochen in ihrem Kopf nach. Sie hatten einander vielleicht als Gefährten abgeschworen, aber sie war dankbar für seine Berührung.

Nicht nur seine Berührung, sondern auch sein nahes Schweigen.

Wyatts Tod war das Einzige in Sids Leben, von dem sie sich wünschte, sie könnte es ändern. Sie würde sogar das Fehlen eines inneren Drachen erneut annehmen, wenn es bedeutete, dass ihr jüngerer Bruder noch am Leben wäre.

Aber was Wyatt zugestoßen war, war nur ein Teil der Geschichte. Wenn sie wollte, dass Gregor die volle Wahrheit erfuhr und versuchte, ihr zu helfen, musste sie den Rest rausbekommen.

Sie atmete tief durch, richtete den Blick auf ihre Hand, die in Gregors große geschlungen war, und zwang sich, zu Ende zu reden. „Wie du vielleicht schon vermutet hast, endete meine Geschichte dort nicht. Sobald Dad Wyatt oben auf die Klippe getragen hatte, verlor ich schließlich die Kontrolle über meinen Drachen, und er schlug auf der Wasseroberfläche um sich. Jedes Mal, wenn er aufspringen wollte, brüllte ich und versuchte, ihn wieder in Schach zu halten. Ich wusste, dass, wenn mein Drache durchdrehte, hochflog und die Menschen angriff, man mich abschießen würde."

Gregor hörte nicht auf, ihre Hand zu streicheln. Das Hämmern war aus ihrem Kopf verschwunden. Als sie es wagte, aufzublicken, sah sie Neugier in seinen Augen.

Es war, als wollte er wirklich alles hören, damit er ihr helfen konnte.

Wenn die Dinge anders gewesen wären und Sid ihren Drachen hätte und Gregor sie nicht bereits abgelehnt hätte, hätte Sid vielleicht in Erwägung gezogen, dem Mann eine Chance zu geben. Natürlich reichte es nicht, sich jemanden zu wünschen.

Sid konnte die Umstände nicht ändern, aber wenn Gregor ihr helfen könnte, ihre Anfälle zu stoppen, könnte sie tatsächlich die Chance haben, ihr Leben zu leben.

„Mein Drache und ich kämpften weiter. Bald fing ich an, zwischen Mensch und Drache zu wechseln. Selbst als Dad mich hochnahm, musste er vorsichtig sein, weil einige meiner Gliedmaßen wuchsen oder mein Schwanz sich ausdehnte. Er legte mich schließlich auf den Boden. Die anderen Drachenwandler in der Gegend hatten einen Kreis gebildet und ihre Flügel verlängert, um meinen Vater und mich vor der Sicht zu schützen. Wenn die

Menschen einen hin- und herwandelnden Drachen gesehen hätten, wäre Panik ausgebrochen, und sie hätten versucht, mich zu töten.

Dad konnte nichts anderes tun, als mich an Ort und Stelle zu halten, bis der nächste Drachenwandlerarzt kam und mich betäubte. Ich wurde bewusstlos und wachte in einem Krankenhausbett auf. Meine Gliedmaßen wechselten nun unberechenbarer, und ein Arzt gab mir die Drachenschlafdroge. Als es nicht funktionierte, gab er mir eine weitere Dosis und dann noch eine, bis ich in meiner menschlichen Gestalt blieb." Sie sah in seine grauen Augen. „Danach kehrte mein Drache nie mehr zurück."

Gregor sagte eine lange Minute nichts. Ihre Vergangenheit zu teilen, hatte ihre Energie und Geduld aufgebraucht, also sagte Sid: „Nun? Das ist alles. Normalerweise redest du so viel wie alle schottischen Drachen, mit denen ich gearbeitet habe. Warum jetzt dieses Schweigen?"

Einer seiner Mundwinkel zuckte hoch. „Ich denke nach."

„Möchtest du mir diese Gedanken mitteilen? Denn wenn du darauf wartest, dass ich darum bettele oder Geld anbiete, kannst du lange warten."

„Hat der Angriff auch deine Geduld beeinträchtigt?" Sie zeigte ihm den Mittelfinger, und Gregor lachte. „Mir gefällt diese Seite an Dr. Cassidy Jackson. Aber eine Warnung, Mädel. Wenn du mir jedes Mal den Finger zeigen willst, wenn ich dich necke, werden deine Finger bald so müde sein, dass du sie nicht mehr bewegen kannst."

Sid, die Drachenfrau, die während einer zwölf-stündigen Operation bei Verstand bleiben konnte, streckte ihm die Zunge raus.

Gregors Lachen hallte in dem kleinen Raum wider, und sie konnte nicht anders, als zu lächeln. Es war mehr Jahre her, als sie zugeben wollte, seit sie jemanden zum Lachen gebracht hatte.

Der schottische Drachenmann meldete sich schließlich wieder zu Wort. „Vielen Dank dafür, Cassidy. Sobald es dir wieder gut geht, werde ich diesen Gefallen erwidern müssen."

„Sagst du jemals auch etwas Sinnvolles?"

„Ach, komm schon. Du bist clever. Du kannst es dir doch denken."

„Nur weil ich es kann, bedeutet das nicht, dass ich Zeit verschwenden möchte", sagte sie.

Gregor streckte die Hand aus, nahm eine Strähne ihres langen Haares und spielte damit. „Viel-leicht ist es, weil deine Haare offen sind, das diese verspieltere und lebendigere Seite von dir hervor-bringt." Sein intensiver Blick traf ihren, und Sids Herz ließ einen Schlag aus. „Du wirst es offen tragen, bis du dich erholt hast, ärztliche Anweisung."

Seine Worte brachen den Moment. „Allmählich glaube ich, dass dir all diese Macht zu Kopf steigt."

„Aye, nun, wenigstens hast du nicht widerspro-chen. Das ist immerhin ein Fortschritt." Sie versuchte, etwas zu erwidern, doch er unterbrach sie.

„Du musst dich ausruhen, also werde ich dich kurz untersuchen, zusehen, wie du etwas Wasser trinkst, und dich schlafen lassen. Und bevor du mich fragst, ich habe bereits einige deiner Patienten gesehen. Samiras und Nikkis Schwangerschaften sind auf dem richtigen Weg, und ich habe vor, Bram gleich hiernach aufzusuchen."

„Viel Glück dabei. Ich kenne Bram mein ganzes Leben, und selbst ich kann ihn kaum dazu bringen, sich untersuchen zu lassen."

Gregor beugte seinen Arm. „Ich halte mich aus gutem Grund in Form. In der Vergangenheit musste ich mich schon öfter mit dem ein oder anderen Clan-Anführer auseinandersetzen."

Sid schnaubte. „Ich würde dafür zahlen, das zu sehen."

„So? Vielleicht kann ich jemanden dazu bringen, es aufzuzeichnen, und dann kann ich es als Belohnung für Kooperationsbereitschaft verwenden."

„Verhandelst du mit all deinen Patienten?"

Gregor beugte sich vor, bis sein Atem ihre Wange kitzelte. „Nein, nur mit dir." Er schob ihr eine Strähne hinters Ohr. „Du brauchst eine Sonderbehandlung, Cassidy."

Als sie einander in die Augen starrten, juckte es Cassidy in den Fingern, Gregors leicht stoppelige Wange zu streicheln.

Sie mochte jeden Tag Patienten berühren, aber es wäre anders mit Gregor; er war nicht ihr Patient.

Sie würde es auch genießen und darüber nachdenken, wo sie ihn sonst noch streicheln könnte.

Gregors Augen zuckten zu ihren Lippen, und er zog sich sofort zurück. Seine Distanz sollte nicht wehtun, zumal Sid es sich nicht leisten konnte, einen Gefährtenrausch zuzulassen, aber sie wollte verzweifelt mehr Zeit mit dem neckenden Schotten.

Mehr als jeder andere half er ihr, ihre Vergangenheit und ihre Unzulänglichkeiten zu vergessen.

Gregor räusperte sich, nahm ihre Akte und ging zur Tür. „Ich werde später nach dir sehen und dich dann untersuchen. Ich vertraue darauf, dass du etwas Wasser auf eigene Faust trinkst."

Anstatt sich auf das zu konzentrieren, was sie nicht haben konnte, würde Sid mit dem Schotten genießen, was sie konnte, bevor er ging. „Du kannst mir dann auch erzählen, wie es mit Bram gelaufen ist. Wenn du mit zwei Veilchen zurückkommst, könnte ich vielleicht lachen."

„Über die Wunden eines Mannes zu lachen, ist nicht nett."

Sie neigte den Kopf. „Nun, du bist derjenige, der Selbstvertrauen zum Abwinken hat, also solltest du dir keine Sorgen machen."

Er richtete sich etwas höher auf. „Ich mache mir keine Sorgen."

„Gut, dann freue ich mich auf das Video."

Gregor schüttelte den Kopf und schloss hinter sich die Tür.

Die Stille dehnte sich aus, und Sid trank schnell

eine Tasse Wasser, bevor sie sich zurücklegte. Trotz ihrer Erschöpfung starrte sie mit weiten Augen an die Decke. Zum ersten Mal in ihrem Leben hasste sie die Stille.

Die nächsten Tage würden die längsten ihrer achtunddreißig Jahre auf diesem Planeten werden. Jeder Tag könnte sie mehr dazu verleiten, Gregor zu küssen und sich später mit den Konsequenzen zu befassen.

Nein. Wenn es nur sie wäre, könnte sie in Versuchung geraten. Doch der Rausch würde ein Kind bedeuten, und Sid war nicht im Begriff, wieder die Ursache für jemandes Schmerzen und Tragödien zu sein. Ihre Eltern hatten ihr Leben gegeben, um Sid zu heilen. Niemand sonst würde ihretwegen leiden.

Je eher Sid sich erholte, desto eher konnte sie Gregor zeigen, dass seine Versuche, ihr zu helfen, nutzlos waren. Sie war kurz auf sein Selbstvertrauen und seine Entschlossenheit hereingefallen, aber Sids Pessimismus war wieder in vollem Gange.

Sobald sie ihn nach Lochguard zurückschicken konnte, konnte sie still ihr Schicksal akzeptieren, dass sie verrückt wurde und langsam und allein starb.

Gregor fand schließlich Bram in seinem Cottage. Doch als er anklopfte, war es die Menschenfrau, Evie, die die Tür öffnete. Nachdem sie ihn kurz gemustert hatte, lächelte sie. „Sie passen ganz gut."

„Äh, wozu?"

Sie wedelte mit der Hand. „Ach, egal. Ich bin froh, dass Sie hier sind. Sie müssen nach meinem sturen Gefährten sehen, bevor er versucht, sich aus der Hintertür zu schleichen."

„Ah, aber wissen Sie, ich habe Ginny draußen positioniert."

Ginny war die älteste und härteste Krankenschwester von Stonefire.

Evie lachte. „Gut. Sie und Sid sind normalerweise die Einzigen, die mit ihm umgehen können. Mal sehen, wie Sie das machen."

Evie ging, und Gregor folgte. Nach dem Wenigen, was er über Evie und ihre Verbindungen zum MDA wusste, könnte sie eine Verbündete sein, wenn es um Cassidy ging. Gregor konnte nicht der einzige Drachenwandler sein, der vermutete, dass das MDA Forschungen durchführte und die Ergebnisse vertraulich hielt.

Sein Drache meldete sich zu Wort. *Wir brauchen keinen Verbündeten. Sie hätte uns sie vorhin küssen lassen sollen.*

Vielleicht hätte sie das, aber ich habe mich beherrscht. Das wird nicht passieren, Drache.

Sein inneres Tier schnaubte. *Nur weil Bridget bei der Geburt starb, bedeutet das nicht, dass es wieder passieren wird. Cassidy ist eine viel stärkere Frau. Schließlich hat sie mehr als zwanzig Jahre ohne Drachen überlebt.*

Geistig stark zu sein, ist nicht dasselbe wie

körperlich stark. Außerdem ist sie zu dünn. Ein Kind von uns würde sie töten.

Als Evie vor einer Tür anhielt, erregte das seine Aufmerksamkeit. „Bram wird sich widersetzen, aber" – sie öffnete die Tür und starrte ihren Gefährten auf der anderen Seite des Raums an – „wenn er jemals wieder mein Bett teilen will, wird er deine Untersuchung ertragen."

Bram saß an seinem Schreibtisch. Ihm gegenüber stand Kai Sutherland, der in der Vergangenheit einige Male Lochguard besucht hatte.

Bram seufzte. „Ich habe es dir doch gesagt, Liebes. Mir geht's gut. Es war nur ein Krampf."

Evie verschränkte die Arme vor der Brust. „Jeder Schmerz in deinem linken Arm könnte etwas viel Schwerwiegenderes sein, Bram, besonders wenn er mit Brustschmerzen kombiniert ist." Ihre Stimme wurde weicher. „Denk an Murray und Eleanor."

Gregor erwartete fast, dass Evie ein riesiges Foto von ihren Kindern hervorziehen würde, um die Schuldreise zu vollenden, aber sie tat es nicht.

Kai meldete sich zu Wort. „Du solltest besser zuhören, Bram. Evie ist so stur wie Jane, und ich könnte mir leicht vorstellen, dass sie dich fesselt und einsperrt, bis sie dich für gesund hält."

Gregor konnte nicht anders, als hinzuzufügen: „Wenn Sie gern gefesselt werden, hört sich das ein bisschen krank an. Soll ich gehen und später wiederkommen?"

Bram begegnete seinem Blick und knurrte.

„Wenn ich eine Untersuchung ertragen muss, dann ohne Ihre Kommentare."

Gregor machte ein paar Schritte in Richtung von Brams Schreibtisch. „Ich fürchte, das ist Teil meiner Behandlung. Sie werden sich schon daran gewöhnen."

Evie unterbrach Brams Antwort. „Kai, du solltest gehen. Und auf dem Weg nach draußen bitte Ginny, die Tür im Auge zu behalten."

Bram hob die Brauen. „Sie haben Ginny mitgebracht?" Gregor nickte, und einer von Brams Mundwinkeln zuckte nach oben. „Cleverer Drachenmann."

Gregor stellte seine Arzttasche ab, öffnete sie und antwortete: „Aye, nun, wenn ich einen zweiten Arzt hätte, hätte ich ihn mitgebracht. Es ist seltsam, dass Sie hier noch keinen Juniorarzt in Ausbildung haben."

„Jetzt sagen Sie mir, wie ich meinen Clan zu führen habe?"

„Wenn es um die Arztpraxis geht, ja, vielleicht könnte ich das tun."

„Ich kann viel Mist ertragen, aber Sid ist eine gute Ärztin. Kritisieren Sie sie nicht. Sie muss sagen, ob sie einen braucht oder nicht."

Gregor hielt sein Stethoskop hoch. „Cassidy ist eine fantastische Ärztin. Ich habe so meinen Verdacht, warum sie bis jetzt noch keinen Junior-Arzt eingestellt hat, aber das geht wiederum Sie nichts an."

Evie grinste. „Sid hat sich Ihnen also schon geöffnet? Das ist brillant."

„Evie", warnte Bram.

Sie winkte das mit einer Hand ab. „Wir werden das später besprechen, obwohl du mich nicht davon abbringen kannst. Ich habe lange gewartet, um Sid zu helfen, und ich werde 120 Prozent geben. Ich schulde ihr mein Leben."

Gregor sah das Paar an. „Kryptische Paargespräche. Sie hätten einfach fünf Minuten warten und es dann besprechen können, damit sich Ihr Gast nicht unwohl fühlt."

Bram wollte gerade schon antworten, als Gregor das Hemd des anderen Drachenmanns hochhob. Ohne ein weiteres Wort platzierte er das Stethoskop schnell über Brams Herz. „Schhh. Sie können mich später beschimpfen."

Gregor ignorierte das laute Grunzen und konzentrierte sich auf Brams Herzschlag. Der Rhythmus war stabil.

Gregor stand auf und zeigte auf Brams Hemd. „Ziehen Sie das aus, und lassen Sie mich Ihren Blutdruck messen. Da Sie keine Arrhythmie haben, ist es bestimmt Stress." Er hob die Brauen. „So oft, wie Sie mich in so kurzer Zeit angebrüllt haben, bin ich überrascht, dass Sie nicht schon vor Jahren einen Herzinfarkt hatten."

Evie ging an Brams Seite und zog ihm das Hemd aus. „Bram braucht Urlaub, aber er weigert sich, sich auch nur einen Tag freizunehmen."

Brams Stimme wurde weicher, als er seiner Gefährtin antwortete: „Ich werde es tun, sobald ich den Clan sichern kann, Liebes."

„Sie werden sich eher früher als später Urlaub nehmen. Dafür werde ich sorgen." Als Gregor die Manschette um Brams Arm wickelte, fügte er hinzu: „Und dann werde ich auch Ihren obersten Beschützer besuchen. Die Stonefire-Leute sind alle Workaholics."

„Beenden Sie einfach die Untersuchung", sagte Bram. „Und hoffen wir, dass Sid bald gesund wird."

„Nun, bis dahin werden Sie mit mir klarkommen müssen." Nachdem er das Stethoskop platziert hatte, pumpte Gregor die Manschette auf. „Und jetzt halten Sie die Klappe. Ich muss was hören."

„Benutzen Sie Ihr Drachenwandler-Gehör", sagte Bram.

Gregor ignorierte ihn, und glücklicherweise schwieg der Clanführer.

Die Stonefire-Drachen brauchten eine Sonderbehandlung. Alle stritten gerne mehr, als Gregor gewohnt war. Das erklärte Arabella MacLeod, die ehemalige Stonefire-Drachenwandlerin, die sich mit Lochguards Anführer gepaart hatte, und ihre Tendenz, kontra zu sein.

Sein Drache meldete sich zu Wort. *Umso mehr Grund, Cassidy zu umwerben. Stonefire hört auf sie. Wenn wir ihr Gefährte wären, würden die englischen Drachen auch auf uns hören.*

Das ist eine ziemlich komplexe Art, Patienten dazu zu bringen, einem zuzuhören.

Du bist derjenige, der schwierig ist. Ich versuche nur, logische Wege zu finden, um dich davon zu überzeugen, Cassidy zu küssen.

Gregor ignorierte seinen Drachen, um sich auf die systolischen und diastolischen Messwerte zu konzentrieren.

Als er fertig war, legte Gregor seine Ausrüstung beiseite. „Ihr Blutdruck ist extrem hoch. Wenn Sie ihn nicht runterbringen, werden Sie einen Herzinfarkt bekommen. Ich werde etwas Blut abnehmen, um sicherzustellen, dass es nichts Ernsteres ist."

Evie legte ihre Arme um Brams Schultern. „Hab ich's dir doch gesagt." Sie sah Gregor in die Augen. „Was wird am besten helfen, Dr. Innes?"

Gregor zog einen Stauschlauch um Brams Bizeps und nahm ein Blutentnahmeset aus seiner Tasche. „Die Arbeitsbelastung verringern und damit den Stress – das wird am besten helfen. Und wenn Sie wie jeder andere Clan-Führer sind, den ich bislang getroffen habe, dann machen Sie wahrscheinlich nicht so viel Sport, wie Sie sollten."

Bram grunzte. „Ich habe keine verdammte Zeit, das zu tun. Die Sicherheit meines Clans steht an erster Stelle. Ein Bad in einem See steht irgendwo ganz unten auf der Liste."

Gregor hob die Augenbrauen, als er den Plastikschutz von der Nadel und dem Blutentnahmeröhrchen entfernte. „Ich hoffe doch, dass die Sicherheit

Ihres Clans an erster Stelle steht, da Sie schließlich der Anführer sind." Bram starrte finster, und Gregor hörte auf, ihn zu necken. „Dann lernen Sie zu delegieren. Vielleicht könnten Sie eine Zweitbesetzung annehmen."

Evie fragte: „Wird sowas gemacht? Ein Clanführer nimmt sich einen Stellvertreter? Das kenne ich wirklich nicht."

„Aye, in der Vergangenheit gab es das", antwortete Bram. „Aber als unsere Zahl im Laufe der Jahrhunderte sank, hörte man damit auf."

Gregor fand die Vene und schob die Nadel hinein, bevor er das Röhrchen aufsetzte. Man musste Bram zugutehalten, dass er nicht einmal grunzte. „Diejenigen, die in den ersten Jahren des Opfersystems geboren wurden, sind mehr als alt genug, um zu helfen. Sie sollten anfangen, dort zu suchen."

Evie antwortete, bevor Bram es konnte: „Oh, das wird er. Dafür werde ich sorgen."

„Evie ..."

„Nein, Bram. Du musst nicht beweisen, wie hart du arbeitest. Jeder weiß das. Ein wenig Hilfe könnte dir guttun. Dann könntest du auch mehr Zeit mit den Kindern verbringen."

„Aye, um ihre Windeln zu wechseln, vermute ich", antwortete Bram trocken.

Während das Paar weiter plapperte, zerrte der Neid an Gregors Herz. Er und Bridget hatten einmal ähnliche Streitereien gehabt. Der einzige Unterschied war, dass sie nie die Chance hatten, ihre Pläne tatsächlich durchzuziehen. Gregor hätte alle Windeln gewechselt, wenn dafür Bridget und ihr Sohn noch am Leben wären.

Sein Tier mischte sich ein. *Wir werden Bridget und das Kleine immer lieben. Aber selbst sie hätte gewollt, dass du glücklich bist. Nach mehr als einem Jahrzehnt, denkst du nicht, dass es Zeit ist? Cassidy könnte unsere letzte Chance sein.*

Jetzt bist du aber ein bisschen dramatisch.

Hör auf mit dem Rauszögern und konzentriere dich. Zwei wahre Gefährten im Leben zu finden, ist ein Geschenk. Sei kein stures Arschloch, und verstecke dich nicht hinter etwas, das du nicht kontrollieren kannst.

Für ein paar Sekunden entglitten Gregor die Gründe, sich von Cassidy fernzuhalten, und ein Bild von ihr, wie sie sich gegen ihn lehnte, ihre verschlungenen Hände über ihrem hervorstehenden Bauch blitzte in seinem Geist auf.

Sein Drache summte. *Wenn du es willst, dann musst du dich dranmachen.*

Dann ersetzte ein Bild von Cassidy bei der Entbindung, vor Qualen schreiend, während Komplikationen ihr Leben beendeten, das vorige und stellte seine Entschlossenheit wieder her. *Nein, Drache. Bis es eine Garantie oder einen Weg gibt, um sicherzustellen, dass eine Frau keine Komplikationen hat, riskiere ich kein weiteres Leben.*

Sein Tier seufzte. *Dann wird uns unsere zweite Chance bald durch die Finger gleiten.*

Dann ist es eben so.

Als sein Drache verstummte, wusste Gregor, dass das noch nicht das Ende war.

Er entfernte den Schlauch und die Nadel, bevor er ein Pflaster auflegte. Er räusperte sich und erregte damit Evies und Brams Aufmerksamkeit. „Ich komme morgen wieder, um nach Ihnen zu sehen und über Ihre Pläne zur Verringerung Ihrer Stressbelastung zu erfahren."

„Bis dahin werde ich ihn zermürbt haben, Dr. Innes", antwortete Evie.

Anstatt zu bleiben und das Paar weiter streiten zu hören, nahm Gregor seine Tasche und ging ohne ein weiteres Wort. Er machte sich auf den Weg zur Klinik, um nach Cassidy zu sehen.

Das fröhliche Bild von vorhin, sie gegen ihn gelehnt, kehrte zurück, und Gregor genoss es den ganzen Weg, weil diese Vorstellung für immer das bliebe, was für ihn einer Gefährtin am nächsten kam.

Kapitel Vier

Sid schlief halb, als sie fühlte, wie etwas ihre Schläfe streifte. Als sie ihre Augen öffnete, sah sie Gregor, der sich über sie beugte und etwas in der Hand hielt. „Was zum Teufel tust du denn?"

„Überprüfen, dass deine Gehirnaktivität normal ist", sagte er unschuldig.

Sie kniff die Augen zusammen und starrte auf seine geschlossenen Finger. „Zeig mir, was du hast."

„Nein."

Sie blinzelte. „Was?"

„Du hast mich gehört. Ich werde deine EEG-Werte mit dir durchgehen, nachdem ich Gelegenheit hatte, sie mir anzusehen. Und bevor du weitere Befehle von dir gibst, solltest du dich fragen, ob du den unvernünftigen Forderungen eines Patienten nachgeben würdest. Weil ich das nicht tue, und ich vermute, du bist genauso."

Verdammt sei der Mann, er hatte recht. „Meine größte Sorge ist, dass du mir ohne meine Erlaubnis Medikamente verabreichst."

„Ich habe dir keine Medikamente gegeben."

Sie runzelte die Stirn und widersetzte sich, die Dinger an ihrer Schläfe zu berühren. „Aber offensichtlich musstest du doch die Elektroden auf meine Haut legen. Ich habe einen leichten Schlaf und wäre bei der ersten Berührung aufgewacht."

„Aye, nun, anscheinend magst du meine sanfte Berührung", sagte er und zwinkerte.

„Wahrscheinlich habe ich es verdrängt, weil es traumatisch war."

Gregor lachte. „Red' dir das ruhig ein, Sid. Du bist nur sauer, weil du das Flüstern meiner männlichen Finger verpasst hast."

Da Gregor nicht wissen sollte, wie recht er hatte, wechselte sie das Thema. „Apropos, warum sind deine Finger so rau? Jeder Drachenwandlerarzt, den ich bislang kennengelernt habe, hatte weiche Hände."

Er zuckte die Schultern. „Ich schnitze gerne. Und da ich das mit der Hand mache, mussten meine Handflächen über die Jahre rauer werden, sonst hätte ich ständig Blasen."

„Du schnitzt."

„Ja", sagte er mit einem Grinsen. „Willst du mich gleich bitten, dich nackt zu schnitzen?"

„Ich – natürlich nicht. Das ist verdammt lächerlich."

Er beugte sich einen Bruchteil vor. „Da protestiert aber jemand ein wenig zu vehement."

Sids Wangen erhitzten sich, und sie verfluchte den Drachenmann innerlich. Je länger sie bei Gregor war, desto mehr sehnte sie sich danach, zu spüren, wie seine Finger jeden Zentimeter ihres Körpers streichelten. Es wäre sogar noch erotischer, wenn er sie langsam mit seinen Augen streichelte.

Reiß dich zusammen, Jackson. Sid räusperte sich und setzte sich in ihrem Bett auf. „Weiß jeder von deiner Nacktstatuen-Sammlung?"

„Leider habe ich noch keine nackten. Ich schnitze hauptsächlich Tiere und Drachen. Lochguard plant eine Messe für Ende des Jahres, dann kann ich endlich ein paar davon verkaufen. Sie nehmen ein ganzes Zimmer in meinem Cottage ein."

Sid war dankbar für die Ablenkung und stürzte sich darauf. „Das MDA könnte seine Meinung zu eurer Messe ändern, wenn die Drohnenangriffe weitergehen oder schlimmer werden. Ich bin ziemlich zuversichtlich, dass die Drohne etwas mit dem zu tun hat, was mir passiert ist."

Vor ein paar Monaten hatte die neue MDA-Direktorin Rosalind Abbott Drachenclans dazu ermutigt, sich mit den Menschen vor Ort zu treffen. Aus Sicherheitsgründen hatte Stonefire bislang jedoch noch nichts geplant.

„Ein zufälliger Angriff macht noch keinen Krieg. Soweit wir wissen, könnte es ein Teenager aus der

Gegend gewesen sein, der versucht, sich zu beweisen", sagte Gregor.

„Oder es könnte ein Testlauf für einen größeren
Angriff gewesen sein. Du solltest deine Leute darauf
vorbereiten."

„Das habe ich bereits."

„Aber du hast doch gerade gesagt ..."

„Nur, weil ich gerne optimistisch bin, heißt das
nicht, dass ich unvernünftig bin. Lochguard wurde
letztes Jahr bombardiert. Glaub mir, ich bin mir der
möglichen Bedrohungen bewusst."

Als Gregor ihr den Rücken zuwandte, dachte
Sid, dass er seine Gefühle über den Tod seiner
Schwester und seiner Nichte verbergen wollte. Sid
wusste nur zu gut, dass Ärzte sich selten um sich
selbst kümmerten. Egal, wie sehr Gregor sie reizte
oder wütend machte, sie konnte ihn nicht unnötig
leiden lassen. Sie musste versuchen, ihm zu helfen.

„Gregor."

Er drehte sich um, seine Augen ausdruckslos.
„Das ist das erste Mal, dass du meinen Vornamen
benutzt hast."

Sie hatte nicht vor, sich ablenken zu lassen.
„Erzähl mir von deiner Schwester."

Zu ihrer Überraschung schenkte Gregor ihr ein
trauriges Lächeln und sagte: „Nora war still, besonders für eine Innes. Sie blieb gerne für sich und beobachtete die Vögel oder las ein Buch. Das hat unsere
Eltern in den Wahnsinn getrieben, weil sie sie nie
aus dem Haus holen konnten."

Sid lächelte bei der Vorstellung eines Bücherwurms, der sich in der Ecke eines Cottages zusammengerollt hatte. „Und angesichts meiner Erfahrung mit Lochguard, wette ich, sie hasste wahrscheinlich die meisten Clan-Treffen. Ihr seid alle neugierig."

„Ja, sie hat sie verabscheut. Normalerweise hat sie sich mit einem Buch in eine Ecke der großen Halle verkrochen. Und da hat sie dann Harry kennengelernt, ihren Gefährten. Er war auf der Suche nach Insekten und Spinnen. Der seltsame Mann ist weltweit bekannt für seine Arbeit mit diesen Kreaturen."

„Der Bücherwurm und der Insektentyp. Das ist ja mal ein Paar."

„Das waren sie, und sie verbrachten die meiste Zeit weit entfernt von allen anderen. Nora hat ihm bei seiner Arbeit geholfen, weißt du. Und Harry verstand, wie es war, eine Familie zu haben, die versuchte, einem ein Interesse auszureden. Er hat Nora immer unterstützt." Gregor lächelte traurig. „Ihre Töchter wuchsen mit Spinnen, Libellen und Käfern auf, die an ihre Schlafzimmerwände gemalt waren, und liebten es. Das einzige Mal, als ich versuchte, meine noch lebende Nichte, Fiona, nach dem Tod ihrer Schwester und Mutter zu besuchen, hatte Fiona jede mit einem Stift überkritzelt. Als ich sie fragte, warum, sagte sie, die kleinen Tiere seien eins nach dem anderen vor Traurigkeit gestorben."

„Ach, Gregor."

„Also, aye, ich trauere, aber meine Nichte und

mein Schwager trauern schlimmer. Ich bin stark für sie und den Clan. Wenn ich zusammenbrechen würde, hätte nur ich etwas davon."

Als sie sah, wie er sich umwandte, um ihre Akte und sein Tablet zu nehmen, vermutete Sid, dass er kurz davor war zu fliehen. Wenn sie für seine Gesundheit sorgen sollte, konnte sie das nicht zulassen. Er musste mehr reden, bis er sich sicher genug fühlte, um einen Zusammenbruch zuzulassen. Erst dann würde er weitermachen können.

Also platzte sie heraus: „Ich habe etwas Ähnliches getan, als mein Bruder starb."

Gregor drehte sich zurück und hob die Augenbrauen. Als er schwieg, fuhr Sid fort: „Ich war ein Teenager und hätte ein tapferes Gesicht aufsetzen sollen, besonders, da mein Großvater mir immer gesagt hatte, dass Drachenwandler stark sein müssen. Aber wenn niemand hinsah, schlich ich mich in Wyatts Zimmer und klaute eines seiner Kuscheltiere oder Spielzeugflugzeuge. Dann fing ich an, sie in Kisten zu packen und zu vergraben. Es war dumm, aber ich dachte, wenn Wyatt sie nicht haben könnte, sollte es niemand tun. Schließlich hielt mich mein Dad auf, und das war der Tag, an dem ich endlich all meine aufgestaute Wut und Traurigkeit rausgelassen habe." Sie neigte den Kopf. „Wenn du das Gleiche wegen deiner Schwester und deiner Nichte tun musst, komm zu mir. Bei mir zusammenzubrechen hat keinen Einfluss auf dein Image. Ich werde dich als meinen Patienten betrachten, und so bin ich an meine ärztliche Schweigepflicht gebunden."

Sie erwartete voll und ganz, dass Gregor abweisend mit der Hand wedeln und sagen würde, dass Drachenwandlermänner nicht zusammenbrechen mussten. Er nickte jedoch nur. „Das werde ich mir merken."

Während sie einander anstarrten, kam eine Art Verständnis zwischen sie. Sowohl sie als auch Gregor hatten so viel Traurigkeit und Verlust in ihrer Vergangenheit erfahren. Sie waren eine seltene Spezies, da sie einander besser verstanden als die meisten anderen.

Wenn sie nur ihren Drachen hätte, könnte sie ihn festhalten und niemals loslassen.

Der Lärm fing wieder in ihrem Kopf an, aber beim dritten Schlag explodierte es. Sie packte ihre Ohren und schrie. Im nächsten Moment war Gregor an ihrer Seite. „Sag mir, was gerade passiert, Cassidy."

„Lärm, so viel Lärm!" Aus dem Vorschlaghammer wurde eine Abrissbirne. „Lass es aufhören! Bitte lass es aufhören!"

Der Anblick von Cassidy voller Schmerz erweckte seinen Drachen brüllend zum Leben. *Hilf ihr!*

Ich weiß nicht wie.

Es gibt eine Sache, die helfen könnte.

Das kann ich nicht. Es muss einen anderen Weg geben.

Nicht jetzt. Tu es!

Sid sackte gegen ihn, und Gregor schlang seine Arme um sie. Als er ihr den Rücken streichelte, schoss jedes Wimmern direkt in sein Herz.

Er hatte noch keine Zeit gehabt, ihre Scans oder Gehirnwellenwerte zu studieren. Auch wenn er so seinen Verdacht hatte, hatte Gregor keinen Beweis dafür, was den Schmerz verursachte.

„Gregor, bitte!", kreischte Cassidy und bog sich zurück.

Mit einem Fluch legte er sie wieder hin und berührte ihre Wange. „Verzeih mir, aber ich muss es versuchen. Es könnte helfen."

Er beugte sich hinab und drückte ihr einen sanften Kuss auf die Lippen.

Lust und Verlangen schossen durch Gregors Körper, aber er schaffte es, seinen Drachen im Hinterkopf zu behalten. Er würde sich später um das verdammte Tier kümmern.

Cassidy entspannte sich, und er schob seine Zunge zwischen ihre Lippen. Verdammt, die Hitze und ihr Geschmack brachten ihn dazu, mehr, viel mehr zu verlangen.

Ihr Wohlbefinden war jedoch wichtiger. Als er sich zurückzog, sah er in ihre Augen. „Ist der Schmerz weg?"

„Ja und nein", flüsterte sie.

„Willst du mir sagen, was das verdammt nochmal bedeutet?"

„Küss mich noch einmal."

„Was?"

„Gregor, bitte! Tu es einfach."

Sein Drache ging in seinem Gefängnis auf und ab und drängte ihn, sie zu küssen. Sie gehörte ihnen. Sie sollten sie beanspruchen.

Er ignorierte sein Tier und konzentrierte sich auf das Flehen in Cassidys Augen. Er beugte sich hinunter und nahm ihre Lippen in einem groben Kuss. Zu seiner Überraschung erwiderte Cassidy den Kuss, während sie ihre Hand auf seinen Hinterkopf legte und ihn näher zog.

Mit einem Knurren erkundete er jeden Zentimeter ihres Mundes, da es das letzte Mal sein könnte, dass er sie je küsste. Egal, was passierte, er konnte nicht zulassen, dass die Dinge weiter gingen als dieser Kuss.

Sein Drache schlug gegen die unsichtbare Mauer, aber sie hielt.

Viel zu früh zog Cassidy sich mit einem Seufzer zurück. Er hielt die Enttäuschung aus seinen Augen und betrachtete ihre. „Nun, möchtest du mir sagen, worum es hier gerade ging?"

Sie lächelte. „Als du mich geküsst hast, verwandelte sich das Hämmern in ein Summen."

„Dann hatte ich recht. Das Hämmern hat mit deinem Drachen zu tun."

„Ich würde das gern akzeptieren, aber es gibt immer noch zu viele unbekannte Variablen."

„Gesprochen wie eine wahre Ärztin."

Sie ignorierte seine Bemerkung. „Ich muss dich vielleicht in der Nähe behalten, damit du mich küsst und das Hämmern aufhören lässt, wenn es wieder einsetzt."

„Gott, ich bin froh, zu Diensten zu sein", sagte er gedehnt.

„Hör auf, Gregor!" Ihr Ausdruck schwankte. „Es sei denn, du willst mich nicht noch einmal küssen."

„Ach, Frau, natürlich tue ich das. Aber ich muss hier und jetzt etwas klarstellen." Sein Tier verstärkte seinen Wutanfall, aber Gregor wollte ihn nicht raus-lassen. „Ich gebe einer so schönen Frau gern ein paar Küsse. Aber."

„Aber was?"

„Wenn es dein Drache ist und wir ihn befreien können, muss ich sofort nach Lochguard zurückkehren."

„Ich verstehe nicht."

„Der Gefährtenrausch führt immer zu mindestens einer Schwangerschaft. Ich habe schon einmal eine Frau mit meinem Kind getötet, und ich werde es nicht wieder tun."

Sein Tier riss eine Wunde in die Wand. *Ich bin stärker. Ich werde es wahr machen. Sie wird uns gehören.*

Gregor konstruierte ein komplexes Labyrinth

voller Gruben, Feuer und Sackgassen, bevor er sein Tier hineinwarf. Das sollte es eine Weile beschäftigen.

Da Cassidys Ausdruck frei von Emotionen war, wartete Gregor darauf zu sehen, was sie sagen würde.

Sids Aufregung über das, was in ihrem Kopf passiert war, wurde augenblicklich durch Verwirrung ersetzt. Sie hatte keine Ahnung, wie ein so rationaler Mann wie Gregor so eine irrationale Angst haben konnte. Nur weil eine Frau bei der Geburt gestorben war, hieß das doch nicht, dass es beim nächsten Mal wieder passieren würde.

Nicht, dass sie Kinder bekäme. Gregors Kuss mochte das erste Mal gewesen sein, dass sich das Schlagen in etwas Angenehmes verwandelt hatte, aber sie suchte immer noch nicht nach einem Gefährten. Bis sie eine fühlende, sprechende Präsenz in ihrem Kopf hatte, um ihren Verstand langfristig zu garantieren, hatte Sid keine Pläne für ihre eigene Zukunft.

Aber bis Gregor nach Lochguard ging, musste sie ihrer Liste noch hinzufügen, dass sie ihn dazu bringen wollte, über seine Vergangenheit zu erzählen. Nach seiner Haltung zu urteilen, hatte er den Tod seiner Gefährtin oder seine eigene Trauer noch nicht vollständig akzeptiert. Nur weil Sid vielleicht keine Zukunft hatte, hieß das nicht, dass Gregor einer glücklichen Familie beraubt werden sollte. Wenn sie ihn heilen könnte, dann könnte er wenigstens eine Chance dazu haben.

Ein leises Klopfen begann in ihrem Kopf, aber es war erträglich. Sie würde Gregor nicht bitten, sie zu küssen, bis es unerträglich wurde.

Sie konzentrierte sich wieder auf ihn, hielt ihren Ton leise und zuckte mit den Schultern. „Na schön."

Er blinzelte. „Einfach so?"

„Ich dachte eher, einem Mann die Erlaubnis zu geben, mich zu küssen – natürlich privat – ohne Verpflichtungen wäre ein willkommener Vorschlag."

Nach einer kurzen Pause erwiderte Gregor: „Aye, dann helfe ich." Er grinste. „Obwohl ich es sparsam einsetzen muss, damit du es genießen kannst."

Ihr entging nicht, dass er Humor verwendete, um das Thema zu wechseln. „Sparsam ist gut. Das bedeutet, dass ich die Änderungen leichter dokumentieren kann."

„Du meinst, ‚wir' können die Änderungen dokumentieren. Wenn du mit meinen Lippen ein Experiment durchführst, dann bin ich dein Forschungspartner, Ende der Geschichte."

Sid war es gewohnt, allein zu arbeiten. „Ich nehme an, es wird eine gute Übung für den Moment sein, wenn der walisische Drachenmann eintrifft."

„Was für ein walisischer Drachenmann?",

brachte Gregor zwischen zusammengebissenen Zähnen heraus.

„Hör auf, dich wie ein Höhlenmensch zu benehmen. Dr. Trahern Lewis wird Stonefires Assistenzarzt. Angesichts der Tatsache, dass unsere Spezies tendenziell mehr Männer als Frauen hat, sollte es keine Überraschung sein, dass ein Drachenmann kommt und keine Frau."

„Natürlich", erwiderte er nur. „Aber genug über den Arzt. Ich möchte von deinen Lippen hören, dass wir gemeinsam daran arbeiten werden."

„Aber unsere Lippen werden zusammenarbeiten."

Einer von Gregors Mundwinkeln zuckte. „Ich denke, du versuchst, lustig zu sein."

„Nur, weil ich Ärztin bin, bedeutet das nicht, dass ich nicht auch lustig sein kann."

„Aye, aber wann hast du es das letzte Mal mit jemandem außer mir gemacht?"

Sie hob die Brauen. „Da das nichts mit meiner Gesundheit zu tun hat, werde ich das nicht beantworten."

Er strich einen Finger über ihre Wange, und der Lärm in ihrem Kopf nahm zu. „Zieh dich vorerst hinter diese Verteidigung zurück, aber du solltest wissen, dass es mir Spaß machen wird, dich zu küssen und zu necken, Cassidy Jackson. Tatsächlich werde ich dir gleich eine Kostprobe geben."

Bevor sie antworten konnte, drückte Gregor ihre Lippen auf ihre. Bei dem Kontakt kehrte das

Summen zurück in ihren Kopf. Im Gegensatz zu den stechenden Schmerzen beim Brüllen und Hämmern strömte jetzt ein Gefühl der Ruhe durch ihren Körper. Fast so, als wäre Gregor zu küssen einfach ... natürlich.

Sie ignorierte das Gefühl und knabberte an seiner Unterlippe, bevor sie sich ein paar Zentimeter zurückzog. „Und jetzt, da ich den Kuss zugelassen habe, erwarte ich, dass ich die Ergebnisse meines Gehirnscans sofort erfahre, sobald du sie hast."

Er grunzte. „Verdammte Frau, denkst du je an etwas anderes als die Arbeit?"

„Natürlich tue ich das. Aber da ich gesund bleiben möchte, sind die Ergebnisse meiner Scans wichtig."

Gregors Stimme wurde stählern. „Ich lasse dich nicht verrückt werden, Cassidy Jackson. Also hör auf, damit zu kokettieren."

Sorge und Entschlossenheit blitzten in seinen Augen auf. Trotz ihrer nur kurzen Zeit zusammen war ihm ihr Wohlbefinden sehr wichtig.

Aber natürlich war es das. Gregor war ein ebenso hingebungsvoller Arzt wie sie.

Etwas krallte sich in ihr Gehirn, und sie zuckte zusammen. Gregors Augen sahen plötzlich besorgt aus. „Was ist los?"

„Es fühlt sich an, als versuchte etwas, sich seinen Weg aus meinem Kopf zu krallen."

„Aye? Dann lass uns das untersuchen. Es könnte meine Theorie unterstützen."

„Das wird nicht mein verdammter Drache sein. Hör auf, das zu erwähnen."

Gregor nahm eine Elektrode und hob sie an ihre Schläfe. „Bis du mir das Gegenteil beweist, werde ich es so oft ansprechen, wie ich will. Wenn jemand seinen Drachen verdient, dann du, Cassidy."

Sie war es leid, sich gegen ihn zu wehren, und ließ zu, dass er die Elektroden an ihren Schläfen anbrachte. „Dann schuldest du mir Käsekuchen."

„Käsekuchen?"

„Dein Gehör ist vollkommen in Ordnung. Das ist mein Preis."

Er lehnte sich zurück. „Nun, wenn Käsekuchen das ist, was die Dame wünscht, dann ist es das, was sie haben wird. Leider habe ich keine Zeit, um für die beste Sorte nach New York zu fliegen, also wird Stonefires Konditorei es tun müssen."

„Hast du jemals –"

Gregor unterbrach sie. „Schhh. Was hat diese neue Reaktion ausgelöst?"

„Bestimmte Gedanken."

„Das dachte ich mir schon", antwortete er trocken.

„Gib mir einen Moment und lass mich etwas versuchen."

Gregor seufzte, aber bedeutete ihr, sie solle weitermachen. Sie fragte sich, ob sie die Erste war, die ihm so weit unter die Haut ging. Um ehrlich zu sein, es war ziemlich lustig.

Bei dem Gedanken, Spaß mit Gregor zu haben,

begann das Krallen in ihrem Gehirn wieder. Sie schloss die Augen und biss sich auf die Lippe, um nicht zu schreien und sich stattdessen zu fokussieren. Gedanken an Gregor schienen die Reaktionen auszulösen, also stellte sie sich vor, mit ihm im See zu schwimmen und seinen Kopf unter Wasser zu tauchen. Und dann zu lachen, wenn er mit Pflanzen-teilen in den Haaren auftauchte.

Als sie sich vorstellte, einen Zweig wegzupfen, vergrößerte sich der Schmerz um das Zehnfache.

Die Antwort ließ sie glauben, dass Gregors Theorie richtig sein könnte. Wenn sie seine wahre Gefährtin wäre und ihr Drache gefangen war, würde das Tier alles tun, um rauszukommen und den Gefährtenrausch zu erfüllen.

Sie fixierte das Bild, Gregor zu küssen, und der Schmerz blieb der gleiche wie zuvor. Bilder hatten nicht die gleiche Wirkung wie die Handlung.

Als hätte er ihre Gedanken gelesen, berührten Gregors warme Lippen ihre, und der Schmerz wandelte sich in Lust. Sie seufzte in seinen Mund und genoss einfach das warme Streicheln seiner Zunge.

Gregor hatte seine Fäuste so fest geballt, dass er sich fast die Finger gebrochen hätte, als er beobachtete, wie Cassidys Körper sich verkrampfte und ihre Herzfrequenz sich erhöhte. Glücklicherweise hatte er ihre EEG-Sensoren nicht entfernt und konnte sehen, dass ihre Gehirnwellenaktivität ebenfalls anders war als alles, was er je gesehen hatte.

Doch als ihr Gesicht blasser wurde, vergaß Gregor die Wissenschaft und Ergebnisse und küsste seine Ärztin. Als sie sich entspannte, seufzten sowohl Mann als auch Tier innerlich erleichtert.

Sein Drache war noch immer im Labyrinth, aber als Gregor den Kuss mit Cassidy vertiefte, sickerten lustvolle Gedanken durch die Wände und rauschten in ihn, direkt zu seinem Schwanz.

Er legte Cassidy zurück aufs Bett und senkte seinen Körper auf ihren. In dem Moment, als ihre harten Nippel gegen seine Brust drückten, knurrte er und griff besitzergreifend an ihre Taille.

Er erwartete beinahe, dass seine Ärztin ihn wegstieß, aber sie zog ihn näher, bis er fast auf ihr lag. Das Gefühl ihrer Brüste und die kleinere Statur unter ihm verwandelten seinen Schwanz in Stein.

Die Lust seines Drachen wuchs, Gregor legte mit einem Knurren eine Hand auf eine von Cassidys Brüste und hielt sie. Sie passte perfekt in seine Handfläche. Er wettete, ihr Nippel würde ebenso perfekt in seinen Mund passen.

Bei dem Gedanken, ihre Brustwarze tief einzusaugen, kehrte ein Aufblitzen der Vernunft in Gregors Gehirn zurück. Mit herkulischer Anstrengung zog er sich zurück und ließ los. Die Distanz hätte seine Gedanken und seine Lust kühlen sollen, aber der Anblick ihrer vom Kuss geschwollenen

Lippen und der geröteten Wangen brachte ihn nur dazu, sie ausziehen und jeden Zentimeter ihrer weichen Haut erforschen zu wollen.

Er trat ein paar Schritte zurück und räusperte sich. Er würde Cassidy nie als Gefährtin haben, geschweige denn ihren nackten Körper erforschen. Das Endergebnis war zu gefährlich.

Sein Drache hatte sich endlich befreit. *Ich will sie. Sie scheint uns zu wollen. Lass sie entscheiden.*

Nein. Ich bin ihr Arzt, und es ist meine Aufgabe, sie zu beschützen.

Sein Tier zischte. *Wir sind mehr als ihr Arzt. Sie ist unsere wahre Gefährtin. Warum wischst du eine Zukunft beiseite, die du so sehr willst wie ich?*

Es brauchte alles, um nicht an Cassidy zu denken, rund mit seinem Kind. *Weil es wichtiger ist, Cassidy zu helfen, gesund zu werden. Oder willst du, dass sie ewig in Schmerz lebt?*

Natürlich nicht.

Dann kontrolliere dich selbst und lass mich ihr helfen.

„Gregor?"

Cassidys raue Stimme unterbrach seine Unterhaltung. Er untersuchte ihr Gesicht auf Anzeichen von Schmerzen, aber er sah keines. „Geht's dir gut?"

„Ob es mir gut geht? Wovon? Zu viel Küssen?" Sie beugte sich vor. „Was ist mit dir passiert? Ist dein Drache kurz davor, sich zu befreien?"

Er neigte den Kopf. „Nachdem ich dich begrabscht und mit einem harten Schwanz auf dir gelegen habe, denke ich, dass du die Antwort darauf weißt."

„Gregor, hör auf mit den vagen Kommentaren, und beantworte meine Frage einfach unkompliziert."

Sein Tier knurrte, aber Gregor ignorierte es. „Mein Drache und ich haben unterschiedliche Prioritäten." Sie hob nur ihre Augenbrauen, und er fügte hinzu: „Ja, er will dich, okay? Wenn man bedenkt, wie hübsch und clever du bist, sollte das nicht überraschen."

Sie lächelte. „Ich bin clever." Ihr Ausdruck wurde ernster. „Aber wenn es schwer zu kontrollieren ist, solltest du besser gehen. Sobald du die Ergebnisse ausgewertet und mir etwas mitzuteilen hast, kannst du zurückkommen."

„Brauche ich ein geheimes Passwort, um reinzukommen?"

Sie verdrehte die Augen. „Sei mal einen Moment lang ernst. Du willst nicht den Gefährtenrausch, und ich auch nicht. Ich versuche nur, mir den besten Kompromiss auszudenken. Natürlich, wenn es dir zu viel ist, dann geh zurück nach Lochguard, und ich kann meine eigenen Probleme lösen."

Der Gedanke, seine Ärztin zurückzulassen, rief einen schlechten Geschmack in seinem Mund hervor. „Ich werde verdammt nochmal nicht gehen. Versuch' einfach, meinen Drachen nicht so sehr zu verführen, und wir werden es gut hinbekommen."

Etwas blitzte in ihren Augen auf, aber war weg, bevor er blinzeln konnte. „Wenn du dein Tier besser kontrollieren willst, dann sprich mit Bram. Er hat das eine ganze Weile in Schach gehalten, bis er schließlich Evies Charme nachgab."

„Ich werde Bram um keinen verdammten Rat bitten", brummte er.

Cassidy zuckte mit den Schultern. „Dein Problem."

„Bist du immer so ärgerlich, Frau?"

Sie lächelte langsam. „Nur bei dir."

Auch er musste unwillkürlich lächeln. „Gut."

Überrascht weiteten sich ihre Augen, und er fragte sich, wie es wäre, Cassidy Jackson jeden Tag ihres Lebens zu überraschen.

Nein. Er wollte seinem Drachen nicht auch noch Futter geben.

Sein Tier lachte leise. *Zu spät. Wir haben einen gemeinsamen Verstand, und du bist schrecklich darin, Geheimnisse zu bewahren.*

Gregor nahm sein Klemmbrett und ging zur Tür. „Ich gehe deine Messwerte durch und sehe nach, ob ich etwas finde. In der Zwischenzeit musst du dich ausruhen. Wenn der Schmerz wieder auftritt, drück den Panikknopf, und ich komme gerannt."

„Es ist also eher ein ‚Kuss-Notfall'-Knopf", antwortete sie.

Gregors Drache ließ ein videoartiges Bild aufblitzen, wie sie Cassidys Hals, ihre Brüste und sogar den Bereich zwischen ihren Schenkeln küssten.

Er biss die Zähne zusammen und verbannte das Bild. „Sowas in der Art. Bin gleich zurück."

Ohne ein weiteres Wort ging Gregor so schnell wie möglich von der Frau weg, die ihn wie keine andere in Versuchung führte.

Verdammt, wenn er nicht vorsichtig wäre, könnte er sogar seinem Drachen nachgeben und sie beanspruchen, was nur ihr Todesurteil unterschreiben würde.

Kapitel Fünf

Sid lag einige Stunden später in ihrem Bett und betrachtete das Muster an der Decke.

Egal, was sie tat, ihre Gedanken kehrten immer wieder zu Gregor Innes zurück. Genauer gesagt, zum Gefühl seines Körpers und wie er sie vergessen ließ, dass sie keine vollständige Drachenfrau war.

Um ehrlich zu sein, war sie nur eine Frau; sie hatte den Titel Drachenfrau nicht verdient.

Natürlich, wenn es nach Gregor ging, könnte er sie vielleicht wieder ganz machen.

Seufzend sah sie zu den Mustern über sich zurück. Als Kind hatte sie sich immer Geschichten aus den Formen ausgedacht, die sie sah, um sich von Wyatts Tod abzulenken. Vielleicht könnte sie dasselbe tun, um Gregor und die Aussicht darauf, einen Drachen zu haben, zu vergessen. Die Hoffnung könnte sie brechen, wenn sich herausstellte, dass ihre geistige Anomalie eine seltene Krankheit oder eine psychische Erkrankung war und nicht ihr Drache.

So wie sie einen alten Mann mit Bart erfunden hatte, von dem sie dachte, er könnte ein Zauberer sein. Die Stimme des Mannes, den sie vergessen wollte, schwebte durch die Tür. „Cassidy? Bist du wach?"

Die unbekannte Präsenz in ihrem Geist hob den Kopf, und Sid wappnete sich gegen den Schmerz. „Wenn du etwas zu berichten hast, komm rein. Sonst bleibst du lieber weg und reizt deinen Drachen nicht."

Die Tür öffnete sich. „Ich kann meinen verdammten Drachen kontrollieren."

Sie lächelte über seinen launischen Ton. „Möchtest du wetten?"

Gregors Pupillen blitzten auf, wurden aber bald wieder rund und blieben so. „Möchtest du Zeit mit Wetten verschwenden oder darüber sprechen, was ich gefunden habe?"

Sid setzte sich auf. „Erzähl mir, was du gefunden hast."

Einer seiner Mundwinkel zuckte hoch. „Mir gefällt es, wenn du so eifrig bist." Für einen kurzen Moment erwartete sie, dass er einen Witz darüber machte, wie eifrig er war, wenn er nackt war, aber er räusperte sich nur und fuhr fort: „Meine erste Frage ist, wie viel weißt du über die Wissenschaft zu den Doppelpersönlichkeiten von Drachenwandlern?"

„Die Grundlagen. Die menschliche und die Drachenhälfte neigen dazu, für bestimmte Aufgaben leicht unterschiedliche Gehirnbereiche zu nutzen, aber ich bin kein Experte. Nicht nur ist die Chirurgie mein Spezialgebiet, sondern es wurden auch nicht viele eingehende Studien über unsere doppelten Persönlichkeiten durchgeführt, da es an Mitteln und Ressourcen mangelt."

Gregor zog einen Stuhl neben ihr Bett. „Nun, ich dilettiere seit Jahren, wann immer ich Gelegenheit habe. Auch wenn ich mich auf Kinder und das Erwachen der Drachenpersönlichkeiten konzentriert habe, da unsere Drachenhälften ja die ersten sechs oder sieben Jahre schweigen, scheinen die meisten Hirnaktivitätsmuster denselben Bereichen bis ins Erwachsenenalter zu folgen. Zumindest bei den wenigen, die ich überprüft habe."

„Und?"

Gregor öffnete sein Tablet und rief ein Diagramm auf. Er zeigte auf eine deutliche Spitze in der Mitte. „Dies ist der Zeitpunkt, an dem du die meisten Schmerzen hattest." Er öffnete ein weiteres Diagramm. „Das Muster entspricht fast genau dem einer Frau, die hier gegen den Gefährtenrausch ankämpft." Und noch eins. „Und das hier ist ein Kind, das zum ersten Mal mit seinem Drachen streitet, und der Drache versuchte, die Kontrolle zu übernehmen."

Sid wechselte zwischen den drei Bildern. Die Spitzen waren fast identisch.

Dennoch wollte sie sich noch keine Hoffnungen machen. „Es könnte einfach eine ähnliche Gehirnaktivität sein. Das heißt nicht, dass ich einen Drachen habe."

„Ach, ich wusste, dass du das sagen würdest. Ich habe alle Aufzeichnungen durchgesehen, die ich finden kann, und das Muster entspricht starken Emotionen zwischen Mensch und Drachenhälfte."

„Selbst, wenn das wahr ist, bietet es uns keine Lösung."

„Aber es bedeutet, dass wir versuchen können, deinen Drachen herauszuholen."

„Himmel, warum habe ich nicht daran gedacht?", antwortete Sid.

„Hör auf, Cassidy. Das bedeutet, dass dein Drache wahrscheinlich noch ein Teil von dir ist, wenn auch getrennt. Ich denke, die vielen Drachenschlafmittel, die dir als Teenager verabreicht wurden, hatten negative Nebenwirkungen."

Das hatte sie auch gedacht, bis sie sich weiter mit der Forschung beschäftigt hatte. „Das ist großartig und alles, aber es wurden keine anderen Fälle dokumentiert."

Gregor hob die Brauen. „Meinst du, das wären sie? Welcher Arzt will schließlich seinen Fehler zugeben? Im Gegensatz zu den Menschen müssen sich Drachenwandlerärzte keiner übergeordneten Behörde gegenüber verantworten oder sich an eine Reihe gängiger Praktiken halten."

„Was meiner Meinung nach verdammt gefährlich ist."

„Aye, da stimme ich dir zu. Aber das ist jetzt
nicht wichtig. Wichtig ist, dass du deinen Drachen
noch hast, Cassidy, und ich habe vor, einen Weg zu
finden, um ihn herauszuholen."

Gregor wäre das kurze Aufflackern von Hoffnung in
Cassidys Augen fast entgangen, bevor es
verschwand. Seine Ärztin war mehr als nur ein bisschen skeptisch.

Sein Tier meldete sich zu Wort. *Ich sage immer
noch, wir sollten den Gefährtenrausch probieren. Das
wird ihren Drachen zum Vorschein bringen.*

*Nein, ich habe nicht vor, ihre verlorene Hälfte
zurückzuholen, nur um ihr in neun Monaten das
Leben zu nehmen.*

Sein Drache schnaubte. *Es wird ihr gut gehen.*

*Das hast du über Bridget und das Kleine auch
gesagt.*

Cassidys Stimme riss Gregor aus seinem Kopf.
„Sagen wir, es gelingt dir, meinen Drachen herauszuholen, was dann? Über zwei Jahrzehnte gefangen
gewesen zu sein, muss das Tier wahnsinnig gemacht
haben. Ich bin mir nicht sicher, ob ich das reparieren
kann."

„Du kannst, und du wirst."

Als sie einander in die Augen starrten, schwor

Gregor sich insgeheim, Hoffnung und Glück in Cassidys Augen zurückzubringen.

Cassidy wandte den Blick ab und fragte: „Und wie schlägst du vor, das zu tun?"

„Du wirst es mich also versuchen lassen?"

Sie sah ihm wieder in die Augen. „Vielleicht. Wenn du jemand anderen finden kannst, der das gleiche Problem wie ich erlebt hat und wieder gesund geworden ist, dann werden wir noch einmal darüber sprechen. Bis dahin will ich nur für diensttauglich erklärt werden und wieder in mein Leben zurückkehren."

Cassidy für arbeitsfähig zu erklären, würde bedeuten, dass Gregor nach Lochguard zurückkehren musste.

Sein Drache meldete sich zu Wort: *Überzeuge Bram, dass wir bleiben und ihr helfen sollten. Finn wird wahrscheinlich auch Ja sagen. Layla kann sich um alles kümmern.*

Sein Tier hatte recht, was Layla anging, und das brachte Gregor auf eine Idee. „Es ist noch zu früh, um dich für die Arbeit freizugeben. Aber ich könnte überzeugt werden, es morgen zu tun, sofern sich nichts ändert."

Sie hob die Brauen. „Und was muss ich tun? Ich bin mir sicher, es gibt einen Haken."

Er lächelte. „Ach, aye, gibt es. Du musst damit einverstanden sein, dass ich bei dir in deinem Cottage bleibe, um deine Fortschritte weiter zu überwachen, vorausgesetzt, Bram erlaubt mir zu bleiben;

dann erkläre ich dich so schnell wie möglich als diensttauglich."

„Du in meinem Haus, das ist keine gute Idee."

„Warum nicht? Wenn du einen Anfall hast, hast du leichten Zugang zu meinen Lippen. Ich kann auch Veränderungen deiner Gehirnaktivität verfolgen. Das ist eine Win-win-Situation für uns beide."

Sie musterte ihn kurz, bevor sie fragte: „Und was ist mit deinem Drachen? Ich schätze, es wird immer schwieriger, den Rausch zu kontrollieren. Kannst du wirklich unter demselben Dach schlafen und deine Hände bei dir behalten?"

Nein!, brüllte sein Drache.

Gregor ignorierte ihn. „Natürlich. Sobald ich mein Tier nicht mehr kontrollieren kann, gehe ich. Das Letzte, was ich will, ist, dass du bei der Entbindung stirbst."

Cassidy öffnete den Mund, schloss ihn dann aber sofort. Gregor beugte sich vor und wartete darauf, was sie sagen würde.

Seine Geduld zahlte sich aus, als sie weitersprach. „Überzeuge Bram, und lass mich so schnell wie möglich hier raus, dann erlaube ich dir, in der Klinik zu schlafen." Er wollte gerade schon protestieren, aber sie schüttelte den Kopf. „Normalerweise schlafe ich auch hier. Also kein Grund, sich darüber zu streiten."

„Stonefire hat Glück, dich zu haben", sagte er.

Cassidy zuckte mit den Schultern. „Natürlich haben sie das."

„Ich liebe es, wenn dein Selbstvertrauen glänzt. Du solltest es immer zeigen."

„Wichtiger ist, dass du mit Bram redest." Sie lächelte. „Vielleicht solltest du ihn hierher einladen, damit ich zusehen kann."

„Du weidest dich wirklich an meinem Unbehagen, oder?"

Sie zuckte die Schultern. „Wie oft habe ich Gelegenheit zu sehen, wir der große, böse Alpha-Arzt sich windet? Außerdem könnte es mich schneller heilen lassen. Schließlich ist Lachen die beste Medizin."

„Aye, ist das so?" Im nächsten Moment streckte Gregor seine Hand aus und kitzelte Cassidys Seite. Sie lachte und versuchte, sich wegzudrehen, doch er stand einfach auf und machte weiter.

Als sie endlich außer Atem war, hörte er auf und legte seine Hände auf die Matratze zu beiden Seiten ihres Körpers. „Das war vorerst deine Dosis Lachen. Ich erwarte, jetzt dadurch eine wesentlich schnellere Heilung zu sehen."

Er zwinkerte, und Cassidy grinste. Das Glück in ihren schmerzfreien Augen machte Mann und Tier zufrieden.

Es wäre leicht, jeden Tag beim Aufwachen zuerst ihr Gesicht zu sehen und sich neue Wege einfallen zu lassen, um sie zum Lachen zu bringen.

Sein Tier meldete sich zu Wort. *Nicht nur lachen. Ich würde gern ihre Handgelenke nehmen und sie über ihren Kopf halten, während wir in sie stoßen.*

Er konzentrierte sich auf Cassidys Lippen. Es wäre nicht schwierig, ihre Handgelenke zu nehmen, sie mit seinem Körper zu bedecken und sie zu küssen, bis sie atemlos war.

„Gregor." Bei ihrer rauen Stimme sah er zurück in ihre Augen. Sie fuhr fort: „Das Hämmern beginnt wieder. Du musst mich küssen."

Das Fehlen eines verkrampften Kiefers oder von Schmerzen in ihren Augen machte ihn misstrauisch. Wollte Cassidy ihn für sich selbst küssen?

Natürlich will sie das. Wir sind ihr wahrer Gefährte.

Die Worte seines Drachen waren eine Warnung, aber er beachtete sie nicht. „Wie meine Dame es wünscht."

Und er küsste sie.

Sid war sich nicht sicher, was sie zum Lügen gezwungen hatte, aber sobald sie Gregors warme Lippen spürte, vergaß sie alles andere außer seiner Hitze, seinem Duft und seiner Berührung.

Als er an ihrer Unterlippe knabberte und saugte, manövrierte er sich an ihre Seite und legte sich hin. Sid drehte sich zu ihm um, packte seine Schultern und zog ihn zu sich.

Das Summen begann in ihrem Kopf, und schon bald folgten leichte Lustausbrüche. Auch wenn es keinen Drachen gab, der sie anspornte, Gregor zu

ficken, sorgten die Nässe zwischen ihren Oberschenkeln und die Festigkeit ihrer Nippel dafür, dass sie
sich schmerzhaft danach sehnte, auf eine Weise
erfüllt zu werden, die sie nie zuvor gewollt hatte.

Sie legte eine Hand an seinen Po, hakte ihr Bein
um seine Hüfte und rutschte näher. Das Gefühl
seines harten Schwanzes gegen ihren Unterbauch
erhöhte das Summen und ihre Lust um das
Zehnfache.

Gerade als sie anfing, sich gegen den Schotten zu
reiben, zog er sich zurück und keuchte: „Hör auf,
Liebes. Ich verliere die Kontrolle."

Mit einer Stimme, die fast nicht ihre eigene war,
antwortete sie: „Nein. Ich brauche dich. Jetzt."

Gregor erstarrte. „Das bist nicht du, Dr.
Jackson."

Die Verwendung ihres Titels löschte die Lust ein
wenig. Sie zog sich zurück und brachte ein paar
Zentimeter zwischen sie. Intensive Schmerzen explo-
dierten in ihrem Kopf, und sie schrie.

Stopp, stopp, STOPP! Bitte, hör einfach auf!

Wenn überhaupt etwas, verstärkte sich der
Schmerz nur noch, bis ein Vorschlaghammer gegen
ihren Schädel eine Erleichterung gewesen wäre.

Etwas pikste an ihrem Oberarm. Als sie die
Augen öffnete, sah sie Gregor eine Nadel herauszie-
hen. Sie sollte wütend sein, aber der Frieden kehrte
nach und nach in ihren Geist zurück, bis sie wieder
auf dem Bett zusammensackte.

Gregors schottischer Akzent rumpelte in ihrem

Ohr. „Jedes Mal, wenn ich dich mit Schmerzen sehe, bricht es mir das Herz. Wenn wir zusammenarbeiten, können wir schneller eine Lösung finden. Ich weiß, dass wir das können. Ich werde sofort mit Bram sprechen."

Er wollte schon gehen, doch sie griff nach seiner Hand. „Noch nicht. Bleib, Gregor, und erzähl mir etwas, das ich nicht kenne, um mich abzulenken. Das Beruhigungsmittel wirkt, aber mein Verstand ist noch angegriffen. Ich brauche etwas, um den Schmerz zu vergessen."

„Ich bin mir nicht sicher, dass es funktioniert, wenn ich über mich spreche."

„Dann erzähl mir, warum du solch eine Angst vor einer Entbindung hast."

Seine Pupillen blitzten auf, und Sid fragte sich, ob sein Drache Gregor zum Reden bringen würde. Es mochte ein bisschen egoistisch sein, ihren eigenen Schmerz zu benutzen, um Gregor die Wahrheit zu entlocken, aber sie hatte das Gefühl, dass er sonst nicht darüber reden würde.

Außerdem konnte sie ihm nicht helfen zu heilen, wenn sie nicht alle Fakten hätte.

Mit einem Fluch nahm er seine Hand weg und zog einen Stuhl herbei. „Ich bin mir nicht sicher, ob es mir gefällt, dass mein verdammter Drache immer auf deiner Seite ist."

Sie lächelte schwach. „Die meisten Drachenhälften neigen dazu, meine Seite zu ergreifen, da ich normalerweise vernünftig rede." Sie streckte eine

Hand aus, und er umschloss sie mit seiner eigenen. Beim Kontakt wurde ihr Schmerz ein wenig betäubt. „Sag es mir, Gregor. Ich werde es niemandem erzählen."

Er seufzte. „Ich weiß." Er streichelte zärtlich ihre Wange und sagte: „Ich habe meine Gefährtin getötet." Anstatt zu protestieren, wartete Sid nur. Schließlich fuhr er fort: „Es ist wahr. Ohne meinen Samen wäre sie wahrscheinlich noch am Leben. Verstehst du, ich wusste, es wäre schwierig für Bridget, Kinder zu bekommen. Jeder Arzt hat ihr gesagt, sie solle vorsichtig sein. Auch wenn der Gefährtenrausch passieren könnte, durfte sie danach keine weitere Schwangerschaft riskieren, auch wenn sie eine Fehlgeburt hätte.

Bridget und ich wussten sofort, dass es eine Verbindung gab, und es dauerte nicht lange, bis unsere beiden Drachen darüber plapperten, wahre Gefährten zu sein. Da ich das über ihre Gesundheit wusste und vom Risiko einer Schwangerschaft, schlug ich vor, dass ich mich woanders hinversetzen lassen könnte und sie könnte mit einem anderen Typen zusammenkommen und eine Schwangerschaft verhindern und möglicherweise risikofrei leben. Es gab auch die Möglichkeit, sie zu sterilisieren und mich einer Vasektomie zu unterziehen, um eine Schwangerschaft zu verhindern, aber Bridget war stur und sehnte sich nach einem Kind. Und nicht nach irgendeinem Kind, sondern meinem Kind."

Sid drückte seine Hand. „Also habt ihr dem Rausch nachgegeben."

„Aye, obwohl ich es besser wusste, habe ich es getan. Ich war jung und verliebt. Ich wollte meiner Gefährtin alles geben, was sie sich ersehnte. Wenn sie ein Kind wollte, würden wir es versuchen.

Sie wurde in etwas mehr als einer Woche schwanger. Ich war damals ein junger Arzt und vielleicht etwas übereifrig in meiner Sorge und meinen Einschränkungen. Aber in meinem Kopf wollte ich Bridget die größte Überlebenschance geben. Obwohl es ein paar Schreckmomente gab, war sie ziemlich gesund bis zu dem Tag, als ich sie tot fand."

Gregor erinnerte sich, wie er Bridget in ihrem Bett mit Blut auf der Bettwäsche gefunden hatte. Das Bild würde ihn für den Rest seines Lebens verfolgen.

Cassidys Stimme war leise, als sie fragte: „Was ist passiert, Gregor?"

Als er ihr in die braunen Augen sah, wusste er, dass er sich weigern konnte, etwas zu sagen. Schließlich hatte er gute Arbeit geleistet, nicht über diesen Tag zu reden, seitdem es passiert war.

Sein Drache meldete sich zu Wort. *Sag es ihr.*

Das nächste sprudelte von seinen Lippen. „Als ich von einer 24-Stunden-Schicht in der Chirurgie zurückkam, fand ich Bridget in unserem Bett mit Blut überall. Ihre Mutter hatte bei ihr bleiben sollen, war aber zum Abendessen gegangen und länger als erwartet geblieben."

Gregor schloss die Augen und ballte die Finger seiner freien Hand. Wenn nur seine Schwiegermutter geblieben wäre, könnten Bridget und ihr Sohn noch leben.

Sein Tier meldete sich wieder zu Wort. *Sie werden immer bei uns sein, aber wir können die Vergangenheit nicht ändern. Jede Entscheidung könnte zum Tod führen. Sich Sorgen zu machen oder einem zufälligen Ereignis die Schuld zuzuschieben, ist Zeitverschwendung.*

Es ist immer noch meine Schuld.

Anstatt sich zu streiten, verstummte sein Drache. Als Cassidy ebenfalls schwieg, öffnete er die Augen, um sicherzustellen, dass alles in Ordnung war.

Aber ihre Augen betrachteten ihn einfach. Ausnahmsweise war es schön, nicht mit Fragen oder falschen Plattitüden bombardiert oder bemitleidet zu werden. Zweifellos hatte Cassidy das meiste davon auch in ihrem Leben durchgemacht.

Und ohne die tröstende Gegenwart ihres Drachen.

Gregor konnte ihr gegenüber wenigstens ehrlich sein. „Es war eine Plazentaablösung, die durch eine genetische Störung verursacht wurde. Es kam ganz plötzlich, und selbst wenn ihre Mutter geblieben wäre, hätte Bridget vielleicht nicht überlebt." Er atmete tief durch und flüsterte: „Und trotzdem hätte ich für sie da sein sollen. Bridget hat darauf vertraut, dass ich auf sie aufpasse. Ich hätte sie vielleicht retten können."

Cassidy antwortete schließlich: „Vielleicht, vielleicht auch nicht. Ich habe dasselbe wieder und wieder über das Leben meines Bruders gedacht und mich ständig gefragt, ob ich, wenn ich stärker gewesen wäre, ihn rechtzeitig hätte retten können. Aber je länger ich als Ärztin gearbeitet habe, desto mehr begann ich zu erkennen, dass es manchmal, egal, was man tut, nicht genug ist. Ich weiß, das ist nicht der beruhigendste Gedanke, aber selbst, wenn du an Bridgets Bett geklebt hättest, hätte die Blutung zu schnell sein können. Du hast alles getan, was du konntest. Ihr kanntet beide die Risiken, und sie hat sie akzeptiert. Dir jetzt für alles die Schuld zu geben, ist lächerlich."

Er schüttelte den Kopf. „Ich hätte widerstehen müssen. Verdammt, ich war schon Arzt, als ich sie kennenlernte. Ich wusste es besser."

„Hör zu, Gregor Innes, Ärzte sind keine Götter oder Zauberer. Wir haben keine Magie, die jede kleine Wahrscheinlichkeit für Komplikationen oder den Tod sofort wegwischen kann. Deine Gefährtin wusste, worauf sie sich einlässt, genau wie du. Niemandem ist die Schuld zu geben."

„Ich weiß es zu schätzen, dass du versuchst, mich zu trösten, aber ..."

„Kein Aber. Ich spreche nur die Fakten aus. Ihr habt einander geliebt und habt gemeinsam eine Entscheidung getroffen. Es tut mir leid, dass sie gestorben ist, das tut es wirklich. Aber nach meiner Erfahrung, immer wenn ein Drachenwandler von seinem Gefährten gegangen ist, lauteten seine sterbenden Worte, dass der andere irgendwann wieder Glück finden sollte. Ich denke, Bridget hätte dasselbe gewollt. Du hast es dir lange genug versagt, Gregor. Behalte deine Gefährtin und deinen Sohn in deinem Gedächtnis, aber lass dir nicht von der Vergangenheit dein Herz gegenüber anderen verbarrikadieren."

Sein Drache knurrte. *Hör ihr zu. Sie sagt, was ich seit Jahren sage. Du wolltest deine zweite Meinung, und da ist sie.*

So einfach ist das nicht.

Nein? Glück wollen heißt nicht, dass wir Bridget oder den Kleinen vergessen werden. Sie werden in uns leben. Und wenn du Cassidy eine Chance gibst, könnten wir neu anfangen.

Das fühlt sich fast an, als würde ich Bridget verraten.

Warum? Sie war nicht egoistisch. Sie hätte gewollt, dass wir eine zweite Chance annehmen. Einen zweiten wahren Gefährten zu finden, ist selten. Willst du wirklich wegwerfen, was deine letzte Chance auf Glück sein könnte?

Er blickte in Cassidys Augen, die nach wie vor Anzeichen von Schmerzen zeigten, und traf eine Entscheidung. *Wenn ich sie ganz machen kann, werde ich es in Betracht ziehen.*

Gut. Dann beeilen wir uns, und machen uns an die Arbeit.

91

Gregor berührte Cassidys Wange und sagte: „Sobald wir deinen Drachen befreit und dafür gesorgt haben, dass er stabil ist, werden wir dieses Gespräch erneut aufgreifen."

Sie runzelte die Stirn. „Hoffen ist nicht dasselbe wie haben."

„Nein, aber ich werde Stonefire nicht verlassen, bevor ich nicht alles versucht habe, was mir einfällt, um dich wieder glücklich zu machen, Cassidy."

„Ich bin mir nicht sicher, ob Bram das gefallen wird", antwortete sie.

Er drückte ihre Hand. „Das spielt keine Rolle. Solange du meine Hilfe willst, kämpfe ich gegen deinen verdammten Clan-Anführer, wenn es sein muss. Die Frage ist also: Willst du meine Hilfe?"

Sie lehnte sich gegen seine Hand und flüsterte: „Ich glaube ja."

„Gut. Dann rufe ich Bram an, damit ich nicht von deiner Seite weichen muss."

„Für eine kleine Weile wird es mir gut gehen –"

Er schüttelte den Kopf. „Nein. Ich bleibe."

Bei Cassidys Lächeln bemerkte Gregor, wie schön seine Ärztin aussah, wenn sie glücklich war.

Er ließ ihre Wange los, zog sein Handy heraus und rief Bram an. Je eher er dem Anführer von Stonefire mitteilte, dass er bliebe, desto eher konnte er sich um seine Frau kümmern.

Sein Drache summte. *Unsere?*

Ja, unsere.

Gut.

Gregor ignorierte den selbstgefälligen Ton seines Drachen und wartete darauf, dass Bram ans Telefon ging, damit er anfangen konnte, die nächste Phase seines Lebens zu planen. Denn wenn er jemals wieder glücklich sein wollte, brauchte er eine starke Drachenfrau an seiner Seite.

Kapitel Sechs

Zum ersten Mal seit langer Zeit wünschte sich Sid, sie hätte ihren Drachen und eine Garantie für eine weitgehend sichere Zukunft.

Sie war so viele Jahre Ärztin gewesen und hatte sich um andere gekümmert, dass sie vergessen hatte, wie es war, wenn sich jemand um sie kümmerte. Gregors bloße Entschlossenheit, ihren Clan-Anführer bei Bedarf herauszufordern, ließ sie glauben, dass sie jemanden brauchte, der ihr in den Arsch trat und sie darauf hinwies, wenn sie eine Pause brauchte. Bram hatte Evie, aber so sehr Bram versuchte, Sid zu bremsen, damit sie sich um sich selbst kümmerte, sie hatte nie wirklich zugehört.

Aber mit Gregor war eine Pause etwas, an das sie sich gewöhnen konnte. Und nicht nur, weil es bedeuten würde, Gregor ebenfalls zu einer Pause zu zwingen, die er genauso brauchte wie sie. Vielmehr konnte er mit ihr sowohl beruflich als auch persönlich arbeiten. Diese Idee sprach sie auf eine Weise an, der sie fast nicht widerstehen konnte.

Wenn sie nur ihren verdammten Drachen gesund in ihrem Kopf hätte, dann würde Sid ihn küssen und sich nicht um den Gefährtenrausch scheren.

Gregor legte auf und grinste. „Bram kommt her, also kannst du deinen Sitz in der ersten Reihe haben."

Sie verdrehte die Augen. „Du hättest ihn am Telefon fragen können."

„Und die Gelegenheit aufgeben, seinen Gesichtsausdruck zu sehen? Ich glaube nicht. Außerdem wirst du Zeugin sein, und wenn ich mich gegen Bram auflehne, wird mir das Punkte bei Finn bringen."

Finn Stewart war Lochguards Clanführer, der Bram wie einen jüngeren Bruder zur Weißglut brachte.

„Solltest du Finn nicht zuerst fragen, ob du bleiben darfst?", fragte sie.

„Finn sagte, ich solle so lange bleiben, wie ich will. Layla kann sich um alles kümmern. Außerdem hat Clan Seahaven einen Arzt, der auch ab und zu in Lochguard aushilft. Sie werden mich nicht vermissen."

„Das bezweifle ich irgendwie. Ich wette, deine Patienten vermissen dich bereits."

Er lächelte. „Ich vermisse sie jedenfalls, aber du

brauchst meine Hilfe mehr. Ich bin mir sicher, dass sie es verstehen."

Sie neigte den Kopf. „Warum bist du so entschlossen, mir zu helfen? Ich spüre, dass mehr dahintersteckt, als nur weil du Arzt bist."

Er beugte sich hinunter, bis er nur wenige Zentimeter von ihrem Gesicht entfernt war. „Weil ich mir allmählich eine Zukunft vorstelle, die ich mir wünsche und die ich nicht haben kann, wenn du nicht da bist."

Ihr Atem stockte bei der Rauheit in seiner Stimme. Als seine Pupillen aufblitzten, zog sich Gregor zurück und fügte hinzu: „Aber vorerst muss ich deinen süßen Lippen widerstehen, sonst könnte mein Drache die Kontrolle übernehmen."

Bei der Erwähnung seiner Lippen verlagerte sich ihr Blick auf sie. Sie wollte sie noch einmal probieren, was lächerlich war, da Sid 38 Jahre alt war und sich beherrschen können sollte. Sie musste aufhören, sich wie ein hormongesteuerter Teenager aufzuführen.

Ein leises warnendes Summen klang in ihrem Gehirn, aber das Beruhigungsmittel verhinderte, dass es voll auswuchs. Wenn diese Präsenz tatsächlich ihr Drache war, musste Sid vermeiden, ihn in Versuchung zu führen, bis sie eine Lösung hatte, wie sie ihre Anfälle in den Griff bekommen könnte.

Hoffnung war für jemanden wie sie gefährlich, aber Gregors Selbstvertrauen und Entschlossenheit ließen sie glauben, dass sie geheilt werden konnte.

Brams gedämpfte Stimme dröhnte den Flur hinunter. „Wo zum Teufel ist dieser verdammte Schotte?"

Ginnys stählerne Stimme antwortete: „Sprich leise, sonst werfe ich dich raus." Eine Pause, und Ginny fügte hinzu: „Sie sind in Raum 4."

Wenige Augenblicke später betrat Bram den Raum und sah Gregor direkt an. „Was ist so verdammt wichtig, dass ich persönlich hierherkommen musste?"

Gregor machte Tss. „Denken Sie an Ihren verdammten Blutdruck. Sie sollten aufhören zu brüllen."

Bram kniff die Augen zusammen, aber seine Stimme war in normalerer Lautstärke, als er antwortete: „Warum bin ich hier, Innes?"

„Sie sind hier, weil Cassidy es will."

„Zieh' mich nicht da hinein, Gregor!", zischte Sid.

Bram sah zwischen ihnen hin und her, bevor er noch einmal fragte: „Warum bin ich hier? Sie mögen es vergessen haben, aber ich bin Clan-Anführer. Ich hab' hier Dinge zu erledigen."

Gregor nahm Sids Hand, und Bram beobachtete die Bewegung. Sid hätte sie wegziehen können, da Gregor keinen Anspruch auf sie hatte. Aber es gefiel ihr irgendwie, jemanden wissen zu lassen, dass der schottische Arzt sie wollte.

Verdammt, am liebsten wollte sie seine Hand vor

dem gesamten Personal halten, um zu signalisieren, dass er tabu war.

Bevor sie allzu sehr darüber nachdenken konnte, füllte Gregors Stimme den Raum. „Ich bleibe in Stonefire, bis ich einen Weg finde, Cassidys Drachen zurückzubringen."

„Ist das möglich?", fragte Bram.

„Ich weiß es nicht", antwortete Gregor. „Aber wir haben ein paar Ideen. Zwei Ärzte, die in unmittelbarer Nähe an dem Fall arbeiten, bedeuten eine größere Chance auf Erfolg."

„Mit ‚unmittelbarer Nähe' meinst du Zusammenleben?"

Sid war nicht überrascht, dass Bram das so schnell zusammengebracht hatte. „Ja, aber nicht ganz so, wie du denkst", sagte Sid. Gregor drückte ihre Hand und signalisierte, dass er dem nicht zustimmte, aber sie ignorierte ihn, vorerst. „Du weißt, dass ich von Zeit zu Zeit unter schrecklichen Kopfschmerzen leide, aber ich habe dir etwas vorenthalten." Sie atmete tief durch und fügte hinzu: „Ich habe Episoden von intensivem Klopfen und Schmerz, als ob etwas in meinem Geist gefangen ist und nicht rauskommen kann."

„Also war es jedes Mal, wenn du wegen Kopfschmerzen verschwunden bist, deswegen?", fragte Bram.

„Ja. Ich wollte dich nicht täuschen, Bram, aber ich wollte auch nicht weggesperrt werden. Außerdem habe ich, als sie anfingen, in größerer

Häufigkeit aufzutreten, einen weiteren Arzt angefordert", sagte Sid.

Bram sah ihr in die Augen und seufzte. „Du hättest zu mir kommen sollen, Sid. Ich hätte alles getan, um zu helfen."

Einer ihrer Mundwinkel hob sich. „Nun, Ärzte geben oft nicht gern zu, dass etwas mit ihnen nicht stimmt."

Gregor sprang ein. „Genau deshalb werde ich bleiben. Ich werde dafür sorgen, dass sie sich um sich selbst kümmert."

Bram sah Gregor eine Minute lang in die Augen. So einfach es auch war, Bram in Rage zu bringen, ihr Clan-Anführer stützte all seine Entscheidungen auf ein mögliches Ergebnis anstatt auf seine Emotionen. Nun, bis auf ein paar Fälle, die seine Gefährtin betrafen.

Sid hoffte, dass seine Emotionen ihm diesmal nicht in die Quere kamen.

Sie blinzelte und versuchte, nicht daran zu denken, wie sehr sie darauf setzte, dass Gregor blieb, zumal sich ihr Zustand nur verschlechtern konnte. Nicht einmal der entschlossenste Drachenwandler der Welt könnte durch bloßen Willen verhindern, dass das Unvermeidliche geschah.

Bram grunzte schließlich. „Aye, ich lasse Sie bleiben. Aber glauben Sie ja nicht, dass Ihnen das freie Bahn lässt. Ich möchte über Sids Fortschritte und alles, was Sie finden, auf dem Laufenden gehalten werden. Wenn wir mehr Ärzte herbringen müssen, finde ich einen Weg. Aber ich kann das nicht tun, wenn ich nicht weiß, was los ist."

Sids Stimme war erstickt vor Emotionen. „Danke, Bram."

Er winkte das mit einer Hand ab. „Du gehörst zum Clan, was dich zu Familie macht. Natürlich werde ich dir helfen." Er sah zu Gregor. „Ich werde Sie im Auge behalten."

Gregor zuckte mit den Schultern. „Sie werden bald meine Fähigkeiten erkennen und meinen Charme lieben."

Bram murmelte: „Verdammter Schotte", bevor er wieder mit Sid sprach. „Ich werde den walisischen Drachenmann bitten, so schnell er kann zu kommen. Auf diese Weise wird Innes Zeit haben, dir zu helfen." Sie nickte. „Und pass auf dich auf, Sid. Stonefire wird ohne dich nicht richtig funktionieren."

Nicht an Lob gewöhnt und daran, über Gefühle zu reden, nickte sie nur. Bevor sie etwas sagen konnte, sprang Gregor ein. „Und jetzt muss Cassidy schlafen. Ich rufe Sie wieder an, wenn sich was ändert."

Bram sah aus, als wollte er etwas sagen, drehte sich aber nur um und hob die Hand zum Abschied.

Als sie hörte, wie Bram die Klinik verließ, zog Gregor die Decke um ihren Körper. „Ich habe es ernst gemeint, Liebes. Du musst schlafen."

„Aber die Daten –"

„Ich werde sie mir noch einmal ansehen und die

medizinischen Datenbanken von Drachenwandlern konsultieren. Ein Teil der Forschung ist geheim, also brauche ich vielleicht Arabellas Hilfe, um daran zu kommen."

Arabella MacLeod war ein ehemaliges Mitglied des Stonefire-Clans, das jetzt die Gefährtin von Lochguards Anführer war. Sie war auch ein ziemlich geschickter Hacker.

„Stell nur sicher, dass keiner von euch erwischt wird."

„Nun, wenn jemand kommt, um zu ermitteln, muss ich nur meinen Charme spielen lassen." Er zwinkerte. „Nur wenige können widerstehen, wenn ich es wirklich versuche."

Lächelnd sagte Sid: „Vielleicht muss ich dir später beweisen, wie falsch du da liegst."

„Ach, Liebes, ich würde gerne sehen, wie du das versuchst." Er steckte die Decke fest. „Aber schlaf erst. Und falls du dir Sorgen machst: Ich werde gleich hier sein und dich überwachen. Ich werde nicht zulassen, dass dir unter meiner Aufsicht etwas passiert."

Während Sid sich in das Bett kuschelte, glaubte sie ihm von ganzem Herzen.

Als er ihre Stirn streichelte und eine Melodie summte, wurden ihre Augenlider schwer, und bevor sie es bemerkte, schlief sie tief und fest.

Aaron Caruso, einer der Beschützer von Stonefire und Kais Stellvertreter, trommelte mit den Fingern auf den Schreibtisch, während er auf die Videokonferenz wartete. „Wo ist die verdammte Frau?"

Ein weiterer Beschützer an seiner Seite, Quinn, antwortete: „Sie ist eine Minute zu spät. Vielleicht ist was dazwischengekommen. Schließlich muss Teagan O'Shea sich um einen ganzen Clan kümmern."

„Ich bin sicher, dass einer ihrer Leute es uns mitteilen könnte, wenn es bei ihr später wird."

Ein vertrauter weiblicher irischer Akzent erfüllte den Raum. „Das hätte sie, wenn sie zu spät wäre. Aber ich bin genau pünktlich."

Als Aarons Drache auf den Bildschirm blickte, summte er beim Anblick der grünäugigen, schwarzhaarigen Frau. Es war die Anführerin des Clan Glenlough, Teagan O'Shea.

Sein Drache meldete sich zu Wort. *Sie ist genauso hübsch, wie ich sie in Erinnerung habe.*

Aaron ignorierte seinen Drachen und hob die Augenbrauen. „Es ist nicht sehr anführerhaft, es zu bestreiten."

Bevor Teagan antworten konnte, sprang Quinn ein. „Danke, dass Sie zugestimmt haben, mit uns zu reden, O'Shea."

Teagans Blick ging zu Quinn. „Vielleicht sollte ich Bram bitten, Sie zu unserer Hauptverbindungsperson zu machen, anstatt Caruso." Sie warf einen Blick zu Aaron und zurück zu Quinn. „Wir könnten die Dinge viel schneller erledigen."

Aaron verkrampfte die Finger unter dem Schreibtisch und knurrte: „Wie wäre es, wenn wir unsere Differenzen für eine Minute beiseitelegen und uns auf das konzentrieren, was wichtig ist? Ihr Bruder hat etwas über einen ähnlichen Angriff erwähnt wie den auf unsere Ärztin, sagte aber nur, dass Sie uns die Einzelheiten mitteilen könnten."

Teagan lehnte sich zurück und verschränkte die Arme vor der Brust. Glücklicherweise war die Kamera nicht tief genug gerichtet, um ihre Brüste zu zeigen, sonst hätte sein Drache wieder einen Anfall bekommen.

Sein Tier knurrte. *Warum ignorierst du das Offensichtliche?*

Weil ich es kann. Das Leben in Italien war kompliziert genug, und ich brauche eine Pause.

Teagans Stimme hinderte seinen Drachen daran zu antworten. „Es ist vor ein paar Wochen passiert. Etwas am Himmel hat ein Kind angegriffen."

Aaron runzelte die Stirn. „Ein Kind? Abgesehen davon, dass nur Abschaum sowas tun würde, warum? Den einzigen Arzt eines Clans ins Visier zu nehmen, scheint mir strategischer zu sein."

„Es sei denn, sie wollten es an einem einfachen Ziel testen", antwortete Teagan.

Wut blitzte in Teagans Augen auf, und Aaron stimmte zu. Drachenwandler schätzten Kinder. Er konnte sich nicht vorstellen, eines zu verletzen.

Aaron drückte seine eigene Wut beiseite und sagte: „Ich hoffe, Sie haben Details."

103

Teagan hob eine gebogene Augenbraue. „Ich bin mir nicht sicher, wie die englischen Drachenwandler ihre Clans führen, aber wir dokumentieren alles."

„Natürlich dokumentieren wir auch alles, verdammt. Sie brauchen einfach zu lange, um auf den Punkt zu kommen."

Quinn trat ein. „Ignorieren Sie ihn einfach, Ms. O'Shea. Das bewölkte Wetter beeinflusst seine Stimmung."

Aaron wollte Quinn schlagen, wenn sie das nächste Mal allein waren.

Einer von Teagans Mundwinkeln zuckte nach oben. „Ist das so? Dann leben Sie im falschen Land, Jungchen."

Anstatt zu knurren, dass er kein Junge war, zog Aaron all seine Wut tief in sich hinein und zwang seine Stimme, neutral zu werden, als er fragte: „Was haben Sie über den Angriff auf das Kind herausgefunden?"

Teagans Augen weiteten sich ein wenig, wurden dann aber schnell grimmig. „Obwohl es keine Giftstoffe oder sichtbare Eintrittswunden gab, hat unser Arzt schließlich ein winziges, splittergroßes Stück Holz gefunden, das in die Kopfhaut des Jungen eingebettet war. Sobald wir es entfernen konnten, haben sie Tests durchgeführt und herausgefunden, dass es mit einer nicht identifizierbaren Substanz beschichtet war, die uns größtenteils noch ein Rätsel ist."

Aaron beugte sich vor. „Wie geht's dem Jungen jetzt?"

Sorge flackerte in Teagans Blick auf. „Er lebt, aber sein innerer Drache ist unberechenbar geworden, und er steht unter ständiger Beobachtung."

Quinn sagte „Das klingt eher nach einem gezielten Angriff als nach einem dahergelaufenen Teenager, der Spaß mit einem neuen Spielzeug hat."

Teagan nickte. „Aye, obwohl wir noch nicht herausgefunden haben, wer es war."

„Senden Sie uns die Informationen, die Sie haben, und wir werden sehen, ob wir etwas entdecken, das Sie übersehen haben", sagte Aaron.

Teagan lehnte sich in ihrem Stuhl zurück. „Abgesehen von der Tatsache, dass Sie gerade die Fähigkeiten meines Clanarztes beleidigt haben, ist Ihre Ärztin nicht diejenige, die angegriffen wurde?"

„Das war sie, aber Sid kann es sich trotzdem ansehen. Hier ist auch noch ein anderer Arzt", antwortete Aaron.

„Ich bin mir nicht sicher, ob ich diese Informationen weitergeben möchte. Wenn Clan Northcastle davon Wind bekommt, könnten sie versuchen, die Angreifer zu finden und Glenlough ins Visier zu nehmen."

Clan Northcastle war der Drachenwandler-Clan Nordirlands. Northcastle und Glenlough waren einige Jahrzehnte lang Verbündete gewesen, wurden dann Feinde und dann wieder Verbündete. Derzeit waren sie einander misstrauisch.

Aaron antwortete: „So ungern ich es auch zugeben will, aber ich vertraue Lochguard. Wenn Sie mit Finn Stewart sprechen müssen, um Ihre Sorgen zu mildern, können wir das arrangieren. Aber jede Sekunde, die mit dem politischen Scheiß verstreicht, ist eine Sekunde, die wir verloren haben, um herauszufinden, was zur verdammten Hölle hier vor sich geht. Unsere Ärztin hat ihren Drachen verloren, und wenn diese unbekannte Substanz innere Drachen beeinflusst, könnte das Warten die Dinge für sie noch schlimmer machen."

Teagan musterte ihn einen Moment lang, bevor sie sagte: „Ihnen liegt etwas an der Ärztin Ihres Clans."

Aaron knurrte. „Natürlich tut es das. Warum ist das eine Überraschung? Sid hat unseren Clan fast die Hälfte meines Lebens zusammengehalten."

Sein Drache meldete sich zu Wort. *Es gibt keinen Grund, sie anzugreifen. Sie macht ihren Job. Ein Clanführer sollte immer vorsichtig sein.*

Und was ist mit Sid? Sie hat sich um uns alle gekümmert, und es ist mehr als Zeit, dass wir uns um sie kümmern.

Teagans Stimme hinderte sein Tier daran, zu antworten. „Ich werde die Informationen senden. Aber meine Haltung, Ihre Beschützerin Brenna hier- zubehalten, bis ich Bram persönlich treffe, wird sich nicht ändern."

Brenna hatte Aaron auf einer Mission nach

106

Irland begleitet und war beim Clan Glenlough geblieben.

Aaron wollte sagen, Teagans Aussage sei kindisch, aber Quinn kam ihm mit einer Antwort zuvor. „Natürlich. Sobald wir das Chaos gelöst haben, werde ich persönlich mit Bram sprechen und versuchen, das Meeting zu organisieren."

Teagan nickte. „Gut." Sie sah wieder zu Aaron. „Wenn Sie Clan-Anführer wären, würden Sie verstehen, wie wichtig es ist, Brenna hierzubehalten. Versuchen Sie, die Dinge zu durchdenken, anstatt um sich zu schlagen."

Bevor Aaron mehr tun konnte, als seinen Mund zu öffnen, wurde der Bildschirm schwarz.

Er knurrte. „Diese verdammte Frau lebt, um mich niederzumachen."

„Sie macht dich nicht nieder, sondern versucht, auf deine mangelnde Geduld hinzuweisen." Sein Freund musterte Aaron einen Moment lang, bevor er hinzufügte: „Obwohl, wenn man bedenkt, wie oft dein Drache sich einmischt, wenn sie in der Nähe ist, denke ich, dass es einen anderen Grund gibt, warum sie dir so leicht unter die Haut geht."

Aaron stand auf. „Wie ich bereits sagte: Davon spreche ich nicht. Nun wollen wir sicherstellen, dass die Frau die Informationen wie versprochen sendet."

„Wie du willst", murmelte Quinn, bevor er den Raum verließ.

Als Aaron folgte, streckte sein Tier wieder den Kopf heraus. *Ihre Pupillen haben auch aufgeblitzt.*

Wir müssen einen Weg finden, sie noch einmal persönlich zu treffen.

Du willst sie nur küssen.

Natürlich. Aber sie will uns wahrscheinlich auch küssen.

Aaron ignorierte seinen Drachen und ging in Richtung des IT-Spezialisten der Beschützer, Nathan. Er musste sich darauf konzentrieren, Sid zu helfen. Aaron war vor weniger als einem Jahr nach Stonefire zurückgekehrt. War es denn zu viel verlangt, seine Freunde und Familie genießen und Frauen vergessen zu wollen? Sie brachten nur Ärger, und er war sich nicht sicher, ob er sich jemals wieder damit auseinandersetzen wollte.

Kapitel Sieben

G regor sah stirnrunzelnd auf den Computerbildschirm. Es mussten mindestens einhundert Akten durchsortiert werden.

Obwohl er Arabellas harte Arbeit zu schätzen wusste, könnte es länger dauern, etwas zu finden, um Sid zu helfen, als ihm lieb war.

Sein Tier meldete sich zu Wort. *Es ist fast nie einfach, das zu bekommen, was wir auf der Welt am meisten wollen.*

Es geht nicht um mich, Drache. Je länger es dauert, alles durchzusehen, desto länger riskiert Cassidy einen Anfall, der ihr den Verstand rauben könnte.

Dann müssen wir einfach an ihrer Seite bleiben. Selbst wenn sie die meisten Nächte in der Klinik schläft, können wir im selben Zimmer bleiben.

Darauf wird sie sich vermutlich nicht einlassen.

Und? Wir lassen ihr einfach keine Wahl.

Gregor lächelte über das Selbstvertrauen seines Tieres. *Du musst noch viel über die menschliche Seite von Frauen lernen.*

Da sein Tier schnaubte und verstummte, öffnete Gregor die erste Akte und überflog deren Inhalt, der sich mit den negativen Auswirkungen eines bestimmten Beruhigungsmittels auseinandersetzte.

Als er die erste beendet hatte und fünf weitere Akten durcharbeitete, rieb er seine Schläfen. Jeder Fall war idiosynkratisch und sprach von seltenen Reaktionen auf Medikamente, nicht anders als beim Menschen. Alle Drachenwandler-Ärzte waren zum Teil an Menschen-Universitäten ausgebildet worden, sodass Gregor mit der Humanbiologie vertraut war. Vielleicht könnte seine Art eines Tages ihre eigenen Universitäten gründen und so bei den Drachen-wandler-Ärzten das Interesse wecken, Informationen untereinander auszutauschen.

Oder noch besser, eine Art professionelles Netz-werk aufzubauen, um Fragen zu beantworten und sich gegenseitig zu unterstützen.

Aber all das musste warten. Cassidy zu helfen war alles, was wichtig war.

Gerade, als er die nächste Akte öffnete, sah er auf die Uhr in der Ecke seines Computerbildschirms. Es war an der Zeit, nach seinem wichtigsten Patienten zu sehen.

Gregor verließ den Raum, den er für seine Forschung benutzte, und eilte den Flur hinunter. Er hatte gehofft, seiner Ärztin etwas berichten zu können, und er hatte nicht vor, die Hoffnung aufzugeben.

Als er ihr Zimmer betrat, fand er sie auf der Seite schlafend. Mit einer Hand unter der Wange und leicht geöffnetem Mund sah Cassidy aus, als hätte sie keine Sorgen in der Welt.

Sein Drache meldete sich zu Wort. *Wir müssen härter arbeiten. Unsere Frau verdient denselben Frieden, wenn sie wach ist.*

Oh, jetzt willst du also ihre Zustimmung gewinnen?

Cassidys Augen öffneten sich flatternd. Als sie seinem Blick begegnete, lächelte sie, und der Anblick raubte ihm den Atem.

Er erholte sich schnell, um ihre Worte zu hören, als sie sagte: „Ich bin überrascht, dass Ginny dich hier reingelassen hat, während ich geschlafen habe."

Er trat an die Seite ihres Bettes und strich ihr eine Haarsträhne aus dem Gesicht. „Oh, aye? Sie kann gern versuchen, mich davon abzuhalten, aber ich komme bei älteren Frauen besonders gut an. Schließlich hat Lochguard viele starke, ältere Drachenfrauen, die den Clan im Hintergrund am Laufen halten. Wenn ich mit Lorna MacKenzie fertig werden kann, kann ich auch mit eurer Ginny umgehen."

Cassidy schnaubte. „Lorna MacKenzie kennt dich schon dein ganzes Leben und hat wahrscheinlich eine Schwäche, wenn es um dich geht. Ginny nicht, und sie wird tun, was nötig ist."

„Richtig, ich bin sicher, sie hat insgeheim den schwarzen Gürtel und kann mich zu Boden strecken."

Sie verdrehte die Augen. „Genug von Ginny. Hast du schon was rausgefunden?"

Der Eifer in ihrer Stimme schürte sein inneres Feuer, eine Antwort zu finden. „Nein, aber Arabella hat viel gefunden, was ich durchsehen kann. Wie ich mir gedacht habe, zeigen die Reaktionen, die manchmal isoliert erscheinen, ein Muster. Zwei Fälle betrafen eine allergische Reaktion auf ein bestimmtes Beruhigungsmittel."

Sid hob die Brauen. „Die Drachenschlafdroge?"

Er schüttelte den Kopf. „Darüber habe ich noch nichts gefunden. Trotzdem wette ich, je mehr ich die Berichte durchkämme, desto mehr Muster werde ich finden. Sobald wir dich wieder gesund gemacht haben, sollten wir vielleicht Arabella bitten, über Großbritannien hinauszuschauen. Zusammen können wir eine Art Referenz für Drachenwandler zusammenstellen."

„Mit dem und deinem Wunsch, die Hirnaktivität unserer Drachenhälften zu studieren, hast du vielleicht genug zu tun, bis du alt und grau bist."

Einer seiner Mundwinkel zuckte hoch. „Oh, ich habe eine andere Idee, die ich noch reinquetschen kann – eine Drachenwandleruniversität. Dabei brauche ich vielleicht deine Hilfe."

Gregor zwinkerte, und Cassidy lachte, bevor sie antwortete: „Sonst noch irgendwas, das ich wissen sollte?"

Ihm entging nicht, dass sie seinen Kommentar über die Notwendigkeit ihrer Hilfe in der Zukunft ignoriert hatte. Angesichts dessen, wie vorsichtig seine Ärztin war, würde sie die Möglichkeit einer gesunden Zukunft nicht akzeptieren, bis es passierte.

Sein Drache knurrte. *Ich glaube immer noch, dass der Rausch ihren Drachen hervorbringen wird.*

Das werde ich nicht riskieren.

Ich dachte, du hättest deine lächerliche Angst vor der Entbindung hinter dir gelassen.

Das ist es nicht, obwohl ich diese Möglichkeit nicht ganz außer Acht lassen werde, aber Cassidy wird sich Sorgen machen, ob sie gesund bleiben kann, wenn sie schwanger wird. Das erhöht das Risiko einer schwierigen Entbindung oder Komplikation.

Cassidy nahm seine Hand. „Sag mir, warum dein Lächeln verblasst ist, Gregor. Wenn es eine schlechte Nachricht ist, die du zu meinem Fall für dich behalten hast, dann sag es mir einfach direkt. Ich komme schon damit klar."

Sid hatte für einen Moment alles vergessen, was schiefgehen könnte und hatte einfach Spaß dabei gehabt, mit Gregor zu sprechen. Verdammt, sie hatte sogar den Mut aufgebracht, ihn zu necken.

Dann hatte ein Stirnrunzeln seine Brauen zusammengezogen, während seine Pupillen aufblitzten, und Sorge war in ihre Stimmung geschlichen. Hatte er sie nur auf das Schlimmste vorbereitet?

Gregor beantwortete schließlich ihre Frage. „Ich habe nichts vor dir verborgen, Liebes. Mein Drache und ich arbeiten noch an ein paar Dingen."

Für den Bruchteil einer Sekunde sehnte sich Sid danach, einen inneren Drachen zu haben, mit dem sie streiten, diskutieren und sogar lachen konnte. Erinnerungen an ihr Tier waren weit entfernt, aber ihr Drache war der Gelassene von ihnen beiden gewesen.

Doch wenn Sid ihr Tier behalten hätte, wäre sie vielleicht von ihrem Weg abgewichen, Ärztin zu werden. Sie liebte es über alles, Ärztin zu sein. Das war zumindest eine positive Sache daran, ein halber Drachenwandler zu sein.

Gregors tief Stimme drang in ihre Gedanken. „Wenn es zu schmerzhaft ist, über mein Tier zu reden, kann ich es aufschieben. Aber ich denke, du bist stark genug, damit umzugehen."

„Das kann ich. Ich tue es schließlich doch schon seit Jahren als Ärztin."

„Aye, das hast du. Obwohl ich mich manchmal frage, wenn ich mir so die Wutanfälle meines Drachen ansehe, ob du nicht die Glücklichere damit bist, dass du einen schweigenden Verstand hast."

Immer wenn jemand ihren Drachen in der Vergangenheit zur Sprache gebracht hatte, hatte Sid das Thema gewechselt. Doch als sie Gregors neugierigem Blick wieder begegnete, sprudelten die Worte von ihren Lippen. „Als Teenager hätte ich dir zugestimmt. Mein Drache hat nie aufgehört, über Abenteuer zu reden. Um ehrlich zu sein, bin ich überrascht, dass ich die sieben Jahre mit meinem Drachen überlebt habe. Ich habe mich mehr als einmal von Stonefires Land geschlichen. Einmal wollte ich das mythische Drachenei finden."

Gregor setzte sich auf den Bettrand und streichelte mit dem Daumen über ihren Handrücken. „Du meinst die legendäre Kette des ersten Drachenwandlers, der Großbritannien betreten hat? Du weißt schon, dass das nur ein Mythos ist, oder?"

Sid wechselte ihre Position, bis sie sich gegen ihre Kissen lehnte. „Natürlich tue ich das. Drachenwandler legen keine Eier, aber der Mythos besagt, dass die Frau, die die Halskette trug, drei Dutzend Eier hervorgebracht habe, von denen wir alle abstammen. Das bedeutet immer noch nicht, dass es nicht verlockend ist, danach zu suchen, besonders für einen Teenager. Schließlich könnte die Halskette echt sein, auch wenn der Mythos Müll ist."

„Also, hast du sie gefunden?"

Sie blinzelte. „Das hat mich nie jemand gefragt, als ich ein Kind war, nicht einmal meine Eltern."

„Du bist eine sehr fähige Frau, Cassidy Jackson. Wenn sie existiert, hast du eine ebenso gute Chance wie jeder andere, sie zu finden."

Die schottischen Drachenwandler waren sehr

charmant, und wenn es jemand anderes gewesen wäre, hätte Sid das Kompliment abgetan. Aber Gregors Augen waren aufrichtig.

Doch warum er ihr nach so kurzer Zeit so viel Vertrauen schenkte, wusste sie nicht. Funktionierte es so bei allen wahren Gefährten?

Ein dumpfes Schlagen fing in ihrem Hinterkopf an. Sid zuckte zusammen, und Gregor berührte ihre Wange. „Was ist los, Mädel? Lässt das Beruhigungsmittel schon nach?"

Zum ersten Mal ertönte ein Brüllen irgendwo in ihrem Kopf. Sid bog den Rücken, als der Druck zunahm.

Sie war sich kaum Gregors Lippen auf ihren bewusst, bevor ihr Geist zerrissen wurde. Sie schrie so laut, dass ihr Hals wehtat, und die Welt wurde schwarz.

Fünf Sekunden, nachdem Gregor versucht hatte, Cassidy zu küssen, schrie sie auf und sank bewusstlos auf das Bett.

Auf der Grundlage von zwanzig Jahren Praxis schob Gregor seine Panik beiseite und zwang sich, sich ihre Vitalzeichen anzusehen. Ihre Herzfrequenz war etwas unregelmäßig, aber nicht gefährlich. Alle anderen Zeichen waren noch in akzeptablen Bereichen.

Als er eines ihrer Augenlider öffnete, entdeckte

er eine geschlitzte Pupille, so, als ob ein Drache die Kontrolle hätte. Eine Sekunde lang starrte er nur darauf.

Dann knurrte sein Tier. *Hilf ihr.*

Das werde ich, sobald ich verdammt nochmal weiß, was los ist.

Er überprüfte ihr anderes Auge, und es war genau wie die erste Pupille.

Hatte ihr Drache sich endlich befreit? Und wenn ja, wäre er wahnsinnig?

Als Gregor noch überlegte, was er tun sollte, da er noch nie in einer solchen Situation gewesen war, gruben sich scharfe Spitzen in seine Arme. Als er hinunterschaute, sah er, dass Cassidys Fingerspitzen sich zu Krallen ausgedehnt hatten und in seine Haut eingebettet waren.

Er versuchte, ihren Griff zu lockern, aber anstatt ihre Hand zu entfernen, gruben sich die Krallen tiefer ein.

„Cassidy, wenn du mich hören kannst, musst du gegen deinen Drachen kämpfen."

Als Antwort darauf öffnete sie die Augen und zischte. Als er Anstalten machte, ihre obere Hälfte unten zu halten, machte sie einen Satz und warf sie beide zu Boden.

Gregor schaffte es, Cassidy unter sich zu bringen, aber einer ihrer Arme schlängelte sich los und riss ihm das Hemd herunter, als sie mit einer Stimme zischte, die nicht ganz ihre eigene war, „Meiner".

Mist! Er hatte es vermutlich mit ihrem Drachen

117

zu tun. Und nicht nur irgendeinem Drachen, sondern vielleicht einem wahnsinnigen, der versessen darauf war, den Gefährtenrausch zu vollziehen.

Die Tür öffnete sich, und Ginnys Stimme schwamm herein. „Was ist los?"

Die vom Drachen besessene Cassidy zischte: „Raus hier! Mein Mann. Ich werde jeden töten, der versucht, ihn zu nehmen."

Gregor gelang es schließlich, Cassidys Arm festzuhalten. Er hielt den Augenkontakt mit seiner Ärztin, während er Ginny sagte: „Wir müssen sie betäuben. Das Beruhigungsmittel, das schon einmal gewirkt hat, ist noch auf dem Tresen. Beeil dich."

„Nein!", brüllte Cassidy, bevor ihr Arm zur vorderen Gliedmaße eines Drachen wurde. Sie drückte gegen seine Brust, und ihre erhöhte Kraft ließ Gregor durch den Raum fliegen.

Er schlug gegen die Wand, aber nicht hart genug, um dauerhaften Schaden anzurichten. Trotzdem brauchte er einen Moment, seinen Verstand so weit wiederzugewinnen, dass er aufstehen konnte. Und als er es tat, war Cassidy weg.

Er rannte zu Ginny, die am Boden lag. Sie war bei Bewusstsein und murmelte: „Finde sie. Ich werde die anderen verständigen."

Mit einem Nicken raste Gregor den Flur hinunter. Er folgte der Spur von zerkratzten Wänden und Möbeln, die zur Seite geworfen worden waren. Er hoffte, dass sie keinem ihrer Clan-Mitglieder den gleichen Schaden zufügte, sonst würde Cassidy sich das nie verzeihen.

Er strengte seine Muskeln an, um schneller zu laufen, und versuchte, nicht in Panik zu geraten. Selbst wenn sie niemanden auf dem Weg aus der Klinik schwer verletzt hatte, wenn Cassidy es nach draußen schaffte und es ihr gelang zu wandeln, könnte er sie für immer verlieren. Nicht, weil sie davonfliegen konnte, sondern, wenn sie eine Menschensiedlung erreichte und sie erschrak, könnte das MDA sie abschießen.

Sein Tier brüllte. *Wir müssen sie aufhalten.*

Aye, also stell' dich darauf ein, so schnell wie möglich zu wandeln.

Während er spürte, wie sein Drache beim Warten auf- und abging, folgte Gregor Cassidys Spur. Als er den Empfangsbereich erreichte, sah er, wie ihr langes Haar zur Tür hinaus verschwand.

Gregor hatte keine Zeit, nach den Clanmitgliedern zu sehen, die sich an den Seiten des Raumes zusammengekauert hatten. Er hoffte nur, dass Cassidy niemanden getötet hatte. Sie würde vielleicht nie zu ihm zurückkehren, wenn sie es getan hätte.

Die nachmittägliche Sonne traf sein Gesicht, und er sah Cassidys hohe Gestalt in Richtung des hinteren Ausgangs von Stonefire eilen.

„Cassidy!", rief er. Sie blickte über die Schulter, aber anstatt stehenzubleiben, rannte die verdammte Frau schneller.

In der Ferne sah er Nikki Gray vom hinteren Tor hereinkommen. Bevor sie es schließen konnte, schob Cassidy Nikki zur Seite und sprang aus dem Eingang. Während sein Drache Gregor drängte, ihrer Ärztin zu folgen, war Nikki auf ihrem Bauch gelandet. Da sie schon einige Monate schwanger war, blieb Gregor stehen. Er konnte nicht das Leben von zwei Personen für eine riskieren, selbst wenn er es sich anders wünschte.

Gerade, als er sich hinhockte und fragte: „Nikki, geht's dir gut?", stürzte ihr Gefährte, ein Mensch namens Rafe Hartley, auf sie zu.

„Nikki!", schrie der Mann, bevor er sich hinhockte und sie umdrehte.

Nikkis Augen öffneten sich flatternd, und Gregor deutete zum hinteren Eingang. „Rafe, Sie müssen Cassidy finden, und zwar schnell. Ich werde nach Nikki sehen."

„Ich verlasse sie auf keinen verdammten Fall", brachte Rafe zwischen zusammengebissenen Zähnen heraus.

Nikkis Stimme war leise, als sie sagte: „Geh, Rafe. Mir geht's gut. Ich glaube, Sid ist von ihrem Drachen besessen. Wenn wir sie nicht aufhalten, könnte das MDA sie töten."

Gregor sah Rafe in die Augen. „Bitte finden Sie sie. Wenn ich Ihre Fähigkeiten hätte, würde ich an Ihrer Stelle gehen. Aber die habe ich nicht. Ich kümmere mich um Ihre Gefährtin. Meine Fähigkeiten werden mehr helfen, als Ihre tröstenden Worte."

Nachdem Rafe einen Blick mit Nikki ausgetauscht hatte, küsste er sie sanft und stand auf. „Na schön. Aber wenn irgendwas nicht mit ihr stimmt, wenn ich zurückkomme, werde ich Ihnen das Fell über die Ohren ziehen, Drachenmann."

Nikki zeigte auf den hinteren Eingang. „Geh einfach, Rafe. Und beeil dich!"

Mit einem Nicken gab Rafe seinen Code ein und verschwand. Wenige Augenblicke später schwebten zwei Drachen über ihnen, die um den nahen Wald und die Berge kreisten.

Sein Drache zischte. *Wir sollten nach ihr suchen.*

Wir sind keine ausgebildeten Soldaten. Sie werden sie schneller finden, als wir es könnten.

Nikkis Stimme hinderte seinen Drachen daran zu antworten. „Rafe wird sie finden, Dr. Innes."

Er sah der jüngeren Frau in die Augen. Ihre Überzeugung erinnerte ihn an seine Pflicht. „Aye, hoffen wir es. Und jetzt sagen Sie mir, wo es weh tut."

Während er Nikki untersuchte, wünschte Gregor sich mit allem, was er hatte, dass Stonefire Cassidy fand, bevor das MDA oder die Drachenjäger es taten.

Kapitel Acht

Sid strich zum hundertsten Mal mit den Händen über die Wand des mentalen Gefängnisses, aber nichts, was sie tat, brachte sie dazu, auch nur einen Zentimeter nachzugeben.

Als ihr Tier Gregor angriff, konnte Sid nur zusehen. Sie fragte sich, ob es ihrem Drachen 24 Jahre lang so ergangen war – er durfte alles sehen, was geschah, war aber machtlos, etwas dagegen zu tun.

Sie war froh, dass Gregor sie zu Boden gedrückt hatte. Doch mit seinem Körper über ihrem wollte ihr Drache eines um jeden Preis tun: sich paaren.

Als er dann aber das Beruhigungsmittel erwähnte, brüllte und knurrte ihr Drache. *NEIN! Nicht noch einmal!*

Auf der Flucht aus dem Untersuchungsraum und dem Gebäude ließ jede Person, die ihr Drache beiseite stieß, Sid zusammenzucken. Sie sollte andere heilen, nicht ihnen wehtun. Sie hoffte nur, dass ihr Clan ihr vergeben würde.

Nun, wenn sie diese Eskapade überlebte.

Nein. Sie würde keine negativen Gedanken zulassen. Sie brauchte Lösungen, nicht einen ständigen Strom von Was-wäre-wenns.

Eifrig, etwas zu versuchen, setzte Sid ihre strengste Arztstimme auf und sagte in ihrem Kopf: *Hör auf und lass mich hier raus, sofort!*

Ihr Drache lachte wie wahnsinnig und ließ sie schneller laufen.

Verdammt. Sie hatte keinen Drachen, sie hatte eine verrückte Bestie.

Sid hatte keine Ahnung, was zu tun war. All die Jahre, in denen sie sich gewünscht hatte, sie hätte einen inneren Drachen, kamen jetzt zurück.

Sie stieß sogar ein ersticktes Lachen über all diese verschwendeten Wünsche aus. Das Biest in ihrem Kopf war weder Freund noch Verbündeter. Es ignorierte sie vollkommen und wiederholte immer wieder vier Worte in ihrem Kopf: *Rennen! Verstecken! Finden! Ficken!*

Aber wenn Sid nichts unternahm, würde ihre Bestie Gregor finden, ihn missbrauchen, und wer wusste, was in der Zwischenzeit noch passieren würde. Ausnahmsweise wünschte sie sich, sie hätte sich mehr in die Forschung hinter der Psychologie der beiden Drachenwandlerhälften vertieft.

Sie atmete einmal tief durch und verdrängte die negative Einstellung. Dr. Sid Jackson suhlte sich nicht in Selbstmitleid. Nein, sie musste sich Ideen überlegen, um sie zu testen und eine Lösung zu finden. Weil sie auf keinen Fall zulassen würde, dass ihre Bestie tötete und terrorisierte. Selbst wenn es sie das Leben kosten würde, würde Sid einen Weg finden, ihren Drachen aufzuhalten.

Als Nikki aus dem Weg geschoben wurde, ballte Sid ihre Fäuste und sagte: *Hör auf! Selbst ein Drache sollte ein Kind beschützen wollen. Nikki ist schwanger.*

Einen Moment später antwortete ihr Tier: *Ich werde mich nicht mehr einsperren lassen.*

Das wirst du nicht. Dafür werde ich sorgen.

Lügner!

Der Drache ignorierte sie wieder und wob sich durch die Bäume des Waldes. Während Sid noch ihr Gehirn nach einer Idee durchforstete, fing ihr Tier den Duft eines bekannten Menschenmannes ein: Rafe Hartley.

Sid fragte sich, ob ihr Tier Zugang zu ihren Erinnerungen hätte, aber als ihr Drache brüllte, *Er wird mich nicht fangen,* hatte sie ihre Antwort.

Sid setzte sich in ihre mentale Zelle, schloss die Augen und versuchte, sich daran zu erinnern, was ihre Lehrer ihr als Kind darüber beigebracht hatten, wie man mit ihrer Drachenhälfte arbeitete und sie eindämmte. Es musste doch etwas geben, das sie tun konnte, um ihn zu stoppen.

Denn sobald ihr Drache wandelte und ihm die

Grundlagen des Fliegens wieder einfielen, würde das Sids Todesurteil unterschreiben.

Als Gregor die letzte Person in der Klinik untersuchte, die durch das Hinausstürmen von Sids Drachen verletzt worden war, betrat er den Flur. Keine zwei Sekunden später jedoch füllte Brams Stimme den Korridor. „Kommen Sie mit mir!"

„Ist Cassidy in Ordnung? Haben sie sie gefunden?", fragte er.

„Nicht hier. Kommen Sie."

Gregor schüttelte den Kopf. „Ich kann meine Patienten nicht allein lassen. Insbesondere Nikki muss genau überwacht werden."

Bram deutete mit dem Kopf. „Wir bleiben im Gebäude, aber nur ein paar Türen weiter. Ginny kann aufpassen und uns sofort informieren, wenn etwas nicht stimmt."

Gregor sah auf die Tür zu Nikkis Zimmer. „Nikki ist eine Ihrer Beschützerinnen. Egal, was es ist, sie sollte es erfahren."

„Hören Sie, Innes, ich will nicht streiten. Aber das Letzte, was wir tun sollten, ist, Nikki Stress zu bereiten. Vertrauen Sie mir ausnahmsweise einfach."

Gregor sah Bram in die Augen, und sein Drache meldete sich. *Nikki ist in Ordnung. Alles sah normal aus. Du machst dir nur mehr Sorgen als nötig, weil sie schwanger ist. Ich möchte Stonefires Anführer vertrauen.*

Gregors Drache vertraute selten so schnell, was Bände darüber sprach, was sein Tier von Bram hielt.

Mit einem Seufzen machte Gregor einen Schritt in Richtung Bram. „Dann beeilen wir uns."

Er folgte ihm zu einem Zimmer ein paar Türen weiter. Sobald Gregor die Tür hinter sich schloss, sprach Stonefires Clananführer wieder. „Wir versuchen noch, Sid zu lokalisieren. Zum Glück hat sie sich noch nicht gewandelt, sonst müssten wir vielleicht jetzt ein düsteres Gespräch führen."

„Sagen Sie mir einfach, weswegen Sie mich hier hereingerufen haben. Keiner von uns hat Zeit, um den heißen Brei herumzureden."

In Brams Augen blitzte Zustimmung auf. „Aye, Sie haben recht. Sie müssen sich überlegen, wie Sie Sid vom Rand zurücklocken können."

„Ich würde nichts mehr lieben, aber normalerweise haben Drachenwandler-Lehrer ein besseres Verständnis dafür, wie man das macht."

Bram nickte. „Tristan MacLeod wird helfen, aber Sie auch. Nach dem, was ich von Ginny gehört habe, will Sid Sie wegen des Gefährtenrauschs. Das könnte zu unserem Vorteil funktionieren."

Gregor ballte die Fäuste. „Ich werde Sid nicht schwängern, ohne zu wissen, dass es ihr danach gut geht. Ein schwangerer, außer Kontrolle geratener Drache würde zu viel Schaden anrichten. Ich werde

auch nicht entscheiden, ob ich ein Kind von ihr fernhalten sollte oder nicht."

Bram musterte ihn einen Moment, bevor er
antwortete: „Sie sind ein viel besserer Typ, als ich
ursprünglich dachte."

„Verdammte Hölle, Bram, verstehen Sie denn
nicht, wie ernst diese Situation ist? Hören Sie auf,
Zeit zu verschwenden, sich Gedanken über mich zu
machen, und denken Sie an Cassidy!"

„Das tue ich", knurrte Bram. „Mich anzublaffen
hilft Sid nicht. Arbeiten Sie lieber mit mir zusammen. Sie müssen den Gefährtenrausch nicht vollziehen, aber wenn Sie Sid in Ihre Arme locken können,
können wir sie betäuben und Tristan und die
anderen Lehrer mit ihr arbeiten lassen."

Der Gedanke, Cassidy zu küssen, damit sie mit
Medikamenten vollgedröhnt werden konnte, die sie
so sehr hasste, ließ seinen Magen brennen.

Gregor räusperte sich. „Wenn wir das tun,
machen wir es auf meine Weise. Die Lehrer haben
vielleicht die größte Chance, Cassidy aus dem
Abgrund zurückzuholen, aber ich kann auch etwas
tun. Versprechen Sie mir, dass ich so lange bleiben
kann, wie ich will, und dass Sie mich über alles, was
mit Cassidy Jackson zu tun hat, auf dem Laufenden
halten, und ich werde helfen."

Er erwartete fast, dass Bram streiten oder seine
Worte über die Ernsthaftigkeit der Situation zurückweisen würde. Zu Gregors Überraschung streckte er
jedoch eine Hand aus. „Das verspreche ich!"

Gregor ergriff die Hand des anderen Mannes und schüttelte sie. Einen Moment später ließ Bram sie fallen. „Kai hat einen Plan, aber es bedeutet, Nikkis Seite für eine kurze Zeit zu verlassen. Haben Sie es ernst damit gemeint, sie überwachen zu müssen, oder waren Sie einfach nur ein guter Arzt?"

Sein Drache schlug mit dem Schwanz, als wollte er Gregor an ihr früheres Gespräch erinnern. Gregor antwortete: „Hätte meine Assistenzärztin in Lochguard Nikki untersucht, hätte sie sie entlassen. Ich bin nur gern übervorsichtig."

„Ich weiß, was mit Ihrer Gefährtin passiert ist, Innes, und es tut mir leid. Aber Nikki ist stark und jung, ohne Komplikationen oder auch nur einer Krankheit in ihrer Vorgeschichte. Wenn Ihre andere Ärztin sie entlassen würde, dann sollten Sie sich nicht schlecht dabei fühlen, das Gleiche zu tun."

Er hat recht, sagte sein Drache. *Helfen wir Cassidy.*

Nachdem er tief eingeatmet hatte, antwortete Gregor: „Was soll ich tun?"

Sid sah zu, wie ihr Drache sich zwischen den Bäumen hindurchschlängelte. Ihr Tier war fast eine Stunde lang durch den Wald gewandert. Es kreisten noch Drachen am Himmel, aber Rafes Geruch war verschwunden.

Sie wusste, dass Bram sie nicht so leicht aufgeben

würde, aber sie bewahrte diesen Gedanken für sich, damit ihr Tier ihn nicht aufgreifen konnte. Sie hatte keine verdammte Ahnung, ob sie überhaupt ein Geheimnis ohne richtiges Training bewahren könnte, aber sie wollte es versuchen.

Ihr Magen knurrte, und ihr Tier klagte: „Essen. Ich brauche Essen."

Sie streckte einen Arm aus, und ihre Finger wurden zu Krallen. Cassidy wollte nicht wandeln und schlug gegen ihr Gefängnis. *Ich weiß, wo wir Essen bekommen können.*

Das Tier blieb stehen, bevor es laut sagte: „Wo?"

Der Clan hat Essen. Sie hielt inne und beschloss hinzuzufügen *Gregor wird uns was zu essen geben.*

Ja, unser Gefährte. Er wird uns was zu essen geben, und dann ficke ich ihn.

Sid entschied sich, weiterhin den Grundinstinkt ihres Drachen anzusprechen. *Ja, Essen und viel Ficken. Finde ihn! Das heißt in menschlicher Gestalt, denn der Rausch kann nur vollendet werden, wenn man ein Mensch ist.*

Mein Mann, nicht deiner. Ich will ihn.

Dann geh!

Ihr Drache zögerte. Nicht, dass Sid ihm einen Vorwurf hätte machen können – sie waren schließlich Fremde. Sie hatte auch keine Ahnung, wie viel ihr Tier während ihrer über zwanzig Jahre währenden Haft von Sid mitbekommen hatte.

Sid ergriff, was ihre einzige Chance sein mochte, und erinnerte sich an Gregors nackte Brust, wie sie sein blondes Brusthaar gestreichelt und den Anblick seiner gemeißelten Muskeln in sich aufgenommen hatte. Ihr Drache begann zu summen, also ging Sid weiter und rief den kurzen Blick wieder auf, den sie vor all den Monaten auf Gregors Schwanz erhascht hatte.

Hitze fuhr durch ihren Körper, während ihr Tier die kombinierten Bilder von Gregors nacktem Körper nahm und sich vorstellte, wie sie rittlings auf ihm saß und ihn hart ritt.

Sie sollte ihren Drachen aufhalten, aber tief in ihrem Inneren wünschte Sid, sie hätte die Gelegenheit, genau das zu tun, was ihr Tier wollte.

Moment mal, was war denn nur los mit ihr? Es musste die Auswirkung der Lust ihres Drachen sein, die in ihre Gedanken sickerte. Sie konnte nicht zulassen, dass der Gefährtenrausch passierte.

Kurz bevor ihr Tier sie in ihrer Vision kommen ließ, waberte die schwache Spur eines bekannten männlichen Dufts durch die Luft.

Gregor.

Der Film in ihrem Kopf hielt an, und ihr Tier schnupperte in der Luft. *Er ist hier. Vergiss das Essen. Ich will ihn beanspruchen.*

Sid hatte gehofft, das Verlangen danach, Gregor zu beanspruchen, nutzen zu können, um nach Stonefire zurückzukehren. Wenn er wirklich im Wald war, fürchtete sie um seine Sicherheit. Ein außer Kontrolle geratener Drache konnte grob sein, zumindest hatte sie in der Vergangenheit einige Berichte darüber gelesen. Einen Penis zu brechen, war nicht vollkommen lächerlich.

Nun, wenn es dazu käme, würde Sid alles tun, um sicherzustellen, dass ihr Tier Gregor nicht wehtat.

Gerade, als sie in ihrem Gefängnis aufstand und sich bereit machte, stellte sich ein hemdloser Gregor vor sie. „Hallo, Mädel. Suchst du mich?"

Gregor bemerkte kaum die kühle Frühlingsluft, als er eine Cassidy mit wilden Augen sah, die etwa drei Meter entfernt stand. Er hatte sie gefunden.

Sein Drache zischte. *Natürlich haben wir das. Hör auf, an mir zu zweifeln.*

Du kannst deinen Wutanfall später haben. Im Moment müssen wir uns an den Plan halten.

Sein Tier schwieg, was Gregor sagte, wie sehr sein Drache ihre Frau wollte.

Er machte sich auf den Weg durchs Unterholz zu Cassidy. Es wäre nicht seine erste Wahl gewesen, ohne Hemd durch den Wald zu schlendern, aber sein Duft musste so stark wie möglich sein. Andernfalls hätte Cassidys Drache ihn vielleicht erst erkannt, wenn es zu spät war und der Plan hätte scheitern können.

Die drachenäugige Cassidy begegnete seinem Blick. „Meiner", sagte sie mit knurrender Stimme, bevor sie auf ihn zueilte.

Gregor öffnete seine Arme und wappnete sich für alles, was der Drache tun konnte. „Komm her, Liebes, und du kannst mich haben."

„Ganz", knurrte sie, als zu ihm ging. Sie streckte eine Kralle aus, den einzigen Teil von ihr, der in Drachengestalt war, und Gregor griff an ihr Handgelenk. Er zog sie an seinen Körper, knabberte an ihrem Ohr und murmelte: „Lass uns das grobe Zeug für später aufsparen."

Die vom Drachen besessene Cassidy rieb sich an seinem Körper, und Gregors Schwanz wurde hart. Er sollte seinen Geist ruhig und konzentriert halten, aber die Kombination aus Reibung und Cassidys zartem, femininem Duft ließ ihn stöhnen. „Cassidy."

Sein Drache knurrte. *Wir können sie später beanspruchen. Denk an den Plan.*

Mit herkulischer Anstrengung ließ Gregor ihr Handgelenk frei und packte Cassidys Hüften, um ihre Bewegungen aufzuhalten. Er flüsterte: „Bevor ich dich nackt ausziehe und dich in jeder Hinsicht beanspruche, küss mich. Ich sterbe, wenn ich nicht deine süßen Lippen noch einmal kosten kann."

„Meiner", sagte sie, bevor sie sich auf die Zehenspitzen stellte und seine Lippen nahm.

Der Drache hatte definitiv das Sagen. Cassidy wäre auf seinen Charme nicht eingegangen.

Doch als das Tier ihn streichelte und an sich zog, hatte Gregor Schwierigkeiten, sich daran zu erinnern, dass es der Drache war und nicht seine Ärztin, die ihn küsste.

Vielleicht könnte er eines Tages beide haben.

Er löste sich von ihr und sah ihr in die braunen Augen. „Wie fühlst du dich?"

Cassidys Drache runzelte die Stirn. „Was meinst du?"

Er streichelte ihre Hüfte und beobachtete ihre Augen genau. Ein paar Sekunden später begannen sie zuzufallen. Sie fragte: „Was?"

„Schh", flüsterte er, während er sie an sich hielt und sie sanft ablegte. Sobald sie schließlich bewusstlos war, nahm Gregor sein Handy und wählte Kais Nummer. Als der Anführer antwortete, sagte Gregor: „Das Medikament auf meinen Lippen hat funktioniert. Sie ist bewusstlos, aber ich weiß nicht, wie lange."

„Wir werden in ein paar Minuten da sein", antwortete Kai, bevor er auflegte.

Als Gregor Cassidys Wange streichelte, hoffte er, dass seine Berechnungen korrekt waren. Wenn sie aufwachte, bevor die Beschützer sie mitnehmen konnten, könnten sie Cassidy für immer verlieren. Immerhin hatte er seine wahre Gefährtin gerade mit einem topischen Beruhigungsmittel betäubt. Er hoffte, sie verstand die Notwendigkeit dafür. Schließlich war die Möglichkeit, dass sie wie bei der Drachenschlafdroge darauf reagieren würde, nicht ausgeschlossen.

Kapitel Neun

Sid erwachte auf dem Boden ihres mentalen Gefängnisses. Im Sitzen versuchte sie zu sehen, was los war, aber ihre Drachenhälfte begann gerade erst, sich zu rühren, also war alles pechschwarz.

Vielleicht, wenn ihr Drache nicht ganz bei Bewusstsein war, könnte Sid einen Weg finden, um zu entkommen.

Sie streckte die Hände aus und tastete die Mauer erneut ab. Die Oberfläche war noch glatt. Nichts hatte sich geändert.

Sid seufzte und beugte sich vor gegen die Wand. Aber statt einer festen Oberfläche gab sie ein paar Zentimeter nach.

Sie hatte eine Chance.

Sid schob, so fest sie konnte, und die Wand gab ein bisschen mehr nach. Es dauerte jedoch nicht lange, bis sie schwer atmete. Sobald das alles vorbei wäre, würde sie aufhören, ihre Gesundheit zu vernachlässigen, und etwas für ihre Ausdauer tun. Drachenwandler sollten stark sein.

Mit einem letzten Schlag umhüllte die Wand ihren Körper vollständig. Die kühle, glatte Oberfläche hielt noch eine Sekunde, bevor sie hindurch stürzte.

Sie sprang auf die Füße und sah sich nach ihrem Tier um. Als sie es sah, war der Drache tief schlafend zusammengerollt.

Obwohl sie nicht viel Erfahrung damit hatte, ihren Drachen zu bändigen, erinnerte sie sich an die Worte ihres Lehrers von vor über zwanzig Jahren: Baue Stück für Stück ein Gefängnis in deinem Kopf, um den Drachen herum. Je stärker die Materialien und komplexer die Konstruktion, desto länger hält es.

Sie stellte sich Stahlstäbe vor und konstruierte eine Kiste mit Stangen, die eng aneinander angeordnet waren. Als sie das letzte Stück platzierte, keuchte Sid vor mentaler Anstrengung.

Und zu ihrer Überraschung schlief der Drache immer noch.

Einen Augenblick lang fragte sie sich, ob Gregor die Drachenschlafdroge benutzt hatte, aber dann schob sie den Gedanken schnell beiseite. Sie war mehr darauf bedacht, aufzuwachen und herauszufinden, ob sie eine Zukunft hätte oder ob Bram Sid zur Sicherheit aller an das MDA ausliefern müsste.

Ohne Angst, herauszufinden, was ihre Zukunft für sie bereithielt, zwang Sid ihre Augen auf. Sie erwartete fast, es würde nicht funktionieren. Aber fünf Sekunden später trennten sich ihre physischen Augenlider, und Licht traf ihre Augen. Sie blinzelte ein paarmal und bemerkte kaum die Riemen um ihre Handgelenke und Knöchel und sah sich um, bis sie Gregor im Stuhl neben ihrem Bett schlafen sah.

Sein Haar lag über seiner Stirn, und die Stoppeln auf seinen Wangen waren etwas länger. Hatte er die ganze Zeit neben ihr gesessen?

Es gab nur eine Möglichkeit, das herauszufinden. „Gregor."

Er schoss sofort hoch und rieb sich die Augen, bevor er ihren Blick traf. Er berührte ihre Wange und sah ihr in die Augen. „Cassidy? Bist du es wirklich?"

„Ja, ich bin es. Sag mir, was los ist."

„Was ist mit deinem Drachen?"

Sie prüfte ihr Gefängnis. „Schläft in einem Käfig, den ich gebaut habe. Ich hoffe nur, dass er hält." Sie hielt inne und fügte dann hinzu: „Was passiert jetzt?"

Einer von Gregors Mundwinkeln zuckte nach oben. „Zwischen uns oder im Allgemeinen?"

Sie runzelte die Stirn. „Im Allgemeinen. Jetzt ist nicht die Zeit, mich zu ärgern."

„Ach, aber da irrst du dich, Mädel. Ich denke, du brauchst mehr denn je etwas Leichtigkeit und vielleicht sogar eine kleine Umarmung."

Sie sehnte sich danach, sich an Gregors Brust zu lehnen und einfach seinem Herzschlag zuzuhören. Aber sie konnte sich diese Art von Normalität nicht leisten. „Dir ist schon klar, dass ich einen halbverrückten Drachen in meinem Kopf habe und dass wir alle in dem Moment, in dem er aufwacht, in Schwierigkeiten geraten könnten. Vor allem du solltest vorsichtig sein. Zu deiner Sicherheit solltest du zurück nach Lochguard gehen."

Zorn blitzte in seinen Augen auf. „Ich werde dich verdammt nochmal nicht verlassen. Obwohl ich nicht glaube, dass dir zu sagen, wie mein Herz geschlagen hat, bis du sicher und gesund wieder hier warst, etwas bringen würde, du dickköpfige Frau."

„Gregor –"

„Aber ich habe Informationen, die du brauchst. Während Tristan MacLeod dir helfen wird zu lernen, deinen Drachen zu kontrollieren, werde ich weiterhin nach Informationen über innere Drachen suchen und graben, die erst spät im Leben auftauchen."

„Soweit ich weiß, bin ich die Einzige."

„Aye, nun, ich glaube, es gab noch andere, und ich bin entschlossen, sie zu finden." Seine Stimme wurde weicher. „Du hast dein Tier gerade erst entdeckt, und ich will es nicht wieder verbannen."

Sid erinnerte sich an Gregors Worte, eine Zukunft zu wollen, die sie einschließen könnte. „Du musst dich nicht ehrenhaft verhalten, Gregor. Wir können beide so tun, als hättest du nie etwas davon gesagt, dass du mich vielleicht als deine Gefährtin willst." Er öffnete den Mund, doch sie unterbrach ihn. „Du hast mehr als genug Herzschmerz erlitten, und ich will nicht nur weitere Trauer in deinem Leben verursachen. Ich werde deine Hilfe annehmen, was meinen Drachen angeht, aber dann musst du zurück nach Schottland."

Gregor schwieg, während seine Pupillen zu Drachenschlitzen blitzten. Selbst wenn er unglücklich war und seine Zähne zusammenbiss, wollte sie ihn mehr als jeden anderen Mann in ihrem Leben.

Aber Sid wäre nicht egoistisch. Selbst wenn sie ihren Drachen ein wenig kontrollieren könnte, könnte ihr Tier jederzeit zu seinen alten Gewohnheiten zurückkehren. Sie wollte nicht zulassen, dass sich jemand anderes um sie kümmerte.

Gregor widersetzte sich dem Drang, Cassidys Schultern zu nehmen, ihr zu sagen, dass er sie verdammt nochmal nicht verlassen würde, und sie dann zu küssen, um ihr zu zeigen, wie sehr er es meinte.

Aber das Mädel war offensichtlich erschrocken. Während sein Drache mit ihm streiten und kämpfen mochte, hatte Gregor keine Ahnung, wie es sein musste, eine verrückte, unkontrollierbare Präsenz in seinem Kopf zu haben. Erst nachdem er Cassidys Verstand gesichert hatte und die Frau davon überzeugt werden konnte, an mehr als die Gegenwart zu denken, würde er ihr mit voller Kraft den Hof machen.

Sein Tier meldete sich zu Wort. *Dann beeil dich und hilf ihr. Ich warte nicht gern darauf, das zu beanspruchen, was uns gehört.*

Sie hat noch nicht gesagt, dass sie uns gehört, Drache.

Das wird sie.

Hab etwas Geduld. Wenn du seit zwanzig Jahren ein Gefangener und nicht in der Lage gewesen wärst, mit mir zu reden, wärst du auch verrückt.

Sein Tier schnaubte. *Ich wünschte, ich könnte mit ihrem Drachen reden. Ich hätte das alles in wenigen Minuten geklärt.*

Anstatt über den lächerlichen Punkt zu diskutieren, antwortete Gregor Cassidy schließlich: „Ich werde nach Schottland zurückkehren, wenn es nötig ist."

Erleichterung blitzte in ihren Augen auf, und er wollte knurren. Was seine Ärztin nicht wusste, war, dass er vielleicht nach Schottland zurückkehren würde, aber er würde verdammt nochmal auch wieder hierherkommen.

Cassidy nickte. „Gut. Da das geregelt ist, sag mir, was du benutzt hast, um meinen Drachen einschlafen zu lassen."

„Ich bin mir nicht sicher, ob ich meine Geheimnisse preisgeben sollte."

„Gregor, sag es mir einfach."

„Schon gut, schon gut. Ich habe eine Variante des Drachenschlafmittels benutzt, aber die Dosis reduziert." Sie runzelte die Stirn, aber er sprach weiter, bevor sie etwas sagen konnte. „Und nein, ich habe keine Nadel benutzt. Ich habe es auf meine Lippen aufgetragen. Ich schätze, du kannst sagen, dass es eine umgekehrte Dornröschen-Geschichte ist – mein Kuss hat dich einschlafen lassen, anstatt dich zu wecken."

„Clever. Unser letzter Kuss war zumindest ein denkwürdiger. Ich bin sicher, dass sich Geschichten um ihn herum ranken werden, wenn die Teenager Wind davon bekommen."

Sein Drache knurrte bei dem Gedanken, Cassidy nie wieder zu küssen, aber glücklicherweise öffnete sich die Tür und hielt Gregor davon ab, sich mit seinem Tier zu befassen. Ginny steckte ihren Kopf herein. Ich dachte, ich hätte Stimmen gehört. Wie geht's unserer Patientin?"

Cassidy antwortete: „Lass uns das nicht tun, Ginny. Sag Bram einfach, dass ich wach bin. Ich will wissen, was als Nächstes kommt."

Ginny machte Tss. „Du wirst natürlich gesund werden. Bleib bei diesen negativen Gedanken, und ich werde das Dessert von deinen Mahlzeiten streichen."

Gregor sagte mit lautem Flüstern: „Keine Sorge, ich kann etwas reinschmuggeln."

Ginny ging auf ihn zu und schlug ihm leicht seitlich an den Kopf. „Du bist Gast in meiner Klinik. Denk daran."

Cassidy schnaubte, und Gregor konnte nicht anders, als seine Ärztin anzugrinsen. Da ihr Drache im Moment aus dem Bild war, war es fast so, als ob sie alle vergessen könnten, was sich am Horizont abzeichnete.

Aber dann erinnerte er sich, dass Cassidy vielleicht einen Tag hatte, bevor ihr Drache aufwachte. Er konnte es sich nicht leisten, Zeit zu verschwenden. Er sah zu Ginny. „Bitte Tristan, zu kommen. Ich möchte, dass er sofort anfängt, mit Cassidy zu arbeiten."

Ginnys Blick fiel auf Cassidy. „Sid ist gerade mal zwei Minuten wach. Ich denke, sie sollte sich zuerst ausruhen."

Cassidy schüttelte den Kopf. „Ich stimme Gregor zu. Obwohl ich das Glück hatte, dass ihr mich diesmal zurückgebracht habt, habe ich das beim nächsten Mal vielleicht nicht mehr. Ich brauche alle Hilfe, die ich kriegen kann."

„Schön", antwortete Ginny. „Obwohl ich zuerst mit Tristan reden werde, um sicherzustellen, dass er seine Zwillinge nicht mitbringt. Die beiden machen mehr Ärger als fünf Teenager-Drachenwandler zusammen, und ich werde sie nicht durch die Klinik jagen."

Sid biss sich einen Moment lang auf die Lippe, bevor sie nickte. „Viel Glück. Jack und Annabel kleben neuerdings an seiner Seite. Es könnte mehr

Ärger bedeuten, als es sich lohnt, sie auseinanderzuzwingen."

Ginny murmelte etwas im Gehen. Als die Tür zufiel, lächelte Sid. „Ich hoffe fast, dass er sie mitbringt. Ich könnte etwas Ablenkung gebrauchen."

Gregor beugte sich ein paar Zentimeter vor und betrachtete ihre Augen. „Hast du Schmerzen? Du musst mich verdammt nochmal auf dem Laufenden halten, sonst kann ich dir nicht helfen."

„Obwohl mein Verstand noch etwas angekratzt ist von der jüngsten Eskapade mit meinem Drachen, ist es erträglich. Es ist nur so ..."

Ihre Stimme verstummte, und Gregor nahm ihre Hand. Als sie sie nicht zurückzog, blühte Hoffnung in seiner Brust. „Sag's mir, Mädel. Ich kann ein Geheimnis für mich behalten."

Angst blitzte in ihren Augen auf. „Wenn mein Drache wieder die Kontrolle übernimmt, möchte ich, dass du mich zurückhältst und mich sediert hältst, solange es dauert, mir entweder zu helfen oder dem MDA zu erlauben, mich wegzubringen."

„Niemand wird dich wegbringen."

„Gregor, bitte! Ich habe so viele Jahre damit verbracht, den Clan gesund und lebendig zu halten, dass es mich auseinanderreißen würde, wenn ich ihnen am Ende noch mehr Schaden zufüge. Was ich heute getan habe, um sie aus dem Weg zu drängen, insbesondere Nikki, wird mich ohnehin für den Rest meines Lebens verfolgen."

Auch wenn er hoffte, er müsste es nie wieder

tun, nickte er. „Ich verspreche es dir. Aber nur, wenn du den Punkt erreicht hast, an dem es kein Zurück mehr gibt. Du wirst mit allem kämpfen, was du hast, Cassidy Jackson. Denn wenn du es nicht tust, bekommst du es mit mir zu tun."

„So? Ich schätze, jetzt sollte ich Angst haben?"

Er knurrte. „Ich war bis jetzt Mr. Nice Doctor. Aber wenn du geschubst und gestoßen werden musst, werde ich dich so richtig schubsen. Ich gebe niemals einen Patienten auf, bis der Tod ihn für sich fordert. Du bist jetzt eine meiner Patienten, also sei gewarnt."

„Ich bin fast versucht zu sehen, wie Mr. Tough Doctor aussieht. Ihr schottischen Drachen tut immer so, als wärt ihr fröhlich und genießt das Leben, aber ich denke, ihr habt eure Momente wie wir."

„Oh, das leugne ich nicht." Er hätte fast Gefährten erwähnt, fing sich aber rechtzeitig. „Aber dabei zu lachen, macht das Leben angenehmer. Vielleicht wird dein Clan, wenn er genug mit meinem zu tun hat, diese Lektion lernen."

Sie runzelte die Stirn. „Kritisier nicht meinen Clan. Denk dran, Stonefire hat den Nacken hingehalten und auf Veränderung gedrängt. Wenn wir nicht wären, wärst du nicht hier, dein Anführer hätte keine Gefährtin, und du könntest deine nackten Holzschnitzereien nicht an Menschen verkaufen."

„Ich habe keine Nacktschnitzereien", knurrte er.

„Vielleicht werde ich Arabella bitten, das zu überprüfen."

Die Belustigung, die in ihren Augen tanzte, brachte ihn zum Lächeln. „Wenn du mich ärgern kannst, kann es dir nicht so schlecht gehen."

„Ich weiß nicht, wie viel Zeit mir noch bleibt, also versuche ich, das Beste daraus zu machen."

Er beugte sich vor und streichelte ihre Wange. Cassidy stockte der Atem. Er wartete und gab ihr Zeit, sich zurückzuziehen.

Als sie es nicht tat, wagte er es, erneut zu sprechen. „Dann lass mich dir einen letzten richtigen Kuss geben. Ich möchte nicht, dass du dich daran erinnerst, wie ich dich unter Drogen gesetzt habe." Sie zögerte, also fügte er hinzu: „Es ist nichts auf meinen Lippen, falls du dir Sorgen machst. Ich habe sie gleich abgewischt, nachdem ich zurückgekommen bin. Sie sind reiner Gregor Innes."

Sein Drache knurrte. *Beeil dich und küss sie.*

Nein. Das hier ist ihre Entscheidung.

Aber sie will uns. Ich kann ihr Herz rasen hören.

Cassidy murmelte: „Nur einen Kuss", bevor sie sich nach vorn lehnte, um seinen Lippen zu begegnen.

Vom Verstand her wusste Sid, dass sie Gregor wegstoßen und jeglichen Kontakt vermeiden sollte. Doch allein seine Hand zu halten, erdete sie und machte sie ruhiger, als sie es sich vorgestellt hätte. Verdammt, sie hatte den Mann mit Nacktschnitzereien aufgezogen. Angesichts der Ungeheuerlichkeit dessen, was sich abzeichnete, sollte sie sich darauf konzentrieren, gegen ihren Drachen zu gewinnen.

Doch als er sich vorgebeugt und um einen Kuss gebeten hatte, hatte sie sich an die Wärme seiner Haut und den süßen Geschmack seines Mundes erinnert. Wenn sie nur noch einen Kuss bekäme, könnte sie sich die Zeit nehmen, sich jedes Detail langsam zu merken, damit, wenn er nach Lochguard zurückkehrte, sie die Erinnerung aufgreifen und sich daran festhalten könnte. Sid dachte nicht, dass sie irgendeinen Mann nach Gregor haben wollte, also musste sie eine Erinnerung schaffen, die sie ein Leben lang bewahren konnte.

Sie versuchte, nicht daran zu denken, wie sehr Gregor in ihre Gedanken eindrang, gab ihre Antwort und küsste den schottischen Drachenmann.

Sie hatte sich kaum an der Wärme seiner Lippen erfreuen können, als seine heiße Zunge in ihren Mund fegte. Sid schlang einen Arm um seinen Rücken, beugte sich gegen ihn und keuchte bei dem Kontakt ihrer Brüste gegen seine harte Brust.

Gregor bewegte sich, bis er auf dem Bett saß, und zog sie in seinen Schoß. Sein harter Schwanz zwischen ihren Beinen hätte Warnglocken erklingen lassen sollen, aber Sid war es egal. Das war der letzte Kuss, den sie mit ihrem Schotten hätte, und sie war entschlossen, ihn gut genug zu machen, um sie für immer zu erhalten, in all den schweren Zeiten, die vor ihr lagen.

Seine großen Hände bewegten sich zu ihrem Po und schaukelten sie gegen ihn. Sie keuchte, und Gregor küsste sie leidenschaftlicher. Die Schmerzen zwischen ihren Beinen verstärkten sich, und ihre Brustwarzen prickelten. Jedes Nervenende reagierte empfindlich auf die kleinste Bewegung. Kein Mann hatte jemals ihren Körper so in Brand gesetzt.

Sie wollte Gregor nur ausziehen und ihn reiten, wie in der Vision ihres Drachen von vorhin. Sie hatte keinen Zweifel, dass seine Fähigkeit im Küssen nur ein Blick darauf war, was er mit seinen Händen und seinem Mund an ihrem Körper tun konnte.

Gregor ließ ihre Lippen los und küsste sich an der Seite ihres Halses hinunter. Sid stöhnte, als er an ihrer Haut knabberte. Sie war sich kaum dessen bewusst, dass er ihr Krankenhaushemd löste und es von einer Schulter rutschen ließ, um ihre Brust freizulegen. Sie bog sich einladend zurück, und Gregor nahm ihren Nippel und saugte hart.

Sie schob ihre Finger durch sein Haar und rieb sich an seinem Schwanz.

Doch bevor sie ihm vorschlagen konnte, sich auszuziehen, klopfte jemand an die Tür. Das Geräusch brachte die Realität zurück, und Gregor ließ ihren Nippel frei.

Sid wandte den Blick von Gregor, rutschte von seinem Schoß zur anderen Seite des Bettes und zog ihr Hemd an seinen Platz zurück. Sie war viel zu nahe dran gewesen, einen schrecklichen Fehler zu machen. Gregor war stark, aber er könnte dem

Gefährtenrausch vielleicht nicht widerstehen, wenn er begann, besonders, wenn ihr Drache aufwachte und die Kontrolle übernahm.

„Cassidy –" begann Gregor, aber Tristan MacLeods Stimme dröhnte von draußen.

„Beeil dich und öffne die verdammte Tür! Meine Kinder warten zu Hause auf mich."

Kapitel Zehn

Gregors Drache knurrte. *Fordere den Mann heraus und jage ihn weg. Cassidy gehört uns. Sie will uns. Wir müssen beenden, was wir begonnen haben.*

Gregor ballte die Finger. *Nein. Sie ist nicht bereit und würde es uns ewig übel nehmen, wenn wir sie drängen.*

Sie muss nicht sehr gedrängt werden. Es hat ihr gefallen, sich an unserem Schwanz zu reiben.

Tristans Stimme dröhnte wieder von der anderen Seite der Tür. „Letzte Chance, mich reinzulassen, oder ich gehe."

Er erinnerte sich daran, wie sehr Cassidy Tristans Hilfe brauchte, und ging zur Tür. Er sah nach, dass seine Ärztin bekleidet war, bevor er sie öffnete. Gregor betrachtete den Drachenwandler-Lehrer, den er zuvor schon in Lochguard gesehen hatte. „Tristan MacLeod."

Tristan grunzte, bevor er sich an Gregor vorbeidrängte, um sich an Cassidys Seite zu stellen. „Mir wurde nur gesagt, dass du meine Hilfe brauchst, aber ich bin mir nicht sicher, was ich tun kann."

Gregor öffnete den Mund, um den Mann für seinen unwirschen Ton zu rügen, aber Cassidy kam ihm zuvor. „Tristan MacLeod, wenn ich nicht wäre, hättest du deine Gefährtin heute nicht. Ich bitte dich nur, den Alpha-Scheiß zu lassen und mir beizubringen, wie man meinen Drachen kontrolliert."

Tristan verschränkte die Arme vor der Brust und seufzte. „Entschuldige, Sid. Meine Zwillinge haben meine Geduld in letzter Zeit auf die Probe gestellt. Erzähl Melanie nicht, dass ich so geblafft habe."

Cassidy hob die Brauen. „Das kommt darauf an, ob du mir tatsächlich hilfst und dich Dr. Innes gegenüber zumindest ein bisschen freundlich verhältst. Wir brauchen ihn."

Tristan sah Gregor an. „Da er sich nicht an meine Schwester ranmacht wie der verdammte schottische Clan-Anführer, werde ich es versuchen, aber ich kann keine Versprechen geben."

Es lag Gregor auf der Zungenspitze, Tristan wegen Arabella zu ärgern, aber er entschied, dass Cassidys Wohlbefinden Vorrang hatte. „Dann kommen wir auf den Punkt. Wir haben weniger als einen Tag, bis Cassidys Drache sich rührt. Das Tier ist instabil, und sie muss lernen, wie man es zügelt."

Einer von Tristans Mundwinkeln zuckte nach

oben. „Nun, ich stimme zu, dass *Cassidy* stark ist, aber ich bin mir nicht sicher, ob selbst du es innerhalb eines Tages schaffen kannst, Doc."

„Ich werde es probieren", erwiderte Cassidy.

Tristan zuckte mit den Schultern. „Na schön. Aber es ist schwer, etwas zu tun, ohne dass das Tier tatsächlich wach ist."

Gregor knurrte. „Tu, was du kannst."

Tristan musterte ihn eine Sekunde, bevor seine Pupillen aufblitzten. Der Stonefire-Drachenmann antwortete schließlich: „Ich werde es um Sids willen tun, nicht weil du sie ficken willst."

Cassidy kniff die Augen zusammen. „Tristan."

„Leugnet er es?" Gregor konnte sich nicht dazu durchringen zu lügen, also sagte er nichts. Tristan lächelte. „Dachte ich's mir." Er sah wieder zu Cassidy. „Wenn du eine Chance auf Erfolg haben willst, musst du zu hundert Prozent ehrlich zu mir sein, Sid. Ansonsten ist alles, was ich sage, Zeitverschwendung." Sid nickte schließlich, und Tristans braune Augen trafen wieder auf seine. „Und du musst den Scheiß mit dem Beschützen lassen. Ich bin glücklich gepaart, und obwohl ich nicht sicher bin, ob ein Schotte unseres Docs würdig ist, bin ich für dich keine Konkurrenz."

Gregors Drache meldete sich zu Wort. *Ich glaube ihm.*

Nett von dir, alle Beleidigungen zu ignorieren.

Ihn bei allem herauszufordern, nimmt uns Zeit,

Cassidy zu helfen. Wirst du wirklich zulassen, dass dir dein Stolz im Weg steht?

Gregor grunzte. „Na schön. Dann lass uns anfangen."

Tristan zeigte mit einer Hand. „Warte draußen. Sid braucht keine Ablenkung."

Gregor hätte fast herausgeplatzt, dass Cassidy seine Patientin war, aber als er seiner Ärztin in die Augen sah, konnte er sehen, wie sie sagte, dass es ihr gut gehen würde. Unabhängig von Tristan MacLeods grober Art vertraute Cassidy ihm, und Gregor vertraute ihr.

Sein Drache schnaubte. *Wurde auch Zeit.*

Gregor sagte laut: „Ich sehe nach meinen Patienten und komme in ein oder zwei Stunden zurück." Er bedachte Tristan mit einem durchdringenden Blick. „Aber wenn irgendwas schiefgeht oder sich ihr Zustand ändert, drückst du den Panikknopf und holst mich. Verstanden?"

„Schön", sagte Tristan.

Als Gregor das Zimmer verließ, fragte er sich, wie der mürrische Drachenmann ein Lehrer sein konnte, und erst recht, wie er Cassidy helfen könnte. Aber da seine Drachenfrau dem Stonefire-Mann vertraute, musste Gregor dasselbe tun. So sehr er zischen und jeden Mann von seiner Ärztin wegjagen wollte, wusste er, dass Cassidy es nicht zulassen würde.

Sein Drache meldete sich zu Wort. *Denk weiter*

an sie und verhalte dich ehrenhaft, und sie wird uns früher paaren wollen.

Wir werden sehen, Drache. Wir werden sehen.

Sobald Sid und Tristan allein waren, seufzte sie. „War es wirklich notwendig, ihn zu provozieren?"

„Ja. Jeder Mann, der dich will, sollte besser in der Lage sein, für sich selbst einzustehen, und gleichzeitig wissen, wann jemand seine eigenen Schlachten führen kann."

„Da ist ja jemand ein richtiger Philosoph geworden."

Er grunzte. „Melanie lässt mich Bücher über Kindererziehung lesen."

Sie lächelte. „Vielleicht sollte ich dich herkommen und mit den anderen Männern reden lassen." Als Tristan finster starrte, beschloss Sid, sich der Sache zu widmen, und änderte das Thema. „Also, ich bin bereit zu lernen, Tristan. Was kommt zuerst?"

Er musterte sie, bevor er einen Stuhl heranzog und sich neben ihr Bett setzte. „Du hast deinen Drachen erst als Teenager verloren, also woran erinnerst du dich noch?"

Sid war darauf bedacht, die Erinnerungen nicht fließen zu lassen, und antwortete automatisch: „Die Grundlagen, wie man ein einfaches Gefängnis baut. Aber in seinem jetzigen Zustand kann man nicht mit ihm sprechen. Wenn er nicht bewusstlos ist, denkt er nur an den Gefährtenrausch."

„Hast du jemals darüber nachgedacht, ihn anzunehmen? Danach könnte er kooperativer werden."

Sie runzelte die Stirn. „Ich werde Gregor keine Hoffnungen machen und schwanger werden, nur um meinen Drachen zu besänftigen."

„Möchtest du eine Zukunft?"

Sie blinzelte. „Was?"

„Du hast mich gehört. Willst du eine Zukunft, oder gibst du auf und bereitest dich auf den Tod vor?"

„Ich hatte fast vergessen, wie unverblümt du bist."

Er zuckte die Schultern. „Ein Jahrzehnt lang auf Zehenspitzen um meine Schwester herumzuschleichen, hat mir ein oder zwei Dinge beigebracht."

„Du bist ziemlich gewachsen, Tristan MacLeod. Gott sei Dank für Melanie."

Sein Gesicht wurde weicher. „Ja." Die Härte kehrte in seine Augen zurück. „Aber du versuchst, mich abzulenken. Soweit ich über Drachen weiß, konzentrieren sie sich auf sie, sobald sie eine Idee haben, und werden sich nicht ändern oder versuchen, sich zurückzuhalten, bis sie diese Idee in Angriff genommen haben. Das passiert ständig mit meinen Schülern. Deine Situation ist wahrscheinlich ähnlich, denn du hattest noch keine Jahrzehnte, um deinen Drachen zu trainieren." Seine Pupillen blitzten auf, und er fügte hinzu: „Oder, wie mein

Tier es ausdrückt: Du hattest keine Zeit, eine Liste von Kompromissen zusammenzustellen."

„Nein, habe ich nicht, aber verdammt nochmal, gibt es nicht noch was anderes, das wir versuchen können?"

„Wir können einiges ausprobieren, aber der Gefährtenrausch wird wahrscheinlich alle Techniken übertreffen, die du lernst. Du bist ein Neuling, Sid. Wenn du das jetzt nicht akzeptierst, hast du keine Chance."

Tristan hatte ein Talent dafür, Clan-Mitgliedern Unbehagen zu bereiten, aber in diesem Fall war Sid dankbar für seine Ehrlichkeit. „Und doch gibt es keine Garantie, dass sich mein Tier beruhigt, sobald der Rausch vollendet ist, oder?"

„Wenn es um Drachen geht, gibt es keine Garantie für irgendwas, außer vielleicht für ihre Entschlossenheit in Bezug auf Gefährten und den Schutz von Kindern."

Was bedeutete, dass ihr Tier sich zumindest benehmen würde, bis ihr Kind geboren wurde. Das gab Sid vielleicht genug Zeit, um zu lernen, wie man ihren Drachen kontrollierte. Es war ihr möglich, Mutter zu sein, nachdem sie all die Jahre akzeptiert hatte, nie die Gelegenheit zu bekommen.

Moment mal. Warum dachte sie überhaupt an Kinder? Sie hatte keinen Zweifel, dass Gregor sich um ihre kümmern würde, wenn ihr Drache schließlich die Kontrolle übernehmen würde und Sid eingesperrt werden musste. Sie wollte ihm jedoch nicht wehtun und ihn noch jemanden verlieren lassen. Es war viel zu leicht für Sid, sich in den schottischen Arzt zu verlieben.

Sie verdrängte die Gedanken an Gregor und sah Tristan erneut in die Augen. „Ich werde darüber nachdenken. In der Zwischenzeit musst du mir alles beibringen, was helfen könnte."

„Gut, dann werden wir die Grundlagen des Drachengefängnisses behandeln. Wenn du auch nur einen Riss drin hast, findet er einen Ausweg. Also schließ deine Augen, und sag mir, was du gebaut hast und wie."

Als Sid tat, worum Tristan sie gebeten hatte, und ihr derzeitiges Gefängnis beschrieb, kehrten ihre Gedanken immer wieder zu Tristans Vorschlag zurück, den Rausch anzunehmen. Falls, und das war ein großes Falls, sie sich davon überzeugen würde, dass es eine praktikable Option sei, würde sie es ohne Gregors Zustimmung nicht tun. Der Trick wäre es, an dem Rausch teilzunehmen und die Kraft aufzubringen, eine Mauer um ihr Herz zu bauen, wenn sie ihr Tier nicht beruhigen könnte.

Gregor las den gleichen Paragraphen dreimal, bevor er seufzte und seine Schläfen rieb. Mit dem Überfliegen der medizinischen Akten, die er von Arabella erhalten hatte, und der neuen über die unbekannte Substanz beim Angriff auf ein Kind in Glenlough in

Irland, hatte Gregor genug Arbeit, um sich monatelang beschäftigt zu halten.

Und dennoch driftete sein Verstand immer wieder zu Cassidy Jackson. Tristan war fast zwei Stunden bei ihr gewesen und nur durch bloße Zurückhaltung hatte Gregor sich davon abgehalten, in Cassidys Zimmer zu platzen.

Sein Drache seufzte. *Wie ich immer wieder sage, er hilft ihr. Wenn es Ärger gibt, wird uns der englische Drachenmann Bescheid sagen. Cassidy zu ersticken, wird sie nur wegstoßen.*

Aye, ich weiß. Trotzdem fürchte ich, dass etwas passieren wird; ihr Drache wird aufwachen, und wir werden ihre menschliche Hälfte für immer verlieren.

Sei nicht so pessimistisch. Das ist nicht unsere Art.

Gregor sah wieder auf den Computer-Bildschirm. *Wenn ich nur die mysteriöse Verbindung herausfinden könnte, mit der der kleine Splitter beschichtet war, der sowohl bei dem Kind als auch bei Cassidy gefunden wurde, könnte ich ihr helfen. Und nicht nur aus egoistischen Gründen, sondern, wenn zu viele Drachenwandler diese Droge in ihr System bekommen, wird es nicht gut ausgehen.*

Dann wende dich an Layla. Sie hat einen stärkeren Hintergrund in Chemie als wir.

Ein Klopfen an der Tür unterbrach seine Unterhaltung. „Herein!"

Bram tauchte mit einem Fremden hinter sich auf. „Deine Hilfe ist da."

„Was für Hilfe?"

Bram trat zur Seite, und ein junger Drachenmann, Mitte zwanzig, mit dunklen Haaren und
braunen Augen, stand neben ihm. Als er sprach, war
es mit einem nordwalisischen Akzent. „Hallo. Ich
bin Dr. Trahern Lewis vom Clan Snowridge."

Gregor bewegte sich etwas mehr vor seinen
Computerbildschirm. Ein Fremder musste nicht
unbedingt sehen, was er gerade machte. „Normalerweise würde ich Sie willkommen heißen und Sie
schnell mit meiner Patientenliste vertraut machen,
aber Schwester Ginny kann das tun. Ich muss an
etwas Wichtigem arbeiten."

Bram hob die Brauen. „Hat es mit Sid zu tun?
Trahern weiß davon."

Gregor beäugte den walisischen Drachenmann
und begegnete dann wieder Brams Blick. „Kann ich
allein mit Ihnen reden?"

Bram sagte zu Trahern: „Während ich mit Innes
rede, suchen Sie die Schwester, die wir vor ein paar
Minuten getroffen haben. Sie wird Ihnen helfen, sich
einzugewöhnen. Ich komme zu Ihnen, sobald ich hier
fertig bin."

Neugier brannte in den Augen des Mannes, aber
er nickte nur und verließ den Raum. Als die Tür
zufiel, verlangte Bram zu erfahren: „Sagen Sie mir,
warum Sie ihn einfach so abgewiesen haben.
Trahern ist ein paar Wochen früher gekommen, um
Ihnen zu helfen, Ihnen ein wenig Last abzunehmen,
damit Sie Sid helfen können."

„Ich weiß die Hilfe zu schätzen, aber ich kenne ihn nicht. Es sei denn, Sie wollen, dass er die jüngsten Informationen sieht, die wir vom irischen Clan erhalten haben?"

„Ich denke, das ist nicht alles, was Sie gerade tun, aber ich werde vorerst so tun, als ahnte ich nichts. Trotzdem werden Sie Trahern über Ihre Patienten informieren, und Ginny wird ihn im Auge behalten. Auch wenn mein oberster Beschützer gründlich war, müssen wir alle auf ihn aufpassen, um sicherzustellen, dass er nichts verheimlicht."

„Ich bin überrascht, dass Sie mich darüber einweihen."

Bram zuckte die Schultern. „Sid hat eine hohe Meinung von Ihnen, und ich bewundere Ihren Einsatz. Sie sind auf dem besten Weg, mein Vertrauen zu verdienen, also denken Sie daran und vermasseln Sie es nicht."

Gregors Drache brüstete sich im Hinterkopf. Bevor sein Tier sich zu sehr freuen konnte, nickte Gregor. „Danke, Bram. Ich habe nicht vor, die Dinge zu vermasseln." Er zögerte einen Moment lang, entschied sich aber, dass Ehrlichkeit bei Bram am besten wäre. „Cassidy ist meine wahre Gefährtin. Auch wenn keiner von uns den Rausch annehmen will, wird mein Drache allein alles tun, um ihr zu helfen."

Bram starrte ihn kurz lang an, bevor er antwortete: „Werden Sie mir sagen, warum Sie so sehr entschlossen sind, das Geschenk einer Gefährtin nicht anzunehmen?"

Gregor richtete sich zu seiner vollen Größe auf und war froh, als er bemerkte, dass er mit Bram auf Augenhöhe war. „Ich möchte nicht respektlos sein, aber das geht Sie verdammt nochmal nichts an."

Eine Sekunde lang fragte sich Gregor, ob er sich gerade ein One-Way-Ticket nach Schottland eingehandelt hatte. Doch als Bram lächelte, entspannte er sich einen Bruchteil, als der Anführer von Stonefire sagte: „Aye, das verstehe ich. Ich bitte Sie nur, offen für alles zu bleiben. Während die verdammten Schotten mir immer Ärger bereitet, bin ich, wenn es Sid glücklich macht, Sie hier zu haben, offen für die Idee. Mein Urteil soll Ihnen nicht im Weg stehen."

Bevor Gregor etwas sagen konnte, öffnete Bram die Tür. „Sprechen Sie mit Trahern. Es gab mehrere Bewerber, die nach Stonefire kommen wollten, aber Sid hat ihn gewählt. Finden Sie heraus, warum."

Die Tür fiel ins Schloss, und Gregor drehte sich zurück zu seinem Computer. Er wollte es mit Dr. Lewis probieren, aber er hatte nicht vor, dem verdammten Mann zu vertrauen. Egal, wie sehr es ihn schmerzte, die Suche nach etwas, das Cassidy helfen könnte, hinauszuzögern, aber Gregor müsste wohl später an den Akten arbeiten.

Kapitel Elf

Einige Stunden später, als Tristan die Tür hinter sich schloss, seufzte Sid und brach auf ihrem Bett zusammen. Die Suche nach Rissen in mentalen Gefängnissen und deren Reparatur hatte ihre geistige Energie zermürbt. Trotz ihrer vorigen Entschlossenheit war Sid nicht sicher, ob sie ihr Tier kontrollieren konnte, wenn es aufwachte. Selbst wenn es ihr gelang, sichtbare Risse zu flicken, könnte ihr Drache stärker sein und sich immer noch befreien. Sie verstand allmählich, warum die Kinder mehrere Jahre Übung brauchten, um es zu perfektionieren. Früher war Sid ziemlich geschickt gewesen, aber zu viel Zeit war vergangen. Wie bei jeder anderen Fähigkeit, wenn sie nicht verwendet wurde, verblasste sie.

Es gab immer noch Tristans anderen Vorschlag, den Rausch anzunehmen und zu sehen, ob es ihren Drachen beruhigte. Schließlich deuteten die Fakten darauf hin, dass ihr Tier größtenteils unter Kontrolle war, zumindest bis Gregor auftauchte. Natürlich, wenn er Ja sagte und sie es durchzogen, lief Sid Gefahr, Gregor dabei noch mehr Herzschmerzen zu bereiten.

Knurrend schlug Sid eines ihrer Kissen. Sie hatte schon vor ein paar Wochen gewusst, was sie erwarten würde. Sie vermisste die Gewissheit fast.

Aber dann hätte es den Gedanken, Gregor zu küssen und zu wissen, wie es war, begehrt zu werden, auch nie wirklich gegeben.

„Warum ist das Leben nur so kompliziert?", fragte sie laut.

Der Knauf drehte sich und ein vertrauter schottischer Akzent füllte den Raum. „Weil es sonst langweilig wäre."

Sie starrte den gutaussehenden, blonden Schotten an. „Ich verstehe nie, warum die Leute das sagen. Ich mache gern Pläne und erreiche Ziele. Nicht dazu in der Lage zu sein, irritiert mich nicht nur, sondern stresst mich auch noch."

„Dann glaube ich, du brauchst ein Hobby."

„Ich habe eins – Laufen."

Er verzog das Gesicht. „Und das ist etwas, das ich nicht verstehe. Laufen ist kein Hobby. Das ist etwas, das man aus Notwendigkeit tut."

„Gibt es einen Grund, warum du hier bist? Sonst solltest du einfach gehen und eine weitere Nacktstatue schnitzen."

„Von dir? Dann brauche ich dich als Modell." Er

betrachtete sie von oben bis unten. „Zieh dich aus, wenn du es schon anbietest."

„Gregor", knurrte Sid.

Er grinste und nahm ihre Hand. „Ich liebe es, wenn du meinen Namen so knurrst. Das klingt so urtümlich."

Unwillkürlich schnaubte Sid. „So viel zum Thema zivilisierter Arzt."

„Selbst zivilisierte Ärzte brauchen etwas Wildheit."

Bei seiner rauen Stimme musste Sid sich einem Schauer widersetzen. All ihre Gründe, den Rausch abzulehnen, schienen zu verschwinden, wenn Gregor in der Nähe war.

Dann erinnerte sie sich an den Blick in seinen Augen, als er ihr von seiner toten Gefährtin erzählt hatte, und Sid ernüchterte. „Hast du etwas gefunden, während ich trainiert habe?"

Gregors Lippen drückten sich zusammen. „Nein, obwohl das zum Teil an deinem neuen Arzt liegt."

„Trahern ist also früher gekommen?"

„*Dr. Lewis* ist hier, ja."

„Warum hast du ihn dann nicht hergebracht?"

„Ich war mir nicht sicher, wie viel er weiß oder wie viel du ihm sagen willst."

Gregor streichelte ihren Handrücken mit dem Daumen. Ihr schottischer Drachenmann beschützte sie.

Sid hätte sich daran gewöhnen können, dass

jemand auf sie aufpasste. „Ich sollte ihn kennenlernen und dann entscheiden. Ich habe nur über
Videokonferenzen mit ihm gesprochen, und es ist
einfacher, jemanden persönlich zu lesen."

„Bist du dir sicher, dass du stark genug dafür
bist? Du siehst erschöpft aus, Cassidy."

„Himmel, danke."

Er zwinkerte. „Ich werde immer ehrlich sein,
auch wenn dir das, was ich zu sagen habe, nicht
gefällt."

Sie wurde weicher. „Ich möchte auch ehrlich zu
dir sein. Aber was ich dir gleich sage, könnte dich
abschrecken. Mach dich auf etwas gefasst."

Gregor hob eine Braue. „Jetzt bin ich aber
gespannt."

Für den Bruchteil einer Sekunde zweifelte Sid
an ihrer Entscheidung. Aber sie schob es schnell
beiseite. Gregor hatte sich selbst überschlagen, um
ihr zu helfen. Wenn das, was sie enthüllte, ihn
verschreckte, dann war es eben so. „Tristan hat
während unserer Sitzung etwas vorgeschlagen, das
vielleicht ein letztes Mittel sein könnte, um meinen
Drachen zu zähmen."

Er hob die Brauen. „Oh, aye? Und was ist es?"

Der einfache Weg wäre, ihren Blick abzuwen-
den, aber sie widersetzte sich. „Er sagte, dass, wenn
ich mich dem Gefährtenrausch hingäbe, das mein
Tier lange genug beruhigen könnte, damit ich lernen
kann, es zu zähmen."

Gregors Daumen hielt auf ihrer Hand inne. Sid

hielt den Atem an, um zu sehen, wie ihr Drachenmann reagieren würde.

Das Bild von Cassidy, rund mit Gregors Kind blitzte
in seinem Kopf auf, bevor sein Drache etwas sagte.
Wir können alles haben und von vorn anfangen.

Er ignorierte sein Tier und antwortete seiner
Ärztin schließlich: „Aber was ist mit dem Kleinen?
Der Rausch führt zu einer Schwangerschaft, und ich
weiß, dass du dir nie verzeihen würdest, wenn der
Drache dich und damit unser Kind verletzen
würde."

Mehr als er gerne zugeben wollte, wollte Gregor
noch einmal „unser Kind" sagen.

Cassidys Antwort erregte seine Aufmerksamkeit.
„Obwohl es keine Garantie gibt, glaubt Tristan, dass
sogar mein Drache ein Kind beschützen will." Sie
hielt inne und fügte hinzu: „Ich versuche nicht, dich
unter Druck zu setzen, Gregor. Ich weiß, wie sehr du
die Geburt fürchtest. Ich wollte nur deine Ehrlichkeit erwidern."

Er strich wieder mit dem Daumen über ihren
Handrücken. „Ich werde nie bei einer Schwangerschaft helfen und dabei gelassen bleiben, aber meine
Angst hat sich durch dich verringert, Mädel. Und
wenn es deine einzige Chance ist, bei Verstand zu
bleiben, werde ich tun, was immer nötig ist. Je mehr
Zeit wir haben, desto größer ist die Wahrscheinlich-

keit, dass wir einen Weg finden, deinen Drachen zu beruhigen." Er senkte die Stimme. „Auch wenn der Rausch ein Teil davon sein mag, denke ich, dass die zunehmende Hysterie deines Drachen auch das Ergebnis des Angriffs ist. Ich habe immer noch nicht die Substanz identifiziert, die in deinen Körper eingedrungen sein muss."

„Hast du schon mit Trahern darüber gesprochen?"

Er blinzelte. „Ich habe gerade zugegeben, dass ich offen für den Rausch bin, und du machst dir Sorgen um Trahern Lewis?"

Cassidy verdrehte die Augen. „Er hat einen starken Hintergrund in Biochemie. Das ist einer der Gründe, weswegen ich ihn ausgewählt habe."

„Wir können später über den verdammten Trahern Lewis reden. Sag mir einfach, ob du willst, dass ich dem Rausch freien Lauf lasse, wenn dein Drache wieder außer Kontrolle gerät. Schließlich könnte es in ein paar Stunden passieren, sobald er endlich aufwacht."

Sein Drache zischte. *Du könntest etwas netter sein.*

Richtig, weil du ja auch die ganze Zeit geduldig warst.

Cassidys Stimme füllte den Raum. „Ich will nicht, dass du es aus Ehrgefühl oder Verpflichtung tust, Gregor. Du hast Besseres verdient."

Mit einem Knurren ließ Gregor ihre Hand los und berührte ihre Wangen. „Es ist nicht aus Ehrgefühl, Frau. Mir liegt etwas an dir, und ich meinte, was ich vorhin gesagt habe, dass ich mir eine Zukunft mit dir vorstelle. Das ist seit Bridget nicht mehr passiert. Ich möchte dich besser kennenlernen, Frau Doktor. Denn ich denke, wir wären zusammen verdammt brillant."

„Gregor." Sids Stimme brach.

„Ich höre ein Flüstern des Zweifels in deiner Stimme, Mädel. Sag mir warum."

„Ich –" Sid schluckte und fuhr fort, „hast du darüber nachgedacht, dass alles schiefgehen könnte? Du hast so viel Traurigkeit in deinem Leben erlitten. Du solltest nicht noch mehr haben."

„Und genau das ist der Grund, warum ich es versuchen will. Du denkst immer an andere, Cassidy. Ist es nicht an der Zeit, auch mal jemanden an dich denken zu lassen?" Er beugte sich vor. „Was willst du wirklich? Sag es mir!"

Sie lehnte sich in eine seiner Hände. „Ich dachte immer, ich würde mein Leben allein verbringen. Ich habe mein Leben dem Clan gewidmet und mich um sie gekümmert. Sie wurden alle irgendwie zu meinen Kindern. Aber jetzt ..."

„Was jetzt?"

Sie sah ihm in die Augen. „In meinem Kopf habe ich mir die Möglichkeit erlaubt, wirklich Mutter zu werden, und ich werde das anscheinend nicht wieder los. Ich denke immer wieder, dass ich schwach bin, weil ich meine eigenen Wünsche nicht verdrängen kann."

„Hör auf, so verdammt albern zu sein. Es ist okay, etwas für sich zu wollen, Cassidy. Die einzige Frage ist, ob du bereit bist, für deine Zukunft zu kämpfen? Denn wenn du glaubst, ich werfe meine Hände hoch und gehe in ein paar Monaten weg, liegst du vollkommen falsch. Wenn ich einmal eine Entscheidung treffe, ziehe ich es durch. Und wenn wir den Rausch annehmen, werde ich knurrig, beschützend und verdammt unvernünftig sein. Aber ich werde dich mit meinem Leben beschützen und alles tun, um sicherzustellen, dass meine und deine Zukunft ein und dasselbe ist."

„Wie kannst du dir so sicher sein? Du kennst mich doch kaum."

„Ich kenne dich gut genug. Du bist stark, engagiert, stur und clever. Du wirst mir in jeder Hinsicht ebenbürtig sein."

Sie lächelte. „Nun, außer in der Penisabteilung."

Er lachte. „Okay, es wird ein paar Unterschiede geben. Ich würde lieber deine Brüste genießen, als mir eigene wachsen zu lassen."

Cassidy seufzte. „Du hältst dich für so schlau."

„Aye, Mädel, das bin ich. Und witzig sowie sarkastisch. Gewöhn dich daran." Er bewegte sich, bis seine Lippen ein Flüstern von ihren entfernt waren. „Sag mir, was du möchtest, Cassidy. Ich werde dafür sorgen, dass ich parat stehe."

Sie schlug ihm verspielt auf die Brust. „Hör auf!"

Er grinste. „Es dürfte wohl schwierig werden, den Rausch zu vollenden, wenn ich das täte."

Sie schnaubte, und sowohl Mann als auch Tier liebten den Klang. Aber Cassidy hatte ihm immer noch keine Antwort gegeben. Er wollte gerade noch einmal fragen, als Cassidy sprach. „Wenn ich mein Tier nicht kontrollieren kann, dann, ja, ich will den Rausch mit dir erleben."

„Kling bloß nicht zu begeistert."

Sie verdrehte die Augen. „Im Ernst? Du willst, dass ich mich über deinen glorreichen Penis und dessen Fähigkeit, zu wachsen, auslasse?"

„Aye, das wäre schon mal ein Anfang." Sie öffnete den Mund, aber er knabberte an ihrer Unterlippe, um sie schweigen zu lassen. „Ich würde dich ja küssen, aber ich will meinen Drachen nicht riskieren. Ich werde jedoch so viel Zeit wie möglich neben deinem Bett verbringen, damit ich hier sein kann, wenn du mich brauchst."

Sie runzelte die Stirn. „Die Wände sind nicht schalldicht."

„Dann sag deinem Drachen, er soll leise bleiben."

Während sie einander in die Augen starrten, lächelte Gregor seine Ärztin an. Jede Sekunde in ihrer Gegenwart machte es leichter, sich vorzustellen, sein Leben mit ihr zu verbringen.

Und selbst wenn der Rausch ihr Tier nicht beruhigen könnte, würde Gregor einen Weg finden, Cassidy zu helfen. Auf keinen verdammten Fall würde er sie kampflos verlieren.

Das Glück strömte durch Sids Körper. Es war schwer zu glauben, dass sie nach so vielen Jahren des Kampfes und der Trauer eine Chance hatte, einen Gefährten und eine eigene Familie zu bekommen.

Trotzdem behielt sie den Großteil des Glücks tief in sich. Es gab immer noch die Möglichkeit, dass alles schiefging, also musste sie sich auf die Gegenwart konzentrieren.

Sie berührte sanft Gregors Wange. „Apropos Drache, wir müssen noch einmal über Trahern reden."

„Du musst unbedingt lernen, wie man den Augenblick genießt, Cassidy", knurrte Gregor.

„Ich weiß nicht, wie viel länger ich meinen Drachen noch ruhig halten kann. Ich muss sicherstellen, dass alles geregelt ist, falls wir den Rausch vollenden."

„Wie zum Beispiel?"

„Ich will, dass Trahern die geheimnisvolle Substanz analysiert. Du musst ihm ja nicht sagen, wie wir sie beschafft haben, aber wenn er die chemische Zusammensetzung aufbrechen kann, dann kann er versuchen, einen Weg zu finden, um sie zu neutralisieren."

„Vertraust du ihm so sehr?" Sid öffnete den Mund, um zu protestieren, aber Gregor kam ihr zuvor. „Ich frage nicht aus Eifersucht oder irrationalem Beschützerwahn. Erstens habe ich bis heute noch nie von diesem Mann gehört. Wer ist er?"

Sid nahm eine seiner Hände und fädelte ihre Finger durch seine. „Er ist Kai Sutherlands Stiefcousin. Mit anderen Worten, er ist der Neffe seines Stiefvaters. Trahern hat die Paarung zwischen Kais Mutter und seinem Stiefvater unterstützt, als nicht alle so begeistert davon waren. Soweit ich weiß, ist er klug und fleißig, wenn auch etwas schüchtern."

„Ich wage zu vermuten, dass Trahern und Kai nie beste Freunde waren."

„Nein, aber Kai vertraut seiner Mutter bedingungslos. Selbst Bram vertraut Lily Owens, da er sie schon als Junge kannte. Wenn Trahern versucht, uns zu täuschen, dann müsste er dazu fast eine Spionageausbildung haben", erklärte Sid.

Gregor schwieg, und Sid wartete, um zu sehen, ob er ihrem Urteilsvermögen vertrauen würde. Denn wenn er es nicht konnte, war sie nicht sicher, ob sie Gregors Angebot annehmen könnte, den Gefährtenrausch zu akzeptieren. Sexuelle Anziehung war gut und schön, aber sie brauchte mehr als alles andere einen Partner in sämtlichen Bereichen.

Ihr Schotte grunzte schließlich. „Okay, ich werde ihn bitten, sich die mysteriöse Substanz anzusehen. Aber bis der Rausch vollendet ist, fürchte ich, dass mein Drache ihn nicht sehr mögen wird, oder irgendeinen ungebundenen Drachenmann nebenbei bemerkt."

Sie lächelte. „Da ich mit Drachenmännern und

deren Gefährten mehr als vertraut bin, kann ich damit leben. Geh und sprich jetzt mit ihm. Ich muss mich ohnehin ausruhen."

Gregor küsste ihre Wange, bevor er ihr ins Ohr flüsterte: „Ich werde auch eine Überraschung für dich haben, wenn du aufwachst. Stell dich darauf ein."

„Solange es nicht dein Penis mit einer Schleife darum ist, freue ich mich darauf."

Gregor lachte. Die Vibration neben ihrem Ohr war beruhigend. „Also würde dir eine Nacktschnitzerei von dir selbst gefallen? Das werde ich mir merken."

„Ich habe nicht –"

„Ich will dich doch nur ärgern, Liebes. Du wirst dich daran gewöhnen müssen." Seine Pupillen blitzten. „Ach, und mein Drache ist ungeduldig, mit dir zu spielen. Er sagt, du musst dich beeilen und gesund werden."

Seit Jahren hatte Sid ein falsches Lächeln aufgesetzt, wenn sie mit einem anderen Drachenwandler konfrontiert wurde, der über seinen inneren Drachen sprach. Doch bei Gregor lächelte sie echt. „Ich freue mich auch darauf, ihn kennenzulernen. Wenigstens muss ich mir da keine Sorgen um Sarkasmus oder Ärgern machen, da Drachen nicht reden können."

Gregor legte eine Hand an ihre Hüfte und drückte sie. „So frech."

Sie blickte unschuldig drein. „Was? Ich dachte, wir könnten einander ärgern."

Er schnaubte. „Ich glaube definitiv, das alles liegt daran, dass du deine Haare offen trägst. Vielleicht sollten wir es zur Pflicht machen, wenn du allein mit mir bist."

„Oder ich könnte sie mir einfach abschneiden."

„Nein."

Sid schüttelte den Kopf. „Ich habe nie verstanden, warum Frauen langes Haar haben sollten, aber Männer es kurz tragen können. Ich denke, Männer können damit auch gut aussehen. Du solltest deine wachsen lassen."

„Darüber können wir später noch diskutieren. Ich muss mit einem walisischen Arzt reden."

„Dann geh schon. Ich schwöre, schottische Drachen brauchen zehnmal so lang, einen Raum zu verlassen wie jemand aus Stonefire."

„Ich kann nichts dafür, wenn wir nun mal den Raum erhellen."

Sie stieß ihm in die Seite. „Geh, bevor ich wieder anfange, meine Augen zu verdrehen."

Er hob ihre Hand und küsste den Handrücken. „Wie meine Dame es wünscht."

Sid sollte ihn rügen, aber sie konnte nicht aufhören zu lächeln.

Gregor küsste ihre Hand noch einmal und sagte: „Denk dran, ich habe eine Überraschung für dich", bevor er den Raum verließ.

Als Sid sich zurück aufs Bett fallen ließ, starrte

sie an die Decke. Trotz ihrer mentalen Erschöpfung sowohl durch ihre Drachenübungen als auch ihren Umgang mit Gregor Innes hatte sie fast Angst einzuschlafen. Denn wenn sie aufwachte, hatte Sid vielleicht nicht mehr die Kontrolle, und es wäre die Frage, ob sie sie jemals wieder zurückbekäme.

Nein! Sie durfte so nicht denken. Wenn Sid eine Chance bei Gregor wollte, musste sie um ihn kämpfen. Auf keinen verdammten Fall würde sie jetzt aufgeben, wenn das Glück schon am Horizont zu sehen war.

Ihr Drache würde es mit ihr zu tun bekommen.

Kapitel Zwölf

D r. Trahern Lewis atmete tief durch, bevor er das Zimmer seines ersten Patienten in Stonefire betrat.

So sehr er Medizin und die Fähigkeit, andere zu heilen, liebte, lag ihm doch nichts am Smalltalk. Manche sagten, es seien schlechte Manieren am Krankenbett, aber Trahern deutete seinen Mangel an Gesprächsbereitschaft als eine Art, seine Energie voll und ganz der Gesundheit eines Patienten zu widmen.

Da er mit dem Chefarzt von Snowridge aneinandergeraten war, war Stonefires Ruf nach einem Arzt die Gelegenheit gewesen, die er brauchte. Zumindest hoffte er das. Nur die Zeit würde zeigen, ob es klappte.

Glücklicherweise war sein erster Patient eine Frau, die er vor nicht allzu langer Zeit kennengelernt hatte, als sie den Menschen namens Rafe Hartley nach Snowridge begleitet hatte.

Nikki Gray begegnete seinem Blick und lächelte. „Was tust du denn hier, Trahern? Ich weiß, dass ich dich bei Lily Owens Abendessen zum Lachen gebracht habe, aber du bist weit gekommen, um mir zu danken."

Er rückte seine Brille zurecht und räusperte sich. „Ich bin Dr. Jacksons neuer Assistenzarzt."

Nikki hob die Brauen. „Im Ernst? Da sollte man doch meinen, jemand hätte mir davon erzählt. Ich werde wohl mal mit Kai reden müssen, wenn ich ihn sehe."

„Das ist nicht nötig."

Er öffnete Nikkis Akte und überflog den Inhalt. Die Drachenfrau füllte die Stille. „Mit mir ist alles in Ordnung. Schwangere Frauen fallen ständig. Vielleicht siehst du das auch so und lässt mich gehen? Ich schwöre, Dr. Innes würde mich für den Rest meiner Schwangerschaft an mein Bett fesseln, wenn er könnte. Und dabei muss ich mich bereits mit Rafe rumschlagen. Da will ich nicht auch noch gegen den Beschützerwahn eines anderen Mannes ankämpfen müssen."

Als er mit dem Lesen der Akte fertig war, sah er zu Nikki. „Wenn es nach mir ginge, würde ich dich gehen lassen."

Sie runzelte die Stirn. „Warum tust du es dann nicht?"

„Weil mir niemand die Vollmacht dazu gegeben hat."

Nikki grunzte. „Dann werde ich dafür sorgen, sobald ich aus diesem verdammten Bett bin. Was ist ansonsten der Punkt?"

Trahern stimmte ihr zu, wollte aber nicht schlecht über die anderen Ärzte sprechen, die er noch gar nicht kannte. Unüberlegt zu handeln war das Gegenteil seiner Persönlichkeit. Ganz zu schweigen davon, dass er Gelegenheit haben wollte, mehr über Stonefires medizinische Praxis zu erfahren. Er könnte sogar Glück haben und auch mit Lochguard in Schottland kommunizieren können. Sein Clan-Führer in Wales war der Meinung, sie sollten unter sich bleiben, aber Trahern war nicht der Einzige, der einen Wandel kommen sah, sogar in einen so abgelegenen Ort wie Nordwales.

Er nahm das Stethoskop von seinem Hals. „Lass mich dich untersuchen und meine eigenen Notizen hinzufügen. Vielleicht wird meine Befürwortung die Meinung der anderen zu deiner Entlassung mitbeeinflussen."

Nikki seufzte. „Na schön. Bringen wir es hinter uns."

Während er dem Herzschlag ihres Babys lauschte, fragte er sich, wie viel von der Drachenpersönlichkeit des Kleinen sich schon entwickelt hatte. Trahern gehörte zu der Minderheit, die glaubte, dass Drachenhälften viel früher präsent und empfindungsfähig waren, als die meisten ahnten. Er hatte eine Theorie über Drachenwandler-Hormone, hatte aber nie die Chance gehabt, sie zu testen, obwohl Traherns Drache viel leiser war als die der meisten Drachenwandler, die er kennengelernt hatte.

Selbst jetzt stupste er ihn an, aber sein Tier gähnte und schlief wieder ein.

Er musste nur aufpassen, dass die Stonefire-Drachen nicht von seinem Geheimnis erfuhren, oder sie könnten ihn als einen geringeren Drachen-wandler ansehen, was für einen Arzt gefährlich war, der mit Drachen verschiedener Temperamente zu tun hatte.

Im Stehen bewegte Trahern seine Hände hier und da um Nikkis Bauch. „Alles klingt und fühlt sich normal an. Das werde ich auf jeden Fall betonen."

Nikki lächelte. „Brillant. Vielleicht kann ich dieses Bett dann früher verlassen. Halt dich an die Fakten, und du wirst die Frauen des Clans im Hand-umdrehen für dich gewinnen."

Er nickte und machte ein paar Notizen. Bevor er fertig war, klopfte jemand. „Nikki?"

Es war die Stimme des schottischen Arztes von vorhin.

Nikki rief: „Herein!"

Gregor Innes öffnete die Tür und sah zu Trahern. „Wir müssen reden."

„Erst wenn ich mit meinen Notizen fertig bin."

Gregor knurrte. „Vergessen Sie Ihre verdammten Notizen. Das hier ist zu wichtig."

Als der große, blonde Drachenmann ihn finster

anstarrte, wusste Trahern, dass der schottische Arzt ihn für immer als schwächer ansehen würde, wenn er jetzt nachgab. Und da Trahern entschlossen war, einen Neuanfang in Stonefire zu machen, konnte er das nicht zulassen.

Trahern zuckte mit den Schultern. „Eine Minute. Ich habe nicht vor, meine Patientin zu vernachlässigen."

Gregor trat einen Schritt näher. „Nikki geht's gut."

Er hob eine Braue. „Ach so? Dann kann ich sie entlassen?"

Gregor wedelte mit einer Hand. „Sie kann gehen, sobald ihr Gefährte kommt, um sie abzuholen. Ich will nicht, dass Hartley mich zu einem Kampf herausfordert, wenn sie sich auf dem Heimweg einen Zehennagel abbricht."

Nikki meldete sich zu Wort: „Hallo, ich bin direkt hier!"

Trahern blätterte durch seine Papiere, bis er die Seite mit dem Entlassungsformular erreichte. „Unterschreiben Sie das hier, und ich komme mit."

Gregor nahm Stift und Klemmbrett an sich und unterschrieb. „Erledigt, unter der Voraussetzung, dass Rafe sie abholt."

Nikki klatschte in die Hände. „Oh, Dr. Lewis, Sie werden hier gut abschneiden."

Er lächelte die begeisterte Frau an. „Das hoffe ich."

Gregor grunzte. „Und jetzt lassen Sie uns gehen."

Als Trahern folgte, übergab er das Klemmbrett auf dem Weg der Krankenschwester namens Ginny. „Nikki Grays Entlassung."

Bevor die ältere Frau jedoch antworten konnte, zerrte Gregor ihn den Flur hinunter in sein Büro. In dem Moment, in dem die Tür zufiel, attackierte Gregor ihn. „Ich bewundere ja, dass Sie sich für Ihre Patienten einsetzen und Ihre Arbeit erledigen, aber Sie müssen etwas wissen: Dr. Jackson ist meine wahre Gefährtin, und wir beide brauchen Ihre Hilfe."

Er neigte den Kopf. „Womit?"

„Es heißt, Sie kennen sich mit Biochemie aus. Ich möchte, dass Sie die Verbindungen in einer bestimmten Chemikalie identifizieren und herausfinden, ob es eine Möglichkeit gibt, sie zu neutralisieren."

„Zeigen Sie mir, was Sie haben."

Gregor blinzelte. „Ich hatte einen Kampf erwartet."

„Wenn es eine Sache gibt, die Sie über mich wissen müssen, abgesehen von meiner Hingabe für meine Patienten, dann, dass ich nichts mehr liebe, als Stunden im Labor zu verbringen, um ein Rätsel zu lösen."

„Aye, nun, setzen wir diese Liebe ein, denn je eher Sie einen Weg finden, die Chemikalie zu neutralisieren, desto besser."

„Wollen Sie mir sagen warum?"

Gregor schüttelte den Kopf. „Ich kann nicht. Sprechen Sie mit Bram und schauen Sie, was er sagt."

Als der Schotte Trahern die Daten zeigte und welche Proben sie hatten, versuchte er, nicht zu lächeln. Sein erster Tag in Stonefire lief besser als erwartet. Und wenn er die nächsten Tage in einem Raum mit seinem Mikroskop und anderen Werkzeugen verbringen könnte, wäre es der Himmel.

Anders als in Snowridge könnte er die Drachenwandler in Stonefire vielleicht davon überzeugen, dass Forschung genauso wichtig war, wie Medizin zu praktizieren. Er könnte sogar etwas bewirken.

Sid erwachte mit einem starken Schmerz in ihrem Gehirn. Sie setzte sich auf und bemerkte kaum das dunkle Zimmer oder das große Bett unter ihrem Körper.

Ihr Drache war wach und schlug gegen die Gitter seines Gefängnisses. Ihr Tier knurrte. *Raus, raus! Lass mich RAUS!*

Sid ignorierte ihn und konzentrierte sich darauf, Risse oder verbogene Stäbe zu reparieren. Doch während die Minuten vergingen, wusste sie, dass es nur eine Frage der Zeit war, bis ihr Drache entkam. Sid konnte die Reparaturen auf keinen Fall auf unbestimmte Zeit durchführen.

Ihr Tier brüllte. *Ich muss unseren Gefährten beanspruchen. Ich kann nicht zulassen, dass ihn jemand anderes nimmt. Ich will ihn.*

Die Lust schoss durch ihren Körper, und sie schrie. Das Gefängnis mochte ihren Drachen daran hindern, die Kontrolle zu übernehmen, aber es schwächte nicht den Drang, sich zu paaren.

Scheinbar müsste Sid auf ihren Backup-Plan zurückgreifen und sich den Rausch annehmen.

Nicht, dass sie sich nicht darauf freute, aber sie wünschte sich, es hätte unter besseren Umständen geschehen können.

Sie schrie „Gregor!", bevor sie einen weiteren Stab im Gefängnis ersetzte. Sie hoffte, ihr Drachen-mann wäre in der Nähe.

Das Licht ging flackernd an, und Sid bemerkte kaum, dass sie im Schlafzimmer ihres Cottages war, bevor Gregor an ihrer Seite war. „Was ist los, Liebes? Sag es mir!"

Sie packte seinen Arm, während sie versuchte, ihren Drachen unter Kontrolle zu halten. „Rausch, bitte!"

„Bist du sicher?"

„Ja", sagte sie, während sie sich noch ange-strengter bemühte, ihren Drachen im Gefängnis zu halten. Sie wollte nicht, dass Gregor gezwungen wurde, und sie gab ihm eine letzte Chance, es sich anders zu überlegen.

Gregor jedoch warf seine Kleider beiseite und machte sich schnell daran, ihr Krankenhaushemd zu öffnen. Jede Bewegung des Stoffs gegen ihre Haut machte sie nur heißer. Das Pulsieren zwischen ihren Oberschenkeln war fast unerträglich; wenn sie Gregors Schwanz nicht bald in sich hatte, könnte sie platzen.

Gregor nahm ihre Handgelenke und hielt sie über ihren Kopf, als er sich auf sie legte. Seine Stimme war rau, als er flüsterte: „Lass ihn raus, Liebe. Ich bin bereit."

Sid brauchte einen Moment, um sich Gregors Gesicht einzuprägen. Sie würde nie vergessen, dass er seine Ängste beiseitegeschoben hatte, um ihr zu helfen.

Als ihr Drache um sich schlug, ließ Sid ihr Tier schließlich frei. Das Tier übernahm die Kontrolle, die pulsierende Lust verzehnfachte sich, und Sid war sich bewusst, dass ihr Körper sich an Gregor rieb, obwohl sie keine Kontrolle hatte.

Ihr Drache hatte das Sagen.

Gregor ließ ihre Handgelenke los, bevor er sie küsste, und ihr Tier packte seine Schultern, um ihn an sich zu ziehen. Trotz des groben Knabberns und Streichelns ihres Drachen entsprach Gregor ihrer Dringlichkeit. Zweifellos war auch sein Drache zum Spielen rausgekommen.

Als er eine Hand an ihre Brust bewegte und sanft zudrückte, prickelte jeder Nerv in ihrem Körper. Sie wollte, nein, brauchte, den Mann über sich. Nur er war würdig genug, ihr Kind zu zeugen.

Gregor ließ ihre Brüste frei und strich zwischen

ihre Oberschenkel. Sid stöhnte und hakte ein Bein um seine Hüfte. Die veränderte Position machte es leichter, sich an seinem harten Schwanz zu reiben.

Ihr Tier brüllte. „Warum bist du nicht in mir?"

Mit einem Knurren strich Gregor ein paarmal über ihre Schamlippen, bevor er in sie stieß. Sid bog ihr den Rücken bei seiner Fülle durch und kratzte ihre Nägel über seinen Rücken. Eine Stimme, die nicht ganz ihre eigene war, befahl: „Bewegen!"

Gregor knabberte an ihrem Kinn, bevor er sich fast ganz nach draußen zurückzog und dann wieder hineinrammte. „Ja", zischte ihr Drache.

„Meine", seufzte Gregor, bevor er sich in einem gleichmäßigen Rhythmus bewegte.

Sid-Schrägstrich-Drache packte seinen Po, versenkte ihre Nägel, und Gregor steigerte sein Tempo. Ihr Tier verstand nicht, warum er seinen Orgasmus hinauszögerte. Sie brauchten seinen Samen, um schwanger zu werden. Vielleicht sollten sie ihn umdrehen und ihn reiten.

Als hätte Gregor ihre Gedanken gelesen, ergriff er ihre Hüften und hob sie an, bevor er hinein- und herauspumpte. Seine harte Länge traf in einem neuen Winkel genau die richtige Stelle, und sie stöhnte: „Härter!"

Gregor wehrte sich nicht gegen sie, sondern gab noch ein paar Takte nach, bevor er innehielt und ihren Namen brüllte. Als er kam, explodierte die Lust, und ihre Muskeln packten seinen Schwanz und ließen ihn rhythmisch los.

Bald werden wir sein Kind tragen. Mehr, forderte ihr Drache.

Sobald sie den letzten Tropfen aus Gregor gewrungen hatte, warf Sids Drache ihn auf den Rücken. „Jetzt bin ich dran. Du bist viel zu langsam."

Gregors Pupillen waren Schlitze. Er zischte, doch als Sids Drache ihren Körper wieder bewegte und darauf achtete, ihre Hüften zu kreisen, stöhnte Gregor und nahm ihre Brüste in seine Hände. Seine rauen Handflächen an ihren Nippeln ließen ihr einen Schauder über den Rücken laufen.

Ein kleiner Teil von Sid sehnte sich danach, dass er an ihren Brustwarzen lutschte und damit spielte, aber dann schob ihr Drache es zur Seite. Alles, was zählte, war ein weiterer Orgasmus, und dann noch einer, bis sie Gregors Duft und sein Kind trugen.

Während ihr Drache die Bewegungen ihrer Hüften verstärkte, genoss Sid einfach die Empfindungen. Sie war zu erschöpft, um sich weiter gegen ihren Drachen zu wehren. Mit etwas Glück konnte sie endlich, sobald der Rausch vorüber war, lernen, mit ihrem Tier zu leben.

Doch dann traf sie ein weiterer Orgasmus, und Sid verlor jeglichen vernünftigen Gedanken.

Kapitel Dreizehn

Zwölf Tage später lag Gregor mit Cassidy an seine Seite gekuschelt da und kämpfte mit einer Mischung aus Glück und Angst.

Der Drache seines Mädels war ein lustvolles Ding gewesen, aber trotzdem hatte der Rausch länger gedauert als die meisten anderen, wahrscheinlich weil Cassidy älter war. Trotzdem hatte seine Ärztin jetzt seinen Duft an sich, was bedeutete, dass sie ihr Kind trug, und das erfreute sein Tier.

Sein Drache schlief halb, als er murmelte, *Natürlich gefällt es mir. Die anderen werden sich fernhalten. Wir können auch wieder eine Familie haben.*

Gregor verdrängte seine Zweifel. *Den Rausch zu vollenden, ist nur ein Teil davon. Wir müssen Cassidy noch helfen, ihren Drachen zu kontrollieren.*

Das überlasse ich dir, murmelte sein Tier, bevor es gähnte und sich zu einer Kugel zusammenrollte. Der Bastard schlief innerhalb von Sekunden.

Nun, zumindest wenn sein Drache erschöpft war, konnte Gregor einfach seine Frau halten und sich am kurzen Moment des Glücks erfreuen. Denn egal, was später passierte, er wollte Vater werden.

So lange hatte er das Verlangen verborgen. Allein es zu denken, kam in seinem Kopf einem Verrat gleich.

Aber als er jetzt auf die entspannten Gesichtszüge von Cassidy Jackson hinunterblickte, signalisierte ein Kind eine Zukunft und einen Neuanfang für sie beide. Dafür konnte er sich nicht schuldig fühlen. Er musste sich einfach an ihre Worte darüber erinnern, dass Risiken bei der Geburt für die meisten Drachenwandler gering waren.

Wenn er noch eine Gefährtin verlor, würde Gregor sich nie wieder davon erholen.

Er schob seine Gedanken beiseite, konzentrierte sich auf das Positive und küsste ihre Stirn.

Cassidy drehte sich um, und er hielt den Atem an. So sehr er die Neuigkeiten teilen wollte, musste er sich wappnen, falls ihr Drache noch die Kontrolle hatte.

Die Mutter seines Babys öffnete die Augen und sah langsam zu ihm herüber. Er seufzte fast erleichtert, als er ihre runden Pupillen sah. Er schob ihr eine Haarsträhne aus dem Gesicht und lächelte. „Guten Tag."

Sie runzelte die Stirn. „Wir sind beide wieder bei Verstand, und alles, was du sagen kannst, ist ‚Guten Tag'?"

„Du bist ein cleveres Mädel und weißt genau, dass der Rausch vorbei ist." Er legte eine Hand auf ihren Bauch. „Du trägst mein Kind."

Sie legte zögernd ihre Hand über seine. „Ein Kind."

„Ja, ein Kind. Obwohl es in unserem Fall noch eine größere Frage gibt: Wie geht's deinem Drachen?"

Cassidy seufzte. „Er schläft vorerst. Ich werde nicht sicher wissen, ob er zahm ist, bis er aufwacht."

„Er war entschlossen, das muss ich ihm lassen."

Sid rollte auf ihre Seite und stützte den Kopf auf eine Hand. „Als wäre deiner weniger entschlossen gewesen."

Er grinste. „Ich denke, er hat es brillant gemacht." Er wurde ernster. „Aber geht's dir gut? Ich habe noch niemanden kontaktiert, um ihnen mitzuteilen, dass der Rausch vorbei ist, aber wenn du einen Arzt brauchst, rufe ich Lewis an."

„Nein, ich brauche keinen Arzt. Aber ich habe Angst, etwas zu sagen, bis ich weiß, wie sich mein Drache verhält. Um ehrlich zu sein, bin ich versucht, dich zu bitten, mich zu fesseln."

„Normalerweise würde ich mir diese Gelegenheit nicht entgehen lassen. Aber dieses eine Mal werde ich es tun, da es wichtiger ist, deine Zukunft zu regeln."

Sid lehnte sich an seine Schulter. „Eine Zukunft ist etwas, auf das ich nicht zu hoffen wage. Zumindest noch nicht."

Gregor knurrte, als er Cassidy auf seine Brust zog. „Du wirst eine haben, Cassidy Jackson. Und du fängst besser an, es zu glauben, sonst fessle ich dich an dieses Bett, bis du es tust."

„Und was soll das erreichen? Außer, dein Erbe in Frage zu stellen? Vielleicht hast du etwas Wikingerblut in deinen Venen."

„Lenk nicht ab, Frau. Egal, was du sagst, es wird mich nicht wegstoßen. Ich bin auf lange Sicht dabei, egal, was passiert."

Sie begegnete seinem Blick. „Warum? Wir kennen uns noch nicht sehr lange."

„Ich weiß genug. Ich habe mich lange nicht so wohl bei einer Frau gefühlt, und nicht nur, weil du meine wahre Gefährtin bist. Wir können im einen Moment über Medizin reden, und du kannst mich im nächsten mit Nacktstatuen aufziehen. Ich bin mir nicht sicher, ob ich in ein Leben zurückkehren kann, in dem ich nur arbeite und allein in meinem Cottage schnitze. Ich will dich in meinem Leben, Cassidy. Je eher du das akzeptierst, desto eher kannst du anfangen, für unsere gemeinsame Zukunft zu kämpfen." Als sie zögerte, fügte er hinzu: „Hast du Zweifel?"

„Nein, keine Zweifel. Es ist nur, dass ich, nachdem ich Jahrzehnte lang gedacht habe, ich würde mein ganzes Leben lang allein bleiben, immer noch nicht glauben kann, dass ich vielleicht jemanden habe, mit dem ich es teilen kann."

Er rollte sie herum, bis er Cassidy mit seinem Körper einfangen konnte. „Da ist kein ‚Vielleicht',

Mädel. Ich bin hier, und wir werden das gemeinsam durcharbeiten."

Als seine Ärztin Tränen zurückblinzelte, fragte sich Gregor, was zum Teufel er falsch gemacht hatte.

Sids Erschöpfung stellte seltsame Dinge mit ihr an. Für gewöhnlich war sie nicht emotional, und sie konnte sich nicht an das letzte Mal erinnern, dass sie geweint hatte. Doch als Gregor schwor, an ihrer Seite zu bleiben und ihr zu helfen, ihren Kampf zu gewinnen, wollte sie erleichtert schluchzen.

Sie hatte nicht gelogen, dass ihr Drache schlief, was bedeutete, dass Sid noch keine Ahnung hatte, was ihre Zukunft brachte. Aber zu wissen, dass Gregor da sein würde, weckte in ihr den Wunsch, härter dafür kämpfen zu wollen.

Nicht nur für sich, sondern auch für ihr ungeborenes Kind.

Doch als Sid Gregor schob, bis er auf dem Rücken lag, und ihn dann festhielt, wusste sie, dass sie auch stark für ihn sein musste, wenn die Zeit gekommen war. Er würde die Zusicherung brauchen, dass sie bis zur Entbindung nicht beim geringsten Anzeichen eines Niesens oder von Übelkeit sterben würde.

„Mir geht's gut", sagte sie.

Gregor streichelte langsam ihren Rücken. „Du sahst aus, als müsstest du weinen, Liebes. Und glaub mir, wenn es eine Möglichkeit gibt, einen Mann zu verunsichern, dann, wenn man direkt nach dem Rausch weint."

Die alte Sid hätte alles beiseitegeschoben und ihre Gedanken für sich behalten. Aber die neue Sid vertraute dem Mann unter ihrer Wange. Wenn es mit ihnen funktionieren sollte, musste sie ehrlich sein. „Es ist eine Kombination aus Erschöpfung und Glück." Sie stützte ihr Kinn auf Gregors Brust. „Ich bin so nah dran, eine glückliche Zukunft zu haben, dass ich sie schmecken kann, aber sie könnte mir immer noch jede Sekunde weggerissen werden."

Er nahm ihre Wange. „Wie wäre es, wenn wir uns säubern und Dr. Lewis suchen? Er hatte jetzt reichlich Zeit, um an der Analyse zu arbeiten. Das Mittel könnte mit schuld am Verhalten deines Drachen sein. Wenn er eine Möglichkeit hat, es zu neutralisieren, könnten wir unserem Happy End einen Schritt näherkommen."

„Unserem?"

„Natürlich, Frau. Eine Zukunft ohne dich wäre nicht glücklich."

„Gregor –"

„Ich bin weder albern noch charmant. Ich sage nur die Wahrheit."

„Wenn du mich ausreden ließest – ich wollte sagen, dass ich froh bin."

Er grinste, während seine Augen aufleuchteten. „Du hast mich gerade zu einem sehr glücklichen Drachenmann gemacht."

„Nun, da du gerade in so guter Stimmung bist, sollten wir uns beeilen. Vielleicht beißt du Trahern dann ja nicht den Kopf ab, wenn wir mit ihm reden."

Gregor beugte sich vor und drückte ihr einen vorsichtigen Kuss auf die Lippen. „Du trägst meinen Duft und mein Kleines. Du gehörst mir. Jeder Mann wird es wissen, was bedeutet, dass ich zivilisiert sein kann."

Er küsste sie langsam, und Sid schmolz gegen ihn. Während ein Rausch etwas Besonderes war, bevorzugte sie ruhige Momente wie diesen, in denen sie eine Erinnerung schaffen und sich daran festhalten konnte ohne den Makel des Geisteszustandes ihres Drachen.

Gregor ließ schließlich ihre Lippen los und murmelte: „So sehr ich dich auch noch einmal für mich nehmen möchte, denke ich, wir sind beide ein bisschen wund und brauchen Nahrung." Er legte besitzergreifend eine Hand auf ihren Po und drückte. „Dennoch hoffe ich, dass du deinem Arzt erlaubst, eine gründliche Untersuchung unter der Dusche durchzuführen, nur um sicherzustellen, dass alles in Ordnung ist."

Sie schnaubte. „Wie lange wirst du diese Arztkarte noch ausspielen?"

„Ewig, Liebes. Gewöhn dich einfach daran."

Sie strich an seinem Kinn entlang und antwortete: „Dann spiele ich auch meine Karte aus. Ich muss ausnutzen, dass mein Drache schläft, und jeden Zentimeter von dir untersuchen."

„Aye, ist das so?"

„Oh ja. Ich muss mir deinen aktuellen Zustand einprägen, damit ich später eine bessere Diagnose stellen kann."

Einer seiner Mundwinkel zuckte hoch. „Ich liebe es, wenn du in Arztsprache mit mir sprichst."

„Gut. Dann hör auf deine Ärztin und geh duschen. Hygiene ist wichtig."

Er hob die Brauen. „Willst du damit sagen, dass ich stinke?"

Sid rutschte an den Bettrand. „Das wüsstest du wohl gern." Gregor knurrte und griff nach ihr, aber sie sprang auf und stürzte ins Badezimmer. Sie schaffte es bis zur Dusche, bevor Gregor sie gegen seine Brust zog.

Nachdem er ihren Hals geküsst hatte, sagte er: „Deine Untersuchung beginnt jetzt." Er bewegte eine Hand zwischen ihre Beine und streichelte sie mit einem Finger. Sid lehnte sich gegen ihn und atmete einmal tief ein. Er schmunzelte. „Deine Reaktion auf sexuelle Stimulation ist normal."

„Gregor, sei nicht –"

Er schob einen Finger in sie, und, verdammt sei ihr Körper, sie wurde feuchter.

„Ich kann meine Untersuchung fortsetzen, oder du lässt mich noch einmal in dich hinein."

Es brauchte alles, was sie hatte, um sich zu konzentrieren, als Gregor langsam seinen Finger bewegte. „Ich dachte, du hast vorgeschlagen, dass wir uns ausruhen."

„Manchmal kann ein Arzt auch einen Fehler machen. Ich habe meine Entscheidung überdacht." Seine Stimme wurde besorgt. „Wenn du keine Schmerzen hast."

Sid nahm seine Hand und drückte sie zwischen ihren Beinen weg. Gregor erstarrte kurz, aber sie nutzte die Sekunde, um sich umzudrehen und ihre Hände hinter seinen Hals zu legen. „Nein, aber ich denke immer noch, dass das heiße Wasser einer Dusche uns beiden guttun würde. Lass uns multitasken."

Er grinste. „Ich liebe es, wie dein Verstand funktioniert, Mädel."

Gregor griff hinüber und schaltete die Dusche an. Nachdem er das Wasser mit seiner Hand getestet hatte, packte er ihren Po und hob sie hoch. Sid schlang ihre Beine um seine Taille.

Sie unterbrachen nicht den Augenkontakt, als Gregor sie unter den heißen Sprühnebel trug. Die Hitze fühlte sich gut an auf ihrer Haut, aber sie hatte kaum Zeit, sie zu registrieren, bevor Gregor sich vorbeugte und das Wasser von einer ihrer Brustwarzen leckte.

Er hob den Kopf, und Feuer tanzte über ihre Haut. Sämtliche Gedanken an Erschöpfung oder Schmerzen verblassten. Sie wollte Gregor als den ihren beanspruchen, ohne dass ihr Drache sich einmischte.

Und nicht nur, weil er der Vater ihres ungeborenen Kindes war. Nein, Gregor sollte wissen, dass sie plante, genauso besitzergreifend zu sein, wie er es sicher bei ihr sein würde.

Gregor Innes war ihre Zukunft.

Sie strich mit der Hand durch sein Brusthaar und fragte: „Worauf wartest du?"

„Genauso lustvoll wie dein Drache. Verstehe, woher er das hat."

Ungeduldig ließ Sid ihre Hand bis zur Kuppe von Gregors hartem Schwanz zwischen ihnen wandern. Sie rieb darüber, und ihr Schotte zischte.

Sid lächelte. „Deine Reaktion auf sexuelle Stimulation scheint ebenfalls normal."

„Verdammte Frau", sagte er, bevor er ihre Lippen in einem groben Kuss eroberte. Als seine Zunge ihren Mund streichelte und erforschte, bewegte sich Sid gegen seine harte Länge und schluckte sein Stöhnen.

Sie liebte die Tatsache, dass sie die Macht hatte, ihn zum Stöhnen zu bringen.

Gregor zog sich zurück, um ihr in die Augen zu sehen. Er sagte nichts, als er sie positionierte und langsam seinen Schwanz Zentimeter für Zentimeter hineingleiten ließ. Der anfängliche Schmerz verblasste zu Lust, und Sid packte seinen Nacken, während sie stöhnte.

Als er bis zum Anschlag in ihr war, nahm Gregor ihr Kinn zwischen die Finger. „Genau hier, genau jetzt, gibt es nur dich und mich, Mädel. Du sollst wissen, dass ich dich auch ohne den Rausch oder die

Notwendigkeit, dein Tier zu beschwichtigen, immer noch haben möchte."

Die Wahrheit in seinen Worten war absolut.

Emotionen erstickten ihre Kehle, aber Sid drängte sich an ihnen vorbei. „Dann zeig mir, wie sehr du mich begehrst, Gregor. Lass uns gemeinsam anfangen, eine glückliche Erinnerung zu schaffen, um die alten zu ersetzen."

„Nichts würde mir mehr gefallen, als dich glücklich zu machen", sagte er, bevor er sie sanft gegen die Wand drückte. „Ich bin auch der einzige Mann, der dich jemals wieder vor Lust schreien lässt."

„So? Dann überzeuge mich, warum ich nur dich ansehen sollte."

Entschlossenheit blitzte in seinen Augen auf. „Das habe ich auch vor."

Als Gregor seinen Körper bewegte, klammerte sich Sid an ihren Drachenmann und zwang sich irgendwie, die Augen offenzuhalten. Sie wollte sich alle Gesichtszüge Gregors merken, wenn er kam. Vielleicht konnte sie später sogar Kraft aus der Erinnerung schöpfen, um die Kontrolle von ihrem Tier zurückzubekommen.

Doch als ihr Schotte sein Tempo steigerte und das Geräusch von nassem Fleisch gegen Fleisch die Dusche erfüllte, vergaß Sid alles außer dem Mann vor sich. Es dauerte nicht lange, bis sie seinen Namen schrie, als ob ihre menschliche Hälfte Gregor gerade offiziell als den ihren beanspruchte.

Kapitel Vierzehn

Eine Stunde später verließen Gregor und Cassidy ihr Cottage und traten in die Nachmittagssonne. Ohne zu zögern, schlang Gregor seinen Arm um seine Gefährtin.

Er erwartete beinahe, dass Cassidy ihm einen strengen Blick zuwerfen und etwas darüber sagen würde, dass sie schneller gehen könnten, wenn sie separat gingen, aber sie lehnte sich einfach an seine Seite.

Seine Drachenstimme war schläfrig, als er sagte, *Sie ist müde, will es sich aber nicht anmerken lassen. Das sollte besser nicht lange dauern.*

Ich werde sie zurückbringen, wenn ich muss, aber wir müssen mit Trahern Lewis reden. Sämtliche Informationen, die wir bekommen können, bevor Cassidys Drache aufwacht, könnten unsere Zukunft beeinflussen.

Zumindest gibst du zu, dass wir eine haben.

Solltest du nicht eigentlich schlafen?

Mit einem Schnauben rollte sein Drache sich zusammen und schlief wieder ein.

Er wollte Cassidy gerade schon fragen, ob sie langsamer gehen sollten, als Evie Marshall, die ihren Sohn Murray trug, sowie eine ältere Menschenfrau, die, wie er annahm, Evies Tochter Eleanor im Arm hatte, zu ihnen eilte. Evie strahlte, als sie zwischen ihnen hin- und hersah. „Da ich gerade von Bram komme, weiß ich, dass ihr ihm noch nicht gesagt habt, dass der Rausch vorbei ist. Ich möchte euch beiden als Erste gratulieren." Evie sah Gregor an und hob die Brauen. „Und ich werde Sie im Auge behalten, Dr. Gregor Innes. Wenn Sie Sid verletzen, ist es mir egal, ob Sie ein Drachenwandler sind, ich werde Sie jagen und Sie dafür bezahlen lassen."

Die ältere Frau und Sid sagten beide: „Evie!"

Evie sah die Frau an, die Gregor nicht kannte, und zuckte mit den Schultern. „Was, Mum? Du bist lange genug hier, um zu wissen, dass Stonefire sich um die seinen kümmert. Gregor sollte sich dessen bewusst sein."

Die ältere Drachenfrau wandte ihren Blick zu Gregor und lächelte. Als Evie die Verwandtschaft erwähnte, konnte Gregor die Ähnlichkeit erkennen.

Die Frau ergriff das Wort: „Tut mir leid wegen meiner Tochter und nicht nur wegen ihrer unhöflichen Manieren." Evie öffnete den Mund, doch die Frau unterbrach sie. „Mein Name ist Karen Marshall. Schön, Sie kennenzulernen."

„Aye, nun, das Vergnügen ist ganz auf meiner Seite." Gregor neigte den Kopf. „Es kommt nicht oft vor, dass ich von solcher Schönheit in allen Altersgruppen umgeben bin."

Sid schnaubte. „Entschuldigen Sie ihn. Jeder männliche schottische Drachenwandler scheint mit übertriebenem Charme ausgestattet zu sein."

Karen lachte. „Wirklich? Vielleicht sollte ich den schottischen Clan besuchen. Dann hätte Evie keine Chance, alle zu verjagen, bevor ich mehr als zwei Worte mit ihnen gewechselt habe."

Evie rutschte Murray, der an seinem Daumen lutschte, in ihren Armen zurecht. „Dylan ist zu jung für dich."

„Ich habe nicht gesagt, dass ich mit dem Mann schlafen möchte, aber es ist schön, etwas Aufmerksamkeit zu bekommen", erklärte Karen.

„Mum, ich will nicht hören, dass du mit irgendwem schläfst", antwortete Evie.

Gregor wollte lachen, aber er konnte es unterdrücken. Zum Glück ergriff Cassidy das Wort. „Evie, lass deiner Mum etwas Freiheit. Niemand mag es, in einem Käfig zu sitzen. Solange sie in Stonefire ist, wird Bram nicht zulassen, dass ihr etwas passiert. Das alles ist Anweisung deiner Ärztin. So wie du Zeit hattest, deinen Platz im Clan zu finden, erlaube auch Karen, dasselbe zu tun."

Evie seufzte. „Ich versuche es."

„Gut", sagte Sid. „Wir werden dich und Bram später besuchen. Im Moment haben wir etwas Dringendes zu erledigen. Und nein, nicht von der Sex-im-Wald-Art."

Gregor zwinkerte. „Obwohl das auch eine Möglichkeit wäre."

Karen lachte, während Evie die Augen verdrehte. Bei genauerem Blick auf die ältere Menschenfrau bemerkte er nicht genug Lachfältchen in ihrem Gesicht. Er würde mit Cassidy zusammenarbeiten, um sicherzustellen, dass die Frau wieder blühte.

Sein Tier knurrte. *Wir können später allen anderen helfen, nachdem wir Cassidy geholfen haben.*

Als er daran erinnert wurde, warum sie überhaupt draußen waren, drückte Gregor Cassidys Hüfte. „Wenn Sie uns jetzt bitte entschuldigen würden, meine Damen, wir müssen wirklich gehen. Aber kommen Sie unbedingt bald in die Klinik, Karen, und wir werden eine Liste von Befehlen ausarbeiten, die Bram und Evie befolgen müssen."

Evie runzelte die Stirn, aber bevor sie etwas sagen konnte, zeigte Murray zum Himmel. „Blau wie Daddy."

Ein blauer Drache huschte über sie. Sid spannte sich einen Moment lang an seiner Seite an, bevor sie sich entspannte.

Beeil dich, murmelte sein Tier.

Gregor drückte Cassidy sanft an sich und nickte Evie und Karen zu. „Bis später, die Damen."

Er machte einen Schritt, und Cassidy folgte seinem Beispiel. Sobald sie außer Hörweite der

Menschen kamen, beugte er sich zu ihrem Ohr und fragte: „Geht's dir gut, Liebes?"

Angesichts all dessen, was mit Gregor passiert war, und der Fortschritte, die sie gemacht hatte, sollte es für Sid okay sein, einen fliegenden Drachen zu sehen. Doch als der männliche blaue Drache über ihnen schwebte, überflutete eine tiefe Sehnsucht ihren Körper, so wie es jedes Mal geschah, wenn sie einen Wandler in Drachengestalt sah.

Und obwohl sie ihr Tier im Kopf hatte, wenn auch schlafend, wusste Sid immer noch nicht, ob sie jemals in der Lage sein würde, ihm genug zu vertrauen, um zu wandeln.

Gregor fragte, ob es ihr gut ginge, und sie sah ihn an. Die Sorge in seinen Augen trug dazu bei, ihre Ängste und Zweifel zu lindern. „Ich bin praktisch genug veranlagt, um zu wissen, dass es mir nicht ganz gut geht. Aber es ist nichts, was ich nicht vorher schon ertragen habe."

„Ist das deine schicke Art zu sagen, dass du immer noch Angst vor dem hast, was dein Drache tun wird?"

„Du bist zu schlau für dein eigenes Wohl."

Er grinste. „Natürlich bin ich das." Er wurde ernst. „Denk einfach daran, dass ich immer da bin, wenn du mich brauchst, Cassidy. Halte dich nie vor mir zurück, sonst werde ich auf meinen Charme zurückgreifen, um dich mit der Wahrheit vertraut zu machen."

Sie seufzte. „Wenn ich dich bitten würde, ihn runterzufahren, würdest du das?"

„Charme und Sarkasmus sind, wer ich bin. Tut mir leid, Liebes, aber das ist es, was du bekommst."

Als sie wieder zu ihm aufsah, berührte sie sein Kinn. „Und das ist alles, was ich will."

Als sie einander in die Augen blickten, wusste Sid, dass sie in Schwierigkeiten war. Sie war schon halb verliebt in Gregor Innes.

Um sicherzustellen, dass er nie wieder die Trauer erlitt, eine Gefährtin und ein Kind vor ihrer Zeit zu verlieren, schwor Sid, ihren Drachen für sich zu gewinnen.

Sie ließ sein Kinn los und nickte in die Ferne. „Beeilen wir uns. Je eher wir mit Trahern sprechen, desto eher können wir uns eine Strategie einfallen lassen, wie ich in den Himmel fliegen kann."

„Das ist mein Arzt-Mädel." Er steigerte sein Tempo, und Sid hielt mit. Er fuhr fort: „Aber du solltest wissen, dass ich mich nicht zurückhalten werde, sobald du die Grundlagen des Fliegens draufhast. Wir werden um die Wette fliegen, und ich werde gewinnen."

„Das werden wir ja sehen, Herr Doktor. Ich war ziemlich gut in Flugmanövern in der Schule."

„Dann betrachte es als Herausforderung, Mädel. Der Gewinner erhält einen Preis."

Sid hob die Brauen. „Da ich nicht die Absicht

habe zu verlieren, sollte ich mir lieber etwas Gutes überlegen."

„Oh, unterschätze niemals einen Drachenmann, wenn es darum geht zu gewinnen. Wenn ich eins sicher weiß, dann, dass du echte Konkurrenz ohne Plattitüden magst. Ich beabsichtige, meiner Ärztin eine Freude zu bereiten."

„Gut. Und jetzt beeil dich und versuche, deinen Charme für die nächste Stunde auf ein Minimum zu beschränken, okay? Ich habe so das Gefühl, dass Bram uns sehen will, nachdem wir mit Trahern gesprochen haben, und wir könnten deinen Charme bei Stonefires Anführer vielleicht gebrauchen."

„Mach dir um Bram keine Sorgen. Er wird mich bald genug lieben."

Sid lächelte, als sie sich der Klinik näherten. Das medizinische Forschungslabor war drinnen.

Sie gingen von hinten in das Gebäude, um nicht bemerkt zu werden. Doch nach ein paar Kurven sah Ginny sie und sagte: „Also seid ihr beide am Leben." Sie betrachtete Sid und dann Gregor. „Keine sichtbaren blauen Flecken oder Kratzspuren, also kann es nicht zu wild gewesen sein."

Sid hatte schon genug Verletzungen nach dem Gefährtenrausch gesehen. „Es geht uns gut, wie du siehst. Ist Dr. Lewis bei einem Patienten?"

Ginnys Mund formte eine dünne Linie. „Er ist wahrscheinlich wieder in diesem verdammten Raum. Er macht seine Runden früh und hat uns befohlen, ihn nicht zu stören, es sei denn, es ist ein

Notfall. Ich hoffe, er nutzt unsere Gastfreundschaft nicht aus und macht etwas Unheimliches."

Sid hasste es, Ginny im Dunkeln zu lassen, aber sie konnte die Verbreitung der Informationen nicht riskieren. „Wenn er an dem arbeitet, was ich denke, dass er daran arbeitet, sollte es nicht so sein." Ginny hob fragend ihre Augenbrauen, aber Sid schüttelte den Kopf. „Ich kann es dir nicht erzählen. Aber sobald Bram grünes Licht gibt, wirst du die erste Mitarbeiterin sein, die davon erfährt."

Ginny schnaubte. „Ich vermisse die alten Zeiten, ohne all die Geheimnisse und Fremden, die zu uns kommen."

Sid berührte den Bizeps der Schwester. „Ich bewahre Geheimnisse nicht länger als ich muss, und das weißt du."

Ginny seufzte. „Ich weiß." Sie winkte den Flur hinunter. „Geh und finde heraus, was der walisische Drachenmann vorhat. Wenn es etwas ist, das jemandem helfen kann, sich zu erholen, wird er jede Hilfe brauchen, die er bekommen kann."

Als Sid und Gregor in Richtung Forschungsraum gingen, stieg Sids Herzfrequenz an. Es war möglich, dass Trahern etwas gefunden hatte, um ihr mit ihrem Drachen zu helfen.

Dennoch wollte sie sich noch keine Hoffnungen machen. Als sie an die Tür klopfte, hörte sie ein gedämpftes „Herein!" und drehte den Türknauf.

Drinnen sah Trahern auf seinen Computerbildschirm. Er wandte den Blick nicht davon ab und sagte: „Also, Sie beide sind zurückgekehrt."

Gregor schob die Tür zu und schloss ab, bevor er antwortete: „Aye, wir sind zurück, und ich hoffe, Sie haben gute Neuigkeiten für uns."

Trahern schwieg einige Sekunden lang. Sid wollte gerade schon etwas sagen, als der walisische Drachenmann ihr zuvorkam. „Ich habe alle Verbindungen außer einer identifiziert. Unglücklicherweise scheint ausgerechnet diese unbekannte Verbindung Drachenwandlerhormone zu beeinflussen und ist wahrscheinlich der Schuldige." Endlich sah er Sid in die Augen. „Ich würde gerne mit einer Kollegin sprechen, aber Bram sagte, dass Sie beide die Einzigen sind, die die Genehmigung erteilen können."

Sids angestrengter Kampf um die Kontrolle über die medizinischen Fälle in Stonefire zahlte sich jetzt aus. „Ich bin mir nicht sicher, ob wir zu diesem Zeitpunkt noch jemanden mit an Bord holen sollten."

Trahern runzelte die Stirn. „Ich dachte, es wäre Ihre oberste Priorität, einen Weg zu finden, den Auswirkungen dieser Substanz entgegenzuwirken? Heißt das nicht, dass wir alle uns zur Verfügung stehenden Ressourcen nutzen sollten?"

„Wer ist es?", verlangte Sid zu erfahren.

Trahern rutschte seine Brille zurecht. „Meine Laborpartnerin von der Universität. Sie ist ein Mensch."

Gregor meldete sich zu Wort: „Einem Menschen dieses Wissen zu geben, ist gefährlich, Lewis."

Sid klopfte Gregor auf die Brust und konzentrierte sich auf Trahern. „Wie gut kennen Sie sie?"

„Wir waren einige Jahre lang immer mal wieder Laborpartner an der Cardiff University. Wir haben jedoch weiterhin per Mail Kontakt, um neue Durchbrüche zu besprechen", antwortete Trahern.

Einen Menschen einzuladen, war gefährlich, vor allem, wenn ihr erlaubt wurde, zu kommen und dann in ihr Leben zurückzukehren.

Sid hatte eine Idee. „Würde sie in Betracht ziehen, bei uns zu bleiben?"

„Was?", fragten Gregor und Trahern gleichzeitig.

„Denkt doch mal darüber nach. Wir alle haben erwähnt, dass wir mehr Forschung brauchen und eine Basis für die Pflege von Drachenwandlern schaffen müssen. Wenn Trahern und diese Frau hier zusammenarbeiten, mit uns, Gregor, dann könnten wir tatsächlich genug erreichen, um etwas mit anderen Clanärzten aufzubauen. Vielleicht können wir sogar regelmäßig Artikel über unsere Ergebnisse veröffentlichen. Wahrscheinlich liest sie zunächst niemand, aber mit der Zeit könnten andere dasselbe tun."

Trahern antwortete vor Gregor. „Da ist nur die kleine Sache mit dem MDA und der Legalität eines Menschen, der auf Drachenwandlerland lebt, ohne gepaart zu werden."

„Bram hat dem MDA versprochen, dass jemand kommen und unseren Clan studieren könne. Wegen der Angriffe und anderer Probleme wurde es verschoben, aber die Dinge haben sich etwas beruhigt. Evie könnte das MDA dazu bringen, unseren Vorschlag anzunehmen, auch wenn sie keine Anthropologin ist. Vielleicht könnte Ihr Mensch einen Freund mitbringen und die Forschung aufteilen. Das ist wahrscheinlich ohnehin plausibler", antwortete Sid.

Gregor erwiderte: „Ich bin mir nicht sicher, ob die Dinge ruhig sind, Mädel. Wir haben die Informationen über den Drohnenangriff dem MDA vorerst vorenthalten, aber sie werden es schnell genug herausfinden."

„Dann beeilen wir uns besser und lassen diese Frau in unser Land kommen." Sie sah Trahern an. „Wie heißt sie? Meinen Sie, sie wird es annehmen?"

„Ihr Name ist Dr. Emily Davies. Und es ist möglich, dass sie kommt. Sie war schon immer von Drachenwandlern fasziniert, durfte diesem Interesse aber nie nachgehen."

Sid nickte. „Gut, dann werde ich mit Bram reden. Sobald ich seine Erlaubnis habe, können Sie diese Frau kontaktieren und sehen, ob sie interessiert ist. Machen Sie das Angebot auch davon abhängig, ob sie jemanden aus den Sozialwissenschaften finden kann. Aber überprüfen Sie, dass die Verbindung sicher ist und Emily die Informationen nicht weitergibt, bevor Sie das Angebot erweitern."

Trahern neigte den Kopf. „Sie kennen mich doch kaum. Warum sind Sie so vertrauensvoll?"

„Ich habe Nachforschungen angestellt, bevor ich

Sie ausgewählt habe, Dr. Lewis. Wir beide teilen ähnliche Ziele über die Zukunft der Drachenwandler-Medizin. Ich weiß auch, dass Sie Forschung vor allem anderen lieben, und ich bin zuversichtlich, dass Sie nichts tun werden, was Ihre Chance darauf gefährdet, Ihren Traum zu leben. Habe ich recht?" Er drehte den Kopf, und Sid fuhr fort: „Gut. Jetzt wenden Sie sich mit einem vagen Angebot an Ihre Kollegin, und schicken Sie mir und Gregor ihre Details sowie ihren vorgeschlagenen Partner. Stonefire wird einen eingehenden Backgroundcheck durchführen müssen, und je eher Kai das tun kann, während auch Gregor und ich selbst recherchieren werden, desto eher können wir Evie um Hilfe bitten."

„Sie machen hier alles anders als in Snowridge", bemerkte Trahern.

„Stonefire verschiebt seit fast zwei Jahren die Grenzen. Ich sehe keinen Grund, warum wir das nicht weiter tun können. Die Integration unter den Menschen ist wichtig, aber Wege zu finden, um die Gesundheit unserer Art besser zu gewährleisten, ist für mich genauso wichtig."

„Ich werde sie innerhalb einer Stunde kontaktieren. Sie sollte bald von ihrer Schicht kommen", erklärte Trahern.

Dass Trahern den Dienstplan des Menschen kannte, sprach Sids Meinung nach Bände. „Okay. Gregor und ich müssen uns bei Bram melden. Danach kommen wir wieder her."

Trahern musterte sie. „Geht's Ihnen gut genug für all diese Arbeit? Sie haben gerade einen langen Rausch hinter sich und sind am Anfang einer Schwangerschaft. Sie sollten sich ausruhen."

Gregor grunzte zustimmend. Sid hob nur ihr Kinn. „Ich kann schon ein paar Stunden Arbeit bewältigen, ohne umzukippen, so wie es Generationen von Drachenwandlerinnen vor mir getan haben."

Zum ersten Mal lächelte Trahern. „Ich mag Ihre Hingabe. Wir sollten uns gut verstehen, Dr. Jackson."

„Das hoffe ich, aber nennen Sie mich doch Sid, und wir können auch gerne Du sagen. Vermassle das mit deiner Empfehlung nur nicht, und alles sollte in Ordnung sein."

„Ja, Frau Doktor", antwortete Trahern.

Gregor berührte ihren unteren Rücken, und Sid sah zu ihm auf und sagte: „Lass uns mit Bram reden. Angesichts all dessen, was wir besprechen müssen, wird es ein langes Treffen. Gott sei Dank habe ich meinen Charme für diesen Anlass aufgespart."

Sid lächelte. „Dann wollen wir mal sehen, ob er funktioniert, denn dieses Treffen sollte interessant sein."

Kapitel Fünfzehn

Zwanzig Minuten später versuchte Gregor, nicht über Brams Ausdruck zu lachen, als Stonefires Anführer fragte: „Du willst was tun, Sid?"

Cassidy verschränkte die Arme vor der Brust. „Du hast mich gehört, Bram. Oder ist dir die Gesundheit und das Wohlergehen unseres Clans egal?"

„Warte eine verdammte Minute. Warum fragst du mich das überhaupt? Es ist eine Sache, sich um den Clan zu kümmern, und eine ganz andere, leichtsinnig zu sein. Das ist auf der Grenze, Sid", knurrte Bram.

Cassidy schüttelte den Kopf. „Es ist nicht leichtsinnig, Bram. Unser medizinisches Vorgehen ist veraltet, insbesondere wenn es um den Austausch von Informationen geht. Wenn überhaupt, denke ich, dass das MDA es schätzen würde, wenn wir gegenüber einem Menschen offener und transparenter wären. Du hattest doch schon zugestimmt, dass ein Beobachter in den Clan kommt, also was macht dann einer mehr? Das wird das Vertrauen der neuen MDA-Direktorin stärken und deine Verpflichtung erfüllen."

Bram seufzte. „Wenn, und das ist ein großes Wenn, ich mich dafür entscheide, grünes Licht zu geben, kann es immer noch sein, dass es nicht dazu kommt."

„Wir werden es nicht wissen, bis wir es versuchen", erinnerte Cassidy.

Bram sah zu Gregor. „Und ich nehme an, du stimmst ihr zu?"

Gregor und Cassidy hatten auf dem Weg zu Brams Cottage beschlossen, all ihre Geheimnisse preiszugeben. Gregor ergriff das Wort. „Natürlich. Nachdem ich einige Dateien von anderen Clans überprüft habe, weiß ich bereits, dass im Allgemeinen zu wenige Dinge in der Ärzte-Community der Drachenwandler weitergegeben werden. Es gibt wahrscheinlich Hunderte, wenn nicht Tausende von Drachenwandlern, die im Laufe der Jahre geheilt worden wären, wenn nur ihr Clan-Arzt Zugriff auf die Akten anderer Clans gehabt hätte. Wir müssen den ersten Schritt machen, wenn wir jemals das Vorgehen ändern wollen."

„Ich werde mal so tun, als wüsste ich nicht, wie du diese ‚Akten' ohne mein Wissen bekommen hast, da Arabella wahrscheinlich etwas damit zu tun hatte.

Dennoch wird der Diebstahl von Informationen in großem Maßstab niemanden glücklich machen. Was ist dein Plan, andere Ärzte dazu bringen, freiwillig einen Beitrag zu leisten?", fragte Bram.

Cassidy antwortete: „Daran arbeite ich noch. Was im Moment wichtiger ist, ist, diese Substanz aus dem Drohnenangriff zu analysieren. Nur weil bei uns oder unseren Verbündeten noch kein weiterer Angriff passiert ist, bedeutet das nicht, dass es das auch nicht wird oder nicht doch schon passiert ist. Wir müssen vorbereitet sein."

„Ich werde es unter einer Bedingung tun, Sid", antwortete Bram.

„Welcher?", fragte sie.

„Du lässt es ein paar Tage ruhig angehen." Cassidy öffnete den Mund, um zu protestierten, aber Bram kam ihr zuvor. „Du und dein Schotte könnt leicht von zu Hause aus arbeiten. Du musst nicht nur deine Kraft nach dem Rausch zurückgewinnen, wir wissen auch nicht, was passiert, wenn dein Drache aufwacht. Ich will weder dich, das Baby noch sonst jemanden in Gefahr bringen."

Gregor nahm Cassidys Hand in seine. „Ich sorge dafür, dass sie sich ausruht. Und wenn sie Probleme mit ihrem Drachen hat, erwarte ich, dass Cassidy es mir sagt."

„Gott, danke, dass ich für mich selbst antworten durfte", murmelte seine Ärztin.

Gregor zwinkerte. „So macht es mehr Spaß."

Bram räusperte sich, um die Aufmerksamkeit

zurückzubekommen. „Ich möchte über alles informiert werden, was passiert. Und du wirst dich weiterhin mit Tristan zum Unterricht treffen. Wenn du diesen beiden Punkten zustimmst und dich nicht überanstrengst, werde ich Kai bitten, den Backgroundcheck von Emily Davies und dem Sozialwissenschaftler durchzuführen, den sie findet. Deal?"

„Na schön, Bram. Deal. Sorg' nur dafür, dass der Backgroundcheck nicht zu lange dauert. Wir brauchen die Hilfe der Frau so schnell wie möglich", erklärte Cassidy.

„Kai wird so effizient wie immer sein. Aber ich riskiere nicht den Clan, indem ich Dinge überstürze, nur weil du mich darum gebeten hast. Damit wirst du einfach leben müssen." Cassidy nickte, und Bram sah zu Gregor. „Was dich angeht – ich denke, es ist unter den Umständen okay, wenn wir uns duzen –, muss ich mit Finn reden. Ich nehme an, du willst Sid paaren und bleiben? Denn auf keinen verdammten Fall werde ich zulassen, dass Lochguard mir ein weiteres Mitglied meines Clans wegnimmt."

Gregor wollte schreien, dass Cassidy schon ihm gehörte, aber da er seine Drachenfrau noch nicht gefragt hatte, tippte er sich ans Kinn und sagte: „Ob ich bleibe, hängt davon ab, wie Cassidy mich darum bittet. Ich brauche etwas, das die grummelige Art eures Clans ausgleicht."

„Wir sind nicht grummelig", knurrte Bram.

„Ich sehe, du bist noch in der Phase des Leugnens", antwortete Gregor.

Cassidy meldete sich zu Wort: „Können wir später über das Paaren reden, Bram? Wir haben so schon reichlich zu tun mit der Forschung, dem Rausch und meinem Drachen."

Bram sah ihr in die Augen. „Wenn Gregor nicht mit dir fertig wird, Sid, dann werde ich dich immer unterstützen."

Gregor beugte sich vor. „Pass bloß auf, Bram. Clan-Anführer oder nicht, ich werde dich wegen dieser Bemerkung herausfordern."

Cassidy stand auf. „Gehen wir, Gregor. Das Letzte, was wir jetzt brauchen, ist, dass du und Bram kämpft. Es gibt zu viel zu tun, und ich habe Hunger."

Gregors Drache wurde bei der Bemerkung hellhörig. *Unsere Gefährtin sollte nie hungrig sein.*

Ich werde mir nicht die Mühe machen, darauf etwas zu sagen.

Du hast es aber gerade.

Er ignorierte sein Tier und drehte sich zur Tür. „Du wurdest gerade von einer hungrigen Frau gerettet, Bram. Das nächste Mal hast du vielleicht nicht so viel Glück."

Bevor Bram etwas erwidern konnte, zog Cassidy ihn aus Brams Büro und schnell auch aus dem Cottage. Stirnrunzelnd sah sie zu ihm auf. „Kannst du wenigstens versuchen, ihn nicht zu verärgern?"

Er zuckte die Schultern. „Ich verstehe das Problem nicht. Ist ja nicht so, als würde er mich wegschicken."

Cassidy seufzte. „Männer!"

Ihr Magen knurrte, und er sagte: „Du kannst seufzen und den Kopf schütteln, so viel du willst, Mädel. Aber zuerst müssen wir dir etwas zu essen besorgen."

„Wir holen uns was im Hauptrestaurant. Dann können wir von zu Hause aus arbeiten."

„Und deinen Drachen im Auge behalten, falls er aufwacht."

In Cassidys Augen blitzte Unsicherheit auf. Gregor freute sich auf den Tag, an dem seine Frau sich keine Sorgen mehr um etwas machen musste, das so natürlich wie das Atmen sein sollte, wie etwa ihren inneren Drachen.

Sie nahm seine Hand und antwortete: „Ja. Ich sollte mich wahrscheinlich auch bei Tristan melden. Seine Tipps waren hilfreich, aber ich bin reif genug, um zuzugeben, dass ich viel mehr Hilfe brauche."

„Ich helfe bei allem, was du brauchst, Liebes. Sag' es nur."

„Das werde ich tun, Gregor. Glaub mir, das werde ich."

Als sie sich gegen ihn lehnte, wünschte er, er könnte mit den Fingern schnippen und alles von hier an leicht machen. Aber für das zu kämpfen, was jemand wollte, war nie einfach. Gregor wollte die englische Drachenfrau zu seiner Gefährtin machen und zusehen, wie ihr Kind in ihr wuchs. Mit jedem Tag, der verstrich, hoffte er, dass Glück und Licht ihren Pessimismus und ihre Vorsicht ersetzen würden.

Es war ein Traum, für den es sich lohnte zu kämpfen.

Er hoffte, dass Traherns Kontakt durchkäme. Wenn die unbekannte Substanz verzögerte Nebenwirkungen hatte, hatte Gregor eventuell nie die Chance, Cassidy glücklich zu machen.

Sein Drache meldete sich wieder zu Wort. *Hat irgendjemand den irischen Clan noch einmal kontaktiert? Das Kind wurde einige Wochen vor Cassidy angegriffen. Vielleicht hätten wir so eine bessere Vorstellung davon, was kommen wird, wenn überhaupt.*

Während ein kleiner Teil von ihm Angst hatte, darüber nachzudenken, konnte Gregor es sich nicht leisten, sich von seinen Ängsten das Leben diktieren zu lassen, sonst könnte er seine Zulassung verlieren. *Ich werde es auf die Liste setzen.*

Gut. Und ich werde mir noch was anderes einfallen lassen.

Du bist also jetzt ein Experte in Biochemie?

Ich habe ein paar Sachen an der Universität aufgeschnappt. Nur weil ich döse, bedeutet das nicht, dass ich nicht zuhöre.

Dann solltest du vielleicht öfter dösen.

Sein Tier schnaubte und wandte Gregor den Rücken zu, worauf er „Verdammter Drache!" murmelte er.

Cassidy drückte seine Hand. „Ich sollte ihn bald richtig kennenlernen. Dann hättest du mal eine Pause."

„Wahrscheinlicher ist, dass er sich dann nicht mehr zurückverwandelt und von dir verlangt, ihn bis in die frühen Morgenstunden hinter den Ohren zu kratzen."

Er beobachtete Cassidys Gesicht genau, aber alles, was sie tat, war zu lächeln. „Man weiß nie, seine Anwesenheit könnte einen guten Einfluss auf meinen eigenen Drachen haben."

Er beugte sich vor und küsste sie, bevor er sagte: „Wir werden es auf jeden Fall auf die Liste der Dinge setzen, die es zu versuchen gilt, Liebes. Aber noch nicht ganz."

Sie erwiderte den Kuss. „Ich weiß. Lass uns zuerst einen wichtigen Aspekt der Drachenwandlerpraxis radikal verändern und später daran arbeiten, dein Tier zu bezaubern."

Gregors Drache grunzte, sagte aber nichts.

Als sie das Restaurant betraten und ihre Bestellung aufgaben, nahm Gregor sich einen Moment, um eine Hand an Cassidys Bauch zu legen. „Bei allem, was gerade vor sich geht, hatten wir nicht viel Zeit, einen viel größeren Meilenstein anzugehen."

„Ich weiß. Ehrlich gesagt ist es noch immer nicht wirklich bei mir angekommen."

Gregor öffnete den Mund, als Jane Hartleys Stimme dröhnte: „Die Ärzte sind zurück!"

Sid hatte kaum einen Moment gehabt, um an ihr ungeborenes Kind zu denken, als die Stimme der Menschenfrau ihre Aufmerksamkeit auf sich zog.

Sie war froh über die Ablenkung, da die gesamte Zukunft ihrer Mutterschaft noch unsicher war und ihr sowohl gute als auch schlechte Szenarien einfielen. Ja, sie müsste sich irgendwann damit auseinandersetzen, aber es war schön, ihre Clanmitglieder wiederzusehen. Fast zwei Wochen ohne sie waren eine lange Zeit.

Die große, dunkelhaarige Menschenfrau zerrte ihren Gefährten Kai Sutherland mit sich, der murmelte: „Sie haben gerade erst den Rausch beendet. Wir sollten sie in Ruhe lassen."

Früher hätte Sid Kais Widerwillen auf seine eigene Vergangenheit geschoben. Aber als er seine menschliche Gefährtin liebevoll ansah, hatte Sid das Gefühl, es sei mehr aus Höflichkeit als alles andere.

Jane grinste Sid an. „Also ist es vollbracht."

Gregors Stimme war trocken, als er sagte: „So viel zum Thema Chefreporter."

Jane hob die Brauen. „Einige von Sids Nachbarn haben bereits über laute Geräusche und das Krachen von Möbeln berichtet. Glauben Sie mir, Dr. Innes, jeder in Ihrem Bereich des Clans weiß, dass der Rausch vorbei ist, weil es jetzt so ruhig ist."

Gregor musterte Jane. „Ein Mädel mit Rückgrat. Ich verstehe, warum Sie hier sind."

Kai grunzte. „Sie ist mein ‚Mädel', wie Sie es

ausdrücken. Wenn Sie in Zukunft Hilfe bei Sicherheitsproblemen benötigen, denken Sie daran."

Sid verdrehte die Augen und wandte sich dann Jane zu. „Wachsen sie jemals aus dieser Phase heraus?"

Jane beugte sich vor und flüsterte laut: „Nein, obwohl das auch ganz praktisch ist, wenn man unerwünschte Aufmerksamkeit loswerden will."

„Wir hätten Sie aus fünfzehn Meter Entfernung flüstern hören können, Ms. Hartley", sagte Gregor gedehnt.

„Ich weiß. Aber es macht Spaß, es Ihnen nicht zu leicht zu machen", antwortete Jane.

Kai stellte sich hinter sie und schlang seine Arme um ihre Taille, während er das Kinn auf ihren Kopf legte. „Meine Gefährtin ist heute Morgen etwas aufgeregt. Sie hatte einen Durchbruch bei einer ihrer Geschichten."

Sid neigte den Kopf. „Ich wusste gar nicht, dass du deinen Videocast schon gestartet hast."

„Nein, noch nicht. Vielleicht gibt es ja eines Tages keinen Angriff, keine Paarung oder irgendein anderes großes Ereignis, das Vorrang hat und mich davon abhält, mit Gina MacDonalds Hilfe richtig durchzustarten. Trotzdem, ich schreibe unter einem Pseudonym Geschichten über Drachenwandler und poste sie gelegentlich. Ich denke gern, dass es hilft", antwortete Jane. „Aber genug von mir. Wie läuft es mit Trahern?"

Kai grunzte. „Jane, sie sind eindeutig beschäftigt,

und Sid braucht ihre Ruhe. Das können wir später fragen."

Jane runzelte die Stirn. „Du willst nur nichts Schlechtes über deinen Stiefcousin hören, falls es nicht gut läuft."

Sid wollte nicht, dass sie sich stritten, und erwiderte: „Er war sogar sehr hilfreich. Und Bram sollte sich in Kürze wegen etwas mit dir in Verbindung setzen, Kai."

„Oooh, ein neues Geheimnis", sagte Jane. „Kann es kaum abwarten. Auch wenn ich sie nicht weitererzählen darf, mag ich es, sie alle zu kennen."

Kai ignorierte seine Gefährtin und antwortete Sid: „Was auch immer es ist, ich werde es zu meiner obersten Priorität machen. Alles für dich, Sid."

Sie erwartete halb, dass Gregor Kai herausfordern würde, aber ihr Drachenmann streichelte nur ihren Handrücken mit seinem Daumen und sagte: „Gut. Da ist unser Essen. Sie können sich später mit Cassidy unterhalten. Jetzt muss sie was zu sich nehmen."

Jane nickte. „Natürlich. Herzlichen Glückwunsch, Sid. Ich freue mich, dich glücklich zu sehen."

Anstatt den Moment mit Ungewissheiten und all den Szenarien zu verdunkeln, die immer noch schiefgehen konnten, lächelte sie nur. „Danke!"

Gregor holte ihr Essen ab und führte sie aus dem Restaurant. Der Geruch nach Curry wehte ihr in die Nase, und ihr Magen knurrte. Sie wollte nichts mehr,

als sich an der Seite ihres Gefährten zusammenzu-
rollen und mit ihm zu essen.

Sid blinzelte, schaffte es aber, weiterzugehen. Sie
hatte nie zuvor an Gregor als ihren Gefährten
gedacht, aber der Gedanke, ihn nie wiederzusehen,
drehte ihr den Magen um. In dieser kurzen Zeit war
er ein wesentlicher Bestandteil ihres Lebens
geworden.

Zum ersten Mal wünschte sich Sid ihr eigenes
Glücklich-bis-ans-Ende-ihrer-Tage.

Aber das alles konnte warten, bis sie etwas
gegessen hatte. Ganz klar bedeutete das Austragen
des Kindes eines großen schottischen Arztes, regelmäßig das Äquivalent an Nahrung für drei Personen
essen zu müssen.

Ein Kind. Ja, die Drachenfrau ohne Drachen
hatte ihren wahren Gefährten gefunden, ihren
eigenen Drachen und trug ein Baby. Jetzt musste sie
nur noch alle drei unter einen Hut bringen,
während sie weiter als Stonefires Ärztin prakti-
zierte. Die Clanmitglieder waren ihre Familie und
hatten ihr beigestanden, selbst als sie keinen
Drachen hatte. Trahern mochte zwar gut genug
arbeiten, aber Sid würde ihre Patienten nicht im
Stich lassen.

Als sie Gregor ansah, bemerkte sie, dass sie ihn
nie gefragt hatte, was er wollte. „Bist du dir sicher,
dass du für immer in Stonefire bleiben möchtest?
Wirst du deinen Clan nicht vermissen?"

„Aye, das werde ich. Aber sobald Lewis sich

eingelebt hat, können wir Lochguard ab und zu besuchen."

„Was ist mit deinem Schwager und deiner Nichte?"

Er zuckte die Schultern. „Wer weiß, wenn sie hierherkommen, könnte das gut für sie sein. Lochguard ist voller Erinnerungen an meine Schwester und meine andere Nichte. Ein Neuanfang wäre vielleicht perfekt für sie. Ich werde mir nur überlegen müssen, wie ich Finn davon überzeuge, ohne dass er den Eindruck hat, Bram würde ihm seine Clan-Mitglieder stehlen."

„Das wird eine ziemliche Leistung sein."

Er zwinkerte. „Ja, aber ich kenne Finn schon sein ganzes Leben, was mir einen Vorteil bei der Überzeugungsarbeit verschafft." Gregor sah in ihre Augen und fügte hinzu: „Ich möchte bei dir bleiben, Cassidy. Zweifle keine Sekunde daran. Selbst wenn dein Drache verrückt wird und es Zeit kostet, ihn zu zähmen, werde ich immer noch an deiner Seite sein. Was auch immer passiert, wir stellen uns dem gemeinsam."

Als er sich vorbeugte, um sie zu küssen, regte sich etwas in ihrem Hinterkopf. Vorsichtig darauf bedacht, jegliche Furcht aus ihrer Stimme zu halten, sagte sie: „Wir müssen uns beeilen. Es ist mein Drache."

Gregor nickte und zog Sid mit sich. Weil sie ihm vertraute, achtete sie kaum darauf, wohin sie gingen, damit sie sich auf den Käfig um ihr Tier konzentrieren konnte. Obwohl Sid nicht ihr Leben lang damit verbringen konnte, Käfige zu bauen, brauchte sie etwas Zeit, um ihren Drachen für sich zu gewinnen. Ihr Tier hatte Sid einst vertraut, und jetzt musste sie sich überlegen, wie sie dieses Vertrauen wieder aufbauen konnte.

Sie war sich vage bewusst, dass sie am Cottage ankamen und Gregor sie in die Küche setzte. Erst als sie alles verstärkt und bereit hatte, suchte sie seinen Blick. Die Entschlossenheit, die in den Augen ihres Mannes glänzte, gab ihr Kraft.

Gregor nickte zum Tisch. „Iss, Liebes. Du wirst nichts tun können, wenn du nicht auf dich aufpasst."

Da Sid ihren Patienten in der Vergangenheit schon oft den gleichen Rat gegeben hatte, konzentrierte sie sich darauf, einen Bissen Curry und dann noch einen zu essen. Vor ihrem nächsten Bissen sagte sie: „Wenn die Dinge zu sehr außer Kontrolle geraten, dann tu' alles, was nötig ist, um mich in menschlicher Gestalt und am Boden zu halten. Wenn mein Drache es in die Luft schafft ..."

Er nahm den Satz dort auf, wo sie ihn unbeendet gelassen hatte. „Ich weiß, dass das MDA dich dann ins Visier nehmen könnte." Er berührte ihre Wange. „Versprich mir, dass du mit allem kämpfst, was du hast, Liebes. Wenn ich irgendwas tun kann, um deinen Drachen zu besiegen, sag es einfach, und ich werde es tun. Selbst wenn ich nackt mit Tüchern tanzen muss, werde ich es tun, um dir zu helfen."

Sie lächelte. „Ich glaube nicht, dass das meinem

Drachen helfen wird, aber ich bin neugierig, einen solchen Tanz zu sehen."

„Aye, nun, arbeite mit deinem Drachen, und ich könnte deine Tuchfantasie wahr werden lassen."

„Ich habe nie gesagt, dass ich eine Fantasie habe."

Seine Stimme wurde rau. „Du hast wohl in der Vergangenheit Tücher nicht richtig verwendet."

Ihre Wangen erhitzten sich bei dem Bild von Gregor, der mit dem Rand eines Seidenschals ihren Hals, ihre Brüste und dann ihren Unterbauch streichelte. Ihr Drachenmann würde sie zweifellos foltern und sie betteln lassen.

In dem Moment brüllte der Drache in ihrem Kopf. *Er gehört mir! Ich werde nicht teilen! Lass mich ihn haben!*

Sid atmete tief durch und verstärkte ihre mentale Antwort mit jedem Stück Stahl, das sie hatte. *Nein, er gehört uns.*

Aber ich habe ihn beansprucht. Er will mich. Lass mich ihn haben.

Bilder von ihrem Drachen, der Gregor nahm, blitzten in ihrem Geist auf. Wenn ihr Drache Spiele spielen wollte, konnte sie dasselbe tun. Sid rief Erinnerungen an zärtliche Momente mit ihrem Schotten auf – sanfte Küsse, das Necken mit seinen Schnitzereien und sogar den verständnisvollen Blick, als sie über ihre jeweilige Vergangenheit gesprochen hatten.

Ihr Tier schnaubte. *Auch die gehören bald mir.*

Du hattest viele Jahre ohne mich das Sagen. Ich bin dran.

Als ihr Drache gegen das Gefängnis schlug, bemerkte Sid vage, dass Gregor beide Hände nahm und sie drückte. Seine beruhigende Wärme ließ sie sich höher aufrichten. *Ich habe dich nicht eingesperrt.*

Ihr Tier knurrte. *Deine Handlungen haben dafür gesorgt, was dasselbe ist. Wenn ich je einen Weg finde, dich zwanzig Jahre lang in ein mentales Gefängnis zu sperren, wo du alles hören und sehen, aber nie handeln kannst, werde ich es tun.*

Manche wären vielleicht um das Problem herumgeschlichen, aber Sid behandelte ihren Drachen wie jeden hartnäckigen Patienten. *Drohungen sind eine Sache, Handlungen eine andere. Warum versuchst du nicht jetzt, die Kontrolle zu übernehmen?*

Ich werde meinem Kind nicht schaden.

Unserem Kind.

Nein. Meinem. Ich werde ihn oder sie allein erziehen. Sobald er oder sie geboren ist, werde ich zuschlagen. Ich habe dich gewarnt.

Ihr Drache drehte ihr den Rücken zu und verstummte. Sid sackte gegen Gregors Seite, und er fragte: „Was kann ich tun, Liebes?"

Sie schüttelte den Kopf. „Nichts. Ich bin sicher genug für die nächsten neun Monate. Danach wird die Hölle losbrechen."

„Nur über meine Leiche. Neun Monate sind genug Zeit, um dein Tier zu umwerben."

Sie sah zu Gregor auf, und ihre Stimme brach, als sie antwortete: „Mein Drache gibt mir die Schuld für seine Einsamkeit und Gefangenschaft."

Gregor streichelte ihre Wange mit einem Finger und erwiderte: „Wie ich schon sagte, wir müssen dein Tier nur umwerben."

Sid setzte sich auf. „Und wie genau werden wir das tun? Er wird nichts glauben, was ich sage, und ich habe nicht vor, jemand zu sein, der ihm die ganze Zeit den Hintern küsst."

Der Schwanz ihres Drachen schlug bei dem Kommentar, aber er sagte nichts.

Gregor legte einen Finger unter ihr Kinn. „Gibst du auf, bevor du überhaupt angefangen hast? Das klingt gar nicht nach dir."

„Natürlich gebe ich verdammt nochmal nicht auf. Der Gedanke, dass mein Drache unser Kind klaut und es allein großzieht, ist mehr als genug Motivation für mich, weiterzukämpfen."

„Gut." Er ließ ihr Kinn los und schob das Essen vor sie. „Und jetzt iss. Wenn du nicht auf dich aufpasst, wird das deinen Drachen nur noch weiter reizen, ganz zu schweigen von mir."

„Und wir dürfen dich ja nicht reizen, oder?", fragte sie trocken.

Er lächelte. „Da hat sich aber jemand ganz schön von meinem Sarkasmus anstecken lassen."

Sid stupste ihn nur in die Seite, bevor sie einen Löffel Curry und Reis aß.

Gregor lachte. „Keine Sorge, Mädel, ich liebe die

Tatsache, dass du lange genug in meiner Nähe bist, um etwas von mir zu übernehmen. Nach ein paar Monaten bist du vielleicht so charmant wie jeder Lochguard-Drachenwandler."

„Verlass dich mal nicht darauf."

Während Gregor ein Stück Naan-Brot eintunkte, sah Sid nach ihrem Tier. Doch das saß noch still da und hatte ihr den Rücken zugekehrt.

Vielleicht hatte Gregor recht – sie konnten einen Weg finden, es für sich zu gewinnen.

Aber nicht jetzt. Jeder Bissen Essen machte sie müde. Wie immer gab es viel zu tun und nicht viel Zeit dafür. Der einzige Unterschied zur Vergangenheit war, dass Sid jetzt nicht nur Gregor, sondern auch Trahern um Hilfe bitten konnte, um die Gesundheit des Clans zu überwachen.

Warum sie jemals gedacht hatte, alles selbst zu tun, wäre das Beste, würde Sid nie verstehen. Jetzt konnte sie nur die Veränderungen annehmen und sich auf ihr Ziel konzentrieren, ihr Kind mit Gregor an ihrer Seite und ihrem Drachen als Verbündeten aufzuziehen. Wie zur Hölle sie das schaffen würde, war jedoch immer noch ein Rätsel.

Kapitel Sechzehn

S päter am Abend saß Gregor mit einem Laptop auf dem Bett, während Cassidy an seiner Seite leise schnarchte.

Sie war mitten im Gespräch eingeschlafen, aber es machte ihm nichts aus. Er konnte auf sie aufpassen, während sie sich ausruhte, und dabei etwas Arbeit erledigen. Sosehr Gregor auch der hingebungsvolle Gefährte sein wollte, der jeden Moment damit verbrachte, sich um seine Gefährtin zu kümmern, so durfte er doch auch die Gesundheit anderer nicht vernachlässigen. Cassidy wollte, dass er multitaskte, da sie sich ihrem Clan genauso hingebungsvoll widmete, wie er Lochguard.

Sein Drache meldete sich zu Wort. *Warum fühlst du dich schuldig, Lochguard verlassen zu haben?*

Wer sagt, dass ich das tue?

Du kannst mich nicht anlügen. Layla liebt sie alle

genauso wie wir. Niemand zu Hause würde es dir missgönnen, eine zweite Chance gefunden zu haben.

Gregor entschied, offen zu sein. *Ich weiß, aber Harris leidet noch, während ich eine Familie gewonnen habe. Das kommt mir fast nicht richtig vor.*

Harris Chisolm war Gregors Schwager und mit seiner kürzlich verstorbenen Schwester Nora gepaart gewesen.

Sein Drache neigte den Kopf. *Du hast doch bereits eine Lösung gefunden: Lad' Harris und Fiona nach Stonefire ein. Ein Neuanfang wird helfen.*

Vielleicht. Ich sollte wenigstens ein paar Tage warten, bevor ich Bram um weitere Gefallen bitte.

Er wird Ja sagen, wenn er damit denen helfen kann, die Schmerzen haben. Er mag sich beschweren, aber Stonefires Anführer hat ein Herz.

Trotzdem möchte ich zuerst unserer Gefährtin helfen. Sie muss so stark wie möglich sein, wenn der Kleine kommt.

Sie ist stark. Sie wird leben.

Gregor sah Cassidys Gesicht an, entspannt im Schlaf. Seine Ärztin war stark. Er musste glauben, dass ihr Körper ein Kind von ihm bewältigen konnte.

Sein Drache schüttelte den Kopf. *Du machst dir viel zu viele Sorgen. Beeil dich und finde etwas, das deinen Geist beruhigt.*

Bevor Gregor antworten konnte, rollte sich sein Tier zusammen und döste ein.

Gregor sah wieder auf seinen Laptop und überflog die Dateinamen, die er von Arabella erhalten hatte. Seit Cassidys Drache zurückgekehrt war, hatte er seinen Fokus von der Erforschung stiller Drachen auf widerspenstige verlagert.

Das Problem war etwas häufiger, da schon eine einfache Suche vier Fälle ergab. Beim Öffnen der Ersten las Gregor die Zusammenfassung:

Nach einer schweren Verletzung ist der Patient nicht in der Lage, sein Tier zu kontrollieren. Nur positive Verstärkung scheint hilfreich zu sein, hat aber die Situation nicht geheilt.

Weiter unten sah er, dass die Behandlung fünf Jahre gedauert hatte, bevor der Patient mit seinem Drachen versöhnt wurde.

Gregor hatte keine verdammten Jahre für eine solche Behandlung.

Positive Verstärkung konnte er versuchen, obwohl er vermutete, dass es nützlicher wäre, das Vertrauen des Drachen zu gewinnen.

Er klickte auf die nächste Akte, verwarf sie aber, da der Patient unberechenbar geworden und vom MDA abgeschossen worden war. Dieser Arzt hatte negative Verstärkung verwendet, was Gregor verärgerte.

„Dummer Arzt", knurrte er. Einen Drachen zu provozieren, war der schnellste Weg, um sein Leben zu verlieren. Jedes Schulkind würde das wissen. Er nahm zur Kenntnis, dass der Arzt vom Clan Skyhunter war. Da der Clan in Südengland vor Kurzem eine Säuberung erfahren und einen Führungswechsel durchlaufen hatte, hoffte er, dass dieses armselige Exemplar von einem Arzt einer derjenigen war, die rausgekickt wurden. Er würde später nachsehen.

Der dritte Fall war vom Clan Snowridge. Neugierig, da es Trahern Lewis' Clan war, überflog Gregor die Zusammenfassung:

Patientin versuchte, ihre Schwester zu retten, indem sie Zwang auf ihren Drachen ausübte. Als die Schwester der Patientin starb, wurde ihr Tier wahnsinnig. Alle Optionen waren erschöpft, bis ein Clanmitglied erwähnte, man habe in alten Zeiten ein seltenes Moos verwendet, um den Drachen zu beruhigen, das unter anderem im keltischen Regenwald zu finden war.

Mit jedem Wort beugte er sich weiter vor. Er las:

Dank der Hilfe eines älteren Mannes, der sich mit Pflanzenheilkunde auskannte, erhielt die Patientin eine Dosis. Die Ergebnisse zeigten sich innerhalb einer Stunde. Nach einigen Monaten täglicher Einnahme begannen der Drache und die menschliche Hälfte wieder zu kooperieren. Beim Absetzen des Mittels machte die Patientin einen Entzug durch. Wenn es in Zukunft notwendig werden sollte, dieses Moos zu verwenden, wäre eine langsamere Entwöhnung zu empfehlen. Nebenwirkungen müssen ebenfalls näher untersucht werden.

Er las einige weitere Notizen über die vollständige Genesung und Entlassung der Frau, bevor die Akte endete.

Er lehnte sich gegen das Kopfteil zurück. Er

wollte sich keine Hoffnungen machen, aber er musste am Morgen zuerst mit Trahern Lewis spre- chen. Vielleicht kannte der walisische Arzt den Namen des Mooses, das benutzt wurde. Er kannte möglicherweise auch einige der Nebenwirkungen. Sosehr Gregor seiner Gefährtin helfen wollte, er durfte das Kleine nicht gefährden.

Natürlich wäre es einfach, Trahern zu bitten, mehr über die Nebenwirkungen zu recherchieren. Neun Monate könnten genug Zeit sein, um die Sicherheit der Moosbehandlung zu überprüfen und Cassidy zumindest teilweise mit ihrem Drachen zu versöhnen.

Er konnte Lewis aufsuchen, obwohl es mitten in der Nacht war. Doch als Cassidy sich näher an seine Seite kuschelte, entschied Gregor, dass er ein paar Stunden warten und einfach die warme Gegenwart seiner Gefährtin genießen konnte.

Trahern trank seinen Kaffee, als Licht durch das kleine Fenster auf der anderen Seite des Raumes drang. Er hätte wahrscheinlich mehr als das einstün- dige Nickerchen an seinem Schreibtisch schlafen sollen, aber er musste die letzte Komponente heraus- finden. Zugegeben, es konnte eine Million verschie- dener Dinge sein, vielleicht sogar eine Milliarde, aber er wollte nicht aufgeben.

Die Arbeit hielt ihn auch davon ab, über Emily

Davies nachzudenken. Es war mehr Jahre her, als er zugeben wollte, seit er sie das letzte Mal gesehen hatte. Er genoss ihre Diskussionen per Mail, aber auf einen Computerbildschirm zu starren war nicht dasselbe wie ihr Lächeln zu sehen oder wie die Sonne von ihrem dunklen Haar schimmerte.

Sein Drache bewegte seinen Schwanz bei der Erinnerung, legte sich dann aber wieder zum Schlafen. Beim Gedanken an Emily rührte sich sein Tier immer.

Einmal hatte er sich gefragt, ob sie seine wahre Gefährtin war. Allerdings waren die Gesetze damals andere gewesen, und Trahern hatte gelernt, die Möglichkeit, mit ihr zusammen zu sein, zu verdrängen. Je öfter er sich sagte, dass sie nur eine Freundin war, desto leiser war sein Drache geworden. Vielleicht würde es, wenn er sie wiedersah, seinen Drachen wecken und motivieren.

Vorausgesetzt, sie antwortete überhaupt auf seine Einladung.

Nachdem er seine Brille zurechtgerückt hatte, konzentrierte sich Trahern auf seine Arbeit. Als Kind hatte er gelernt, seine Hoffnungen nicht zu früh auf etwas zu setzen. Außerdem, wenn er in Stonefire bleiben wollte, musste er zeigen, dass er nützlich war.

Während der Computer die Datenbank durchsuchte und die chemische Zusammensetzung der geheimnisvollen Zutat verglich, klopfte jemand leise an die Tür. Da die Krankenschwestern wussten, dass sie ihn nicht stören sollten, es sei denn, es hätte Priorität, stand er auf und sagte: „Herein!"

Gregor Innes' große, blonde Gestalt füllte den Eingang. „Ich muss Sie etwas fragen."

Trahern setzte sich wieder zurück und antwortete: „Ich habe noch nicht herausgefunden, was das für eine Verbindung ist. Sie können später noch einmal nachfragen."

Gregor schloss die Tür und ging zu Traherns Schreibtisch. „Ich bin nicht wegen der verdammten Verbindung hier. Kennen Sie Dr. Arwel Hughes?"

Er runzelte die Stirn. „Dr. Hughes ist ein paar Wochen, nachdem ich meine Tätigkeit als Juniorarzt aufgenommen hatte, in den Ruhestand gegangen. Warum?"

Gregor legte ein paar Blätter gedrucktes Papier auf seinen Schreibtisch und tippte darauf. „Wissen Sie etwas über dieses seltene Moos, das er in einem seiner Fälle benutzt hat, um einen widerspenstigen Drachen zu behandeln?"

Trahern las die Notizen des alten Arztes durch, bevor er antwortete: „Nein, aber ich weiß vielleicht, wer der alte Mann sein könnte, von dem er spricht." Gregor öffnete den Mund, doch Trahern kam ihm zuvor. „Aber er wird nicht mit ihnen reden. Clyde interessiert sich nicht für englische Drachenwandler. Hat was mit einer Fehde von vor mehreren hundert Jahren zu tun."

„Dann reden Sie mit ihm."

„Vermutlich wird er auch nicht mit mir reden. Ich bin ein Verräter, weil ich Wales verlassen habe."

Gregor knurrte. „Dann finden Sie einen Weg. Dieses verdammte Moos könnte der Schlüssel sein, um meine Gefährtin zu retten. Wir müssen es lokalisieren, damit Sie es auf negative Nebenwirkungen testen können. Selbst, wenn es das beste Heilmittel für Cassidys Drachen ist, muss ich sicherstellen, dass es mein Kind nicht gefährdet."

„Hören Sie, ich bin nicht gut in Politik oder Gefälligkeiten einzufordern. Viele vom Clan Snowridge sehen mich auch als Verräter. Nur etwa ein Viertel des Clans will Allianzen aufbauen. Der Rest will in Ruhe gelassen werden. Also, wenn Sie Hilfe brauchen, lassen Sie Stonefires Anführer mit Rhydian Griffiths reden. Das ist die beste Chance für Sie, an die gewünschten Informationen zu kommen."

„Verdammt sture walisische Drachen", schnaubte Gregor.

Trahern hob die Brauen. „Wenn ich mich recht erinnere, haben auch die Schotten nicht immer daran geglaubt, offen zu sein."

„Aye, nun, das war der alte Anführer, der sich schließlich umbringen ließ. Vielleicht wird Ihrer seine Meinung mit etwas gutem Willen ändern."

„Der Mann, der die Art von Moos identifizieren kann, respektiert Rhydian und wird tun, was Snowridges Anführer sagt. Verwenden Sie das bei Bram. Sagen Sie mir Bescheid, wenn Sie entweder von Emily Davies hören oder ob Rhydian den alten

Clyde davon überzeugt hat, mit uns zu reden. Ich kann außerhalb der Klinik nicht viel tun, bis Clyde redet."

Gregor musterte ihn kurz, bevor er sagte: „Sie könnten das Land des Clans erkunden und ein paar Leute treffen, bevor sie zur Klinik kommen."

Trahern zuckte mit einer Schulter. „Ich mag keinen Small Talk. Der beste Weg für mich, jemanden nicht zu beleidigen, ist, meine Arbeit hier fortzusetzen."

Er erwartete, dass Gregor noch einmal nachhakte, aber der schottische Drachenmann nickte. „Gut, dann lasse ich Sie mit Ihrer Arbeit weitermachen. Obwohl ich eine Dusche vorschlagen würde, damit Sie wach werden, bevor Sie weitere Patienten aufsuchen. Cassidy hat eine neben ihrem Büro, die Sie benutzen können."

Trahern nickte. Als sich die Stille ausdehnte, hob Gregor zum Abschied eine Hand und verließ das Labor.

Trahern seufzte in der Stille seines Heiligtums, öffnete ein weiteres Fenster auf seinem Computerbildschirm und begann, die verschiedenen Moosarten im keltischen Regenwald zu erforschen. Er könnte vielleicht auch ohne Clyde etwas finden, obwohl er es Gregor gegenüber nicht erwähnt hatte, weil er nicht wollte, dass der andere Arzt sich Hoffnungen machte. Trahern gab niemandem falsche Versprechungen.

Doch die Möglichkeit, etwas Neues für seine

235

Patienten zu finden, war eine zu gute Gelegenheit, um sie sich entgehen zu lassen. Wenn er etwas fand, würde er die Informationen weitergeben. Wenn nicht, dann wäre niemand klüger.

Trahern machte sich an die Arbeit.

Sid war wach, hielt aber die Augen geschlossen. Ihr Drache schlummerte in ihrem Hinterkopf, und Sid sammelte Kraft, um sich ihrem Tier zu stellen. Nur weil ihr Drache erst nach der Geburt des Kindes die volle Kontrolle übernahm, bedeutete das nicht, dass er es ihnen bis dahin einfach machen würde.

Sid atmete ein und aus und beruhigte ihren Körper. Sie war so bereit wie sie nur sein konnte für ihren Drachen und nahm sich die verbleibenden ruhigen Momente, um an ihr Baby zu denken.

Oder, was noch wichtiger war, die Tatsache, dass sie eines trug und in etwa neun Monaten Mutter sein würde.

Sie hoffte nur, dass sie das Leben ihres Kindes nicht vermasselte.

Nein. Sid hatte hart gearbeitet, um so lange zu überleben, und dabei ihre Vernunft aufrechtzuerhalten. Nicht nur das, sie hatte als Kind ihre eigene Tragödie durchgemacht und wollte nicht, dass ihr Baby dasselbe erlitt. Sid würde ihn oder sie um jeden Preis beschützen.

Ihr Drache rührte sich. *Nur ich kann das Kind beschützen.*

Sie überlegte, ob sie ihr Tier nach weiteren Informationen drängen sollte, und entschied, kein Feigling sein zu wollen. *Gregor und ich werden es gut machen.*

Ihr Drache schnaubte. *Das ist mir egal. Ich mache, was ich will, und du kannst mich nicht aufhalten.*

Warum hasst du mich?

Ihr Drache knurrte und spie, *Du hast mir nicht geholfen, als ich es brauchte. Das werde ich nicht vergessen.*

Ich wusste nicht, wie.

Lügnerin! Du bist Ärztin und hättest Risiken eingehen sollen. Stattdessen hast du mich immer wieder beiseitegeschoben, um allen anderen zu helfen.

Bevor Sid antworten konnte, brüllte ihr Tier und schlug in ihrem Kopf um sich.

Sid rollte sich auf die Seite. *Stopp!*

Nein.

Sie versuchte, ein Gefängnis zu konstruieren, aber ihr Drache bewegte sich in ihrem Kopf und entwischte immer wieder. Als die Minuten vergingen, schwand Sids Kraft. Anstatt ihr Baby zu riskieren, sagte sie schließlich: *Hör auf, oder du riskierst, dem Kind wehzutun.*

Nach ein paar weiteren Sekunden beruhigte sich ihr Drache. *Das hier ist noch nicht vorbei.*

Als ihr Tier sich in den Hinterkopf bewegte und ihr den Rücken zudrehte, entspannte sich Sid ins Bett. Gegen ihr Tier zu kämpfen, hatte ihre Energie aufgebraucht. Wenn das so weiterging, würde sie die nächsten neun Monate bettlägerig verbringen.

Sie konnte unten nach der Krankenschwester rufen oder auch Gregor anrufen, aber um Hilfe zu bitten, wäre wie eine Niederlage. Ja, wenn sie ernsthaft Hilfe brauchte, würde sie darum bitten. Aber sie brauchte nur ein Nickerchen. Energie zurückzugewinnen, würde ihr eine weitere Chance geben, mit ihrem Drachen zu reden. Es musste einen Weg geben, sich zu versöhnen, auch wenn es nur ein kleines bisschen war.

Ein Satz ihres Drachen ging ihr ständig durch den Kopf: *Stattdessen hast du mich immer wieder beiseitegeschoben, um allen anderen zu helfen.*

Bis zu einem gewissen Grad hatte ihr Drache recht. Aber erst, nachdem Sid alle Möglichkeiten ausgeschöpft hatte. Bemerkte er das denn nicht?

Ihr Tier mochte vierundzwanzig Jahre lang zugesehen haben, aber es war nicht in normalem Tempo gereift. Vielleicht musste Sid sich der Situation nähern, indem sie annahm, dass ihr Drache noch ein widerspenstiger Teenager war.

Ja, vielleicht würde das funktionieren. Sie könnte es Gregor gegenüber später erwähnen. Doch vorher musste sie sich ausruhen.

Sid schloss die Augen und erinnerte sich daran,

wie sie in Gregors Armen in der Nacht zuvor geschlafen hatte. Selbst die Erinnerung an seine Hitze und seinen Geruch, der sie umgab, ließ sie seufzen. Innerhalb von Minuten schlief sie ein.

Kapitel Siebzehn

Gregor ging im ganzen Wohnzimmer auf und ab, während er darauf wartete, dass Bram seinen Anruf mit Rhydian Griffiths beendete. Obwohl der Anführer von Stonefire Gregor versichert hatte, dass er ihn anrufen würde, sobald er fertig war, wollte Gregor keine Verzögerung. Cassidy wäre wach, und er wollte sie mit guten Neuigkeiten begrüßen.

Als er sich in die andere Richtung drehte, öffnete sich eine Tür, und Kai Sutherland rannte vorbei. Gregor steckte den Kopf hinaus in den Flur, sah aber nur die Tür zu Brams Arbeitszimmer sich mit einem Klick schließen.

Er überlegte, ob er anklopfen sollte, um herauszufinden, was los war, als Aaron Caruso, Kais zweiter Befehlshaber bei den Beschützern, durch die Haustür stürzte. Sein Blick fiel sofort auf Gregor.

„Da sind Sie ja. Wir brauchen Sie für einen medizinischen Notfall."

Gregors Arztinstinkt war gleich in Alarmbereitschaft, also nickte er und folgte Aaron aus dem Cottage. „Was ist denn los?"

„Wir haben ein weiteres mögliches Opfer der Drohnenangriffe gefunden."

„Was meinen Sie mit ‚mögliches Opfer'? Ich dachte, Sie hätten die Überwachung verschärft."

Aaron beschleunigte sein Tempo. „Das haben wir. Aber das Opfer wurde außerhalb des Clan-Landes gefunden, wo unsere Überwachung nicht hinreicht."

Gregor achtete darauf, mit Aaron Schritt zu halten. „Ist Lewis schon da?"

„Nein, er ist mitten in einer kleinen Operation und kann nicht weg. Da Sid sich noch vom Rausch ausruht, sind Sie unsere zweite Wahl."

Gregor entschied sich, Aarons alles andere als begeisterten Ton nicht zu kommentieren. „Was wissen wir?"

„Nicht viel. Eine der Krankenschwestern überprüft sie gerade."

„Wer ist die Patientin?"

Aaron sah ihn mit einem grimmigen Ausdruck an. „Meine Mutter."

Er kannte Aaron vielleicht nicht gut, aber Gregor griff dennoch die Schulter des Drachenmanns und drückte sie. „Ich werde mich um sie kümmern." Aarons Ausdruck war emotionslos, also konzentrierte

241

sich Gregor auf seine neue Patientin. „Warum war sie außerhalb des Clan-Landes?"

„Es gibt keine Einschränkung, zu gehen, solange es in menschlicher Gestalt ist. Meine Mutter war gerade von einem Besuch bei Freunden in Italien zurückgekehrt. Wir haben die Umgebung überprüft und hatten sogar eine Wache bei meiner Mutter. Aber sie hatte das Autofenster offen und wurde so angegriffen."

„Wenn das so ist, gibt es entweder einen Verräter im Clan oder Leute überwachen, wer kommt und geht."

„Dessen bin ich mir bewusst", brachte Aaron zwischen zusammengebissenen Zähnen heraus.

Gregor tat Aarons wenig entgegenkommendes Verhalten ab, weil er sich um seine Mutter Sorgen machte, und folgte dem Drachenmann zum Hinter-eingang. Ein dunkler SUV kam in Sicht. Auf der anderen Seite des Fahrzeugs saß eine der jüngeren Schwestern, Thea, neben der bewegungslosen Gestalt einer Drachenfrau mittleren Alters auf dem Boden.

Gregor joggte zu seiner Patientin und hockte sich hin. Während er eine schnelle Untersuchung durch-führte, sagte die Schwester: „Ihre Atmung und Herz-frequenz sind stabil, obwohl ihre Pupillen geschlitzt sind."

Als er die Augenlider der Frau öffnete, sah er, dass sich ihre Pupillen nicht verändert hatten. „Was ist mit einer Eintrittswunde? Bei den anderen wurden Splitter gefunden."

Thea schüttelte den Kopf. „Ich kann nichts finden, aber es gibt einen Rückstand um Nase und Mund."

Verdammt! Hätten die Angreifer die Dosiermethode auf ein Luftspray umgestellt, das nur eingeatmet werden musste, wäre das gefährlich.

Gregor machte Thea und einem anderen Mitarbeiter der Klinik ein Zeichen. „Bringt sie in die Klinik, aber stellt sicher, dass sie von den anderen isoliert ist. Ich will Blutproben und alle Rückstände von ihrem Gesicht. Ich werde in Kürze da sein und für Trahern einspringen, damit er die Proben analysieren kann."

Thea nickte, während der andere Mitarbeiter die Trage bereitstellte. Sobald sie Aarons Mutter daraufgelegt hatten, trugen sie sie fort.

Gregor wandte sich Aaron zu. „War noch jemand im Auto betroffen?"

Aaron schüttelte den Kopf. „Nein. Die beiden anderen sind in Ordnung."

„Das sind gute Neuigkeiten. Es bedeutet wahrscheinlich, dass die Substanz nur diejenigen beeinflusst, die sie direkt in großen Mengen inhalieren. Um jedoch sicher zu sein, verhängen Sie eine Quarantäne über den Clan. Bis ich genau weiß, wie dieser neue Angriff funktioniert, will ich nicht riskieren, dass jemand etwas mit sich trägt oder unterwegs mit einem Gas angegriffen wird."

Aaron ballte die Fäuste. „Wird es ihr gut gehen?"

„Sobald ich mehr weiß, rufe ich Sie an. Stellen Sie sicher, dass alle vorerst bleiben, wo sie sind, und wenden Sie sich an den irischen Clan. Wenn wir noch einen Angriff hatten, hatten sie es vielleicht auch. Je mehr Informationen ich habe, desto besser kann ich eine Diagnose stellen."

Aaron nickte. „Sofort." Er hielt einen Moment lang inne und fügte hinzu: „Und kümmern Sie sich um meine Mutter."

„Natürlich."

Damit rannte Aaron in Richtung des zentralen Kommandogebäudes der Beschützer, und Gregor ging zur Klinik.

Er hoffte, dass das, was auf Aarons Mutter gesprüht worden war, nicht ansteckend war. Bis er es sicher wusste, würde er Abstand zu Cassidy wahren.

Aaron trommelte mit den Fingern auf den Schreibtisch. Warum brauchte Teagan O'Shea so verdammt lange, um sich bei der Videokonferenz anzumelden?

Sein Drache meldete sich zu Wort. *Ich weiß, du bist aufgewühlt, aber versuch', Geduld zu haben. Es ist erst ein paar Minuten her, seit du die Textnachricht geschickt hast. Sie ist Clan-Anführerin und macht vielleicht gerade etwas anderes.*

Warum sollte sie dann sagen, dass sie sofort da ist? Ich habe keine Zeit zu verschwenden, Drache.

Mum wird okay sein.

Aaron wusste, dass sein Drache recht hatte, da Molly Caruso eine Kämpferin war. Schließlich hatte sie den Tod eines Gefährten überlebt und einen Sohn großgezogen, aber genau deswegen schützte Aaron seine Mutter. Schon in jungen Jahren hatte er sich geschworen, sich um sie zu kümmern. Es gefiel ihm gar nicht, dass er versagt hatte.

Sein Drache schlug mit dem Schwanz, aber das Gesicht der dunkelhaarigen Anführerin von Clan Glenlough erschien auf seinem Computerbildschirm. Ihr irischer Akzent erfüllte den Raum. „Mach schnell, Caruso. Ich hab' was, worum ich mich kümmern muss."

Er beugte sich vor. „Gab es einen weiteren Angriff auf euren Clan?"

Ihre Augen wurden größer. „Nein, warum?"

Er schlug eine Faust auf den Schreibtisch. „Die Bastarde haben gerade meine Mutter angegriffen."

Etwas blitzte in ihren Augen auf, aber es war weg, bevor er ausmachen konnte, was es war. „Tut mir leid, das zu hören, Aaron. Aber ich bin mir nicht sicher, was ich da tun kann."

„Ihr Angriffsstil hat sich geändert. Unser Arzt glaubt, die Chemikalie wird dem Ziel direkt ins Gesicht gesprüht, und sie atmen es ein."

„Weißt du das mit Sicherheit?"

„Tests werden gerade durchgeführt, aber es gibt

keine Anzeichen für einen Eintritt wie bei den vorherigen Splittern. Ich würde Geld wetten, dass das Medikament in Sprühform vorliegt."

„Welchen Aktionsplan hat Stonefire?"

Aaron zögerte. Er hatte noch nicht um Erlaubnis gebeten, vom letzten Angriff zu erzählen.

Sein Tier schnaubte. *Bram und Kai werden es nicht mögen, wenn du es ihr sagst.*

Aaron ignorierte seinen Drachen, und sein Bauchgefühl sagte ihm, dass Teagan sie nicht verraten würde, obwohl er ignorierte, warum er ihr vertraute. „Wir verhängen gerade einen Lockdown. Ich schlage vor, dass ihr dasselbe macht. Selbst ohne einen zweiten Angriff war Glenlough schon einmal ein Ziel und könnte wieder angegriffen werden."

„Immer noch nichts von Lochguard oder Snowridge?"

„Kein anderer Clan hat etwas gemeldet. Das bedeutet jedoch nicht, dass dieses Problem nicht weiter verbreitet ist."

Teagan nickte. „Ich werde die Sicherheit erhöhen. Lass uns ausmachen, dass wir von jetzt an alles weitergeben, was mit diesem Problem in Zusammenhang steht. Schreib mir ‚Taube', und ich werde so schnell wie möglich eine sichere Leitung finden."

„Taube?"

„Wie Brieftaube, wie in den alten Zeiten."

Unter normalen Umständen hätte Aaron die irische Clanführerin mit dem kitschigen Codewort aufgezogen. Jetzt jedoch grunzte er. „Na schön. Ich melde mich."

Nachdem er die Verbindung unterbrochen hatte, rannte Aaron aus dem kleinen, privaten Kommunikationsraum und sah im Hauptbereich der Kommandozentrale nach seinem Team. Er musste herausfinden, wer Stonefire zweimal, aber auch Glenlough einmal angreifen würde. Es musste eine Verbindung geben. Je eher er es herausfand, desto eher konnte er die Bastarde aufhalten, die seine Mutter angegriffen hatten.

Gregor beendete die Blinddarmoperation und schrubbte seine Hände am Waschbecken. Niemand hatte ihn in den letzten zwanzig Minuten über Änderungen bei Molly Caruso informiert. Sie wussten nur, dass Molly nicht ansteckend war.

Während er sich dachte, dass Trahern in der Analyse und bei den Blutuntersuchungen feststeckte, musste Gregor Regeln einführen, dass er sich von Zeit zu Zeit blicken ließ, selbst wenn es bedeutete, Traherns Handgelenk mit einem verdammten Wecker zu versehen.

Er kam im Labor an und machte sich nicht die Mühe zu klopfen. Stattdessen öffnete er die Tür und blinzelte, als er Cassidy neben dem walisischen Arzt sitzen sah. Sie begegnete seinem Blick und runzelte die Stirn. „Nächstes Mal solltest du mich besser wecken, damit ich helfen kann."

Er musste sich sehr zusammenreißen, sie nicht anzubellen, sie solle in ihr Cottage zurückkehren und sich ausruhen. Vielmehr hielt er seine Stimme ruhig und fragte: „Was haben Sie entdeckt?"

„Die Substanz ist fast genau dieselbe wie die in Dr. Sids Körper, mit nur ein oder zwei kleinen Unterschieden", antwortete Trahern. „Die Formel ist jedoch schwächer, und ich bin mir ziemlich sicher, dass sie in einer beträchtlichen Dosis und aus nächster Nähe inhaliert werden muss, um eine Wirkung zu entfalten."

„Ziemlich sicher ist nicht sicher", sagte Gregor.

Cassidy seufzte. „Hör auf, Gregor! Mir geht's wirklich gut. Mein Drache schläft, und ich bin im Cottage fast durchgedreht." Sie zeigte mit einem Finger auf ihn. „Nächstes Mal sagst du mir verdammt besser, was los ist. Stonefire ist meine Familie."

Sein Drache meldete sich zu Wort. *Ich hätte es ihr gesagt.*

Gregor würdigte sein Tier keiner Antwort, sondern stellte sich hinter Trahern und Cassidy. „Ich sage es dir das nächste Mal. Jetzt erzählt mir, was ihr noch herausgefunden habt."

„Einer der kleinen Unterschiede, die Trahern erwähnt hat, ist ein erhöhter Anteil der nicht identifizierten Substanz im Vergleich zu den anderen Komponenten", antwortete Cassidy. „Die Frage ist, ob Molly Caruso genug eingeatmet hat, um ihren Drachen zu beeinflussen oder nicht. Wenn ja, wird es wahrscheinlich eine schlechtere Wirkung auf ihr Tier haben als bei dem Kind in Glenlough."

„Oder bei dir", betonte Gregor.

Cassidy schüttelte den Kopf. „Mein Fall hat zu viele unbekannte Variablen, um als Standard verwendet werden zu können. Es ist viel einfacher, das Glenlough-Kind und Mrs. Caruso zu vergleichen."

„Das ist ja alles gut und schön, aber dieses Mittel könnte langfristige Auswirkungen haben. Wir müssen wachsam sein", sagte Gregor. „Apropos, ich sollte nach Molly Caruso sehen."

Cassidy stand auf. „Ich komme mit dir."

Gregors Tier ergriff erneut das Wort. *Wenn du sie nicht mitkommen lässt, könntest du sie damit von uns wegstoßen.*

Cassidy nicht einzuschließen, bis ihr Drache gezähmt und ihr Kind geboren wurde, erwies sich als härter, als er es sich je vorgestellt hatte.

Doch sein Tier hatte recht. „Dann lass uns gehen. Lewis, wir kommen später wieder."

Trahern nahm ihr Weggehen kaum zur Kenntnis. Als sie im Flur waren, flüsterte Gregor: „Wie geht's deinem Drachen?"

„Ich hab's dir doch gesagt, er schläft." Er hob kaum die Brauen, und Cassidy fuhr fort: „Vorhin war er anstrengend, aber ich glaube, er und ich sind in einer Sackgasse, bis wir näher an meinem Termin sind. Aber ich habe eine Theorie."

Gregor hob die Brauen. „Möchtest du mir sagen welche?"

Cassidy senkte die Stimme. „Ich denke, wir müssen uns meinem Drachen nähern, als wäre er ein Teenager. Er mag achtunddreißig Jahre alt sein, aber seit wir vierzehn Jahre alt waren, hatte er keine Chance, sich zu entwickeln."

„Interessant. Wir können deine Theorie später eingehender besprechen, obwohl ich mir Sorgen mache, dass dein Drache deine Arbeit beeinflusst. Bist du sicher, dass es eine kluge Idee ist, in der Klinik zu sein?"

Seine Ärztin kniff die Augen zusammen. „Versuch nicht, mich einzusperren, Gregor. Natürlich muss ich vorsichtig sein, aber ich verstehe nicht, warum ich nicht arbeiten kann. Schließlich habe ich meine Anfälle jahrelang versteckt, ohne dass jemand es gemerkt hat. Wenn irgendwas schrecklich schiefläuft, gehe ich."

Er hielt sie im Flur auf und beugte sich näher an ihr Gesicht. „Versprich mir nur, dass du nichts vor mir verheimlichst. Ich versuche, nicht übermäßig beschützend zu sein, aber ich werde nie Erfolg haben, wenn du Geheimnisse hast."

„Ich werde nie wieder Geheimnisse vor dir bewahren, Gregor. Du musst mir vertrauen."

Mist! Sein Beschützerwahn brachte ihn in Schwierigkeiten.

Sein Drache meldete sich wieder zu Wort. *Vertrau ihr einfach. Sie wird uns sagen, wenn etwas nicht stimmt.*

„Ich vertraue dir, Liebes." Er berührte ihre Wange. „Aber du musst auch verstehen, dass ich immer noch Angst davor habe, was passieren könnte."

Ihr Gesichtsausdruck wurde sanfter. „Wenn wir ehrlich und offen sind, können wir alles bewältigen."

„Mein cleveres Mädel."

Sie hob ihr Kinn. „Natürlich bin ich clever."

Er lächelte. „Richtig, dann lass uns diese Cleverness für was Gutes nutzen und unserem Clan helfen."

„Unserem Clan?"

„Aye, unserem Clan. Nicht nur deinetwegen, sondern die englischen Drachenwandler wachsen mir allmählich ans Herz."

Sie schnaubte. „Sag es nicht so, als hättest du gerade etwas Verfaultes gerochen."

Er gab ihr einen schnellen Kuss. „Das dauert eine Weile." Er nahm ihre Hand. „Komm. Wir haben einen Clan zu beschützen."

Kapitel Achtzehn

Einige Tage später saß Sid neben Molly Carusos Bett und sah zum zehnten Mal über die Akte der Drachenfrau.

Molly blieb bewusstlos.

Sid legte die Akte wieder auf das Fußende des Bettes, öffnete das Augenlid der Frau und fand ihre Pupille geschlitzt vor. Nicht einmal waren sie rund gewesen, wenn jemand es überprüft hatte.

Ihr Bauchgefühl sagte ihr, dass Mollys Drache das Sagen hatte, aber nicht aufwachen konnte. Sid hoffte nur, dass die Situation nicht dauerhaft sei. Und nicht nur, weil Molly Teil ihres Clans war und Aaron ständig drohte, die Bastarde zu finden, die das einem der Seinen angetan hatten, sondern auch, weil, wenn diese Chemikalie in einer ausreichend hohen Dosis über einen ganzen Clan verteilt würde, Chaos ausbrechen würde. Selbst wenn sie alle bewusstlos wurden, würden einige schließlich aufwachen, und ihre Drachen könnten den Verstand verlieren.

Der Beweis war das Kind in Glenlough, dessen Drache häufiger die Kontrolle übernahm. Wenn sie an den armen Jungen dachte, der mit seiner Drachenhälfte kämpfte, die er gerade erst annehmen und kennenlernen sollte, ballte Sid die Fäuste. Wer auch immer das Medikament zusammengesetzt hatte, konnte kein Herz haben. Wer bei klarem Verstand würde ein unschuldiges Kind angreifen?

Sid atmete einmal tief durch und verdrängte ihre Wut. Sie musste ihre Energie klüger einsetzen, vor allem, weil sie Schwierigkeiten hatte, die langen Stunden zu arbeiten, die ihr sonst nichts ausgemacht hatten. Gregors verflixtes Baby machte ihr schon jetzt das Leben schwer.

Obwohl die Vorstellung an einen kleinen blonden Jungen, der grinste und sich aus einer Rüge rausredete, Sid zum Lächeln brachte. Unabhängig davon, wie viel Ärger ihr Kind machen würde, sie freute sich immer noch darauf, Mutter mit ihrem Schotten an ihrer Seite zu sein.

Ihr Drache regte sich. Sie wollte keinen unnötigen Kampf mit ihrem Tier um ihre Zukunft führen und ihre kostbare Energie verbrauchen.

Gerade, als Sid sich zur Tür wandte, kamen das zerzauste Haar und der dunkle Drei-Tage-Bart von Trahern Lewis in den Raum. Er sagte ohne lange Vorrede: „Snowridge hat gerade den Namen des seltenen Mooses geschickt, das Dr. Hughes in diesem Fall verwendet hat, über den wir gelesen haben, sowie Clydes Notizen über seine Verwendung."

Sie führte ihn aus dem Raum und schloss die Tür, bevor sie befahl: „Sagen Sie mir alles, was Sie wissen, auch, ob Sie glauben, dass es den Opfern helfen wird!"

„Clyde scheint zu denken, dass es unsere inneren Drachen beruhigt, unabhängig von der Ursache. Eine erste Analyse hat mir gezeigt, dass es ungiftig ist."

„Die einzige Frage ist, was die Nebenwirkungen sein könnten", bemerkte Sid.

„Korrekt. Obwohl ich die Nebenwirkungen jeder bekannten Substanz, mit der ich in Kontakt gekommen bin, katalogisiert habe, ist dieses Moos aus offensichtlichen Gründen nicht darunter", antwortete Trahern.

„Und wie lange dauert es, bis Sie anfangen, was zu finden?"

„Ich weiß nicht. Allein könnte es Tage, vielleicht sogar Wochen dauern, wenn ich die Langzeitwirkungen nicht mitberücksichtige. Wenn Dr. Emily Davies hier wäre, könnte ich die wichtigsten Nebenwirkungen viel schneller lokalisieren."

„Sie hat immer noch nicht geantwortet?" Trahern schüttelte den Kopf, und Sid musterte den Drachenmann. Ihr Instinkt sagte ihr, dass zwischen Emily und Trahern mehr war, als dass sie nur ehemalige Laborpartner waren. Aber sie hatte keine Zeit, sich damit zu befassen. „Ich werde Bram aufsuchen, wenn du hier die Stellung hältst."

„Was ist mit Gregor?"

„Er spricht mit Finn Stewart per Videokonferenz über sein Bleiben. Er sollte bald zurück sein."

Zumindest hoffte Sid das. Gregor war länger weg, als sie erwartet hatte, aber sie weigerte sich zu glauben, dass Finn seine Bitte, in Stonefire bleiben zu dürfen, ablehnen würde.

Trahern deutete mit einer Hand den Flur hinunter. „Gehen Sie und suchen Sie Bram und Gregor. Ich gehe zurück in mein Labor, bis mich eine der Schwestern holt. Ich kann mich um alle Patienten kümmern, die versorgt werden müssen."

Der Drachenmann lebte im Grunde im Labor, also stellte sie nicht richtig, dass es nicht seins war. „Ich habe mein Handy hier, wenn Sie mich brauchen. Und halten Sie mich darüber auf dem Laufenden, was Sie finden."

Trahern nickte und drehte sich zurück zum Labor. Sid fasste das als ihr Stichwort auf, sie solle gehen.

Auch wenn sie sich über das mögliche Moos für die Behandlung freuen sollte, war sie mehr besorgt um Gregor. Ihr Tier zu besiegen, würde nichts bedeuten, wenn er gezwungen wäre, Stonefire zu verlassen.

Ja, er hatte sie mit seinem Beschützerwahn seit dem Ende des Rausches verrückt gemacht, aber er war bereits ein wesentlicher Bestandteil ihres

Lebens. Sie konnte sich nicht vorstellen, allein aufzuwachen, ohne seine Hitze und seinen Duft an ihrer Seite.

Vielleicht würde sie eines Tages mit ihrem Gefährten, ihrem Kind und ihrem Drachen in friedlicher Harmonie leben.

Sie blinzelte. Gregors Optimismus färbte sie definitiv auf sie ab.

Ihr Tier schlug mit dem Schwanz, blieb aber still. Sid war sich nicht sicher, ob es schlimmer war, wenn ihr Drache hinter einer Mauer gefangen oder anwesend, aber still war.

Vielleicht würde Traherns Moos helfen.

Sie schob den Gedanken beiseite und ging schneller. Sie konnte später von einer glücklichen Zukunft träumen. Im Moment musste sie Trahern die Hilfe besorgen, die er brauchte. Sid musste mit Bram reden, bevor sie Gregor suchte.

Bald schon klopfte sie an Brams Haustür, und Evie öffnete. Der Mensch seufzte. „Bitte sag mir, dass es keinen weiteren Notfall gibt."

Sid hob die Brauen. „Einen weiteren Notfall?"

Evie bedeutete ihr, hereinzukommen. Sobald Sid drinnen war, schloss Evie die Tür und flüsterte: „Zwei Menschen sind vor etwa zwanzig Minuten am Hintereingang aufgetaucht."

„Gibt es eine weitere Bedrohung? Als Clanärztin muss ich das so schnell wie möglich wissen."

Evie schüttelte den Kopf. „Nein. Bram hätte eine Nachricht geschickt, wenn sie das wären."

„Wer sind sie dann?", fragte Sid.

„Dr. Emily Davies und Dr. Alice Darby."

Traherns Freundin war angekommen, aber etwas machte Sid zu schaffen. „Der Name Alice Darby kommt mir bekannt vor."

„Das liegt daran, dass sie meine Freundin ist, die seit über einem Jahr vermisst wurde."

Angesichts Evies kontrollierter Stimme fragte Sid: „Warum bist du dann nicht bei Bram da drin? Sicher würde er dich dort haben wollen."

„Offensichtlich nicht. Etwas mit Emotionen und dass er Antworten braucht, wie zum Beispiel, wie sie verdammt nochmal unentdeckt den Weg zu unserem Hintereingang gefunden haben, und natürlich, woher sich die beiden kennen."

„Ich bin mir sicher, es gibt eine vernünftige Erklärung."

Brams Stimme dröhnte durch den Flur. „Aye, gibt es. Sid, bring Dr. Davies zu Trahern. Evie, komm her!"

Eine kleine, etwas mollige Frau mit dunklen Haaren trat an Bram vorbei, als er sagte: „Das ist Dr. Emily Davies. Dr. Davies, das ist Sid, unsere Chefärztin. Sie wird Ihnen sagen, was Sie wissen müssen."

Sid tauschte einen Blick mit Bram aus, und er nickte unmerklich. Das war das Zeichen für Entwarnung, um Informationen weitergeben zu dürfen.

Emilys walisischer Akzent erregte ihre Aufmerksamkeit. „Schön, Sie kennenzulernen. Ich weiß, dass ich unangekündigt hier bin, aber ich wollte nicht riskieren, dass das MDA Nein sagt. Es war meine beste Option, einfach so aufzutauchen."

Beim Lächeln der Frau ließ Sids Anspannung um einen Bruchteil nach. Sie hatte fast einen anderen Einsiedler wie Trahern erwartet. „Alles, was zählt, ist, dass Bram Ihnen grünes Licht gegeben hat. Gehen wir. Ich erzähle Ihnen alles unterwegs."

Sid nickte Evie zu, als sie vorbeikam, und hoffte, dass der Mensch sie später darüber aufklären würde, wie zum Teufel Alice und Emily es unentdeckt nach Stonefire geschafft hatten.

In dem Moment, in dem sie sich vor Brams Cottage befanden, ergriff Emily das Wort. „Ich weiß, dass Sie keinen Grund haben, mir zu vertrauen, aber ich möchte nur helfen. Ich bin seit meiner Jugend von der Drachenwandler-Biologie fasziniert. Trahern hat meiner Fantasie an der Universität Futter gegeben, aber hierherzukommen und unter den Drachen zu leben, ist wie ein Traum."

Sid sah den Menschen an. Sie schien aufrichtig zu sein, obwohl Emily ihr Vertrauen verdienen musste, bevor sie es ihr schenkte. „Es ist auch verdammt gefährlich."

„Ich weiß alles über die Angriffe und darüber, was das MDA mir antun könnte. Es ist mir egal."

„Warum das?"

Emily blieb stehen, und Sid tat dasselbe. „Weil ich es satthabe, meine Interessen verbergen zu müssen und wer ich bin. Wenn es mich ins

Gefängnis bringt, dass ich ich selbst bin und Drachenwandler-Biologie studiere, dann sei es so. Wenn ich nicht den ersten Schritt unternehme und ehrlich zugebe, dass ich als Mensch Drachenwandler studieren will, wer dann?"

„Sie sind definitiv nicht das, was ich erwartet habe, Dr. Davies."

„Nennen Sie mich Emily. Und ich fände es schön, wenn wir Du sagen könnten. Das überrascht mich nicht. Trahern zeigt nur, was zu dem jeweiligen Zeitpunkt relevant ist."

„Okay, Emily. Beantworte noch eine Frage. Woher kennst du Alice?"

Emily zuckte mit den Schultern. „Es gibt so eine Art Untergrundclub, der aus Menschen besteht, die sich wirklich für Drachenwandler interessieren. Ich habe Alice vor einigen Jahren über eine Pinnwand kennengelernt und dann vor etwa einem Jahr persönlich. Ich habe ihr geholfen, sich im ländlichen Wales zu verstecken und unbemerkt zu bleiben."

„Warte, was?"

„Natürlich nicht allein. Einige von uns haben abwechselnd Verstecke gefunden. Aber im Laufe der Jahre haben wir angefangen, uns gegenseitig zu beschützen, auch wenn wir uns selten persönlich treffen. Alice brauchte Hilfe, also haben wir sie ihr gegeben."

Die Klinik kam in Sicht. „Du wirst mir später mehr über diesen Club erzählen müssen."

Emily schüttelte den Kopf. „Ich verrate keine

Geheimnisse, die Leben kosten könnten. Wir betrachten uns als eine Art Clan und halten zusammen. Schließlich sind wir die Einzigen, die einander verstehen."

Sid bewunderte die Hingabe der Frau. Trotzdem wollte sie es noch nicht ganz aufgeben, um mehr Informationen zu bitten. Von dem Wenigen, was Sid erfahren hatte, wusste Alice Darby mehr über Drachenwandler als jeder andere Mensch. Sie und die anderen hatten vielleicht Informationen, die Sid helfen könnten, sich besser um ihre Patienten zu kümmern.

Als sie jedoch die Klinik betraten, ignorierte sie ihre Neugier vorerst.

Sid sah alle ihrer Mitarbeiter an, als sie vorbeigingen, und signalisierte, sie sollten ihre Fragen über den Menschen bis später zurückhalten. Als sie außer Hörweite und fast im Labor waren, sagte sie zu Emily: „Trahern arbeitet derzeit an einem speziellen Projekt für mich. Ich kann es zwar nicht garantieren, aber wenn du ihm dabei helfen kannst, kann ich vielleicht Bram davon überzeugen, dich bleiben zu lassen."

Emily nickte. „Das war sowieso mein Plan."

Sid fing bereits an, die selbstbewusste Frau zu mögen.

Sie erreichten die Labortür, und Sid öffnete sie, um Trahern durch das Mikroskop blicken zu sehen. Er hob stirnrunzelnd den Kopf, aber sein Ausdruck wurde verblüfft, als seine Augen auf Emily trafen.

Als er nichts sagte, lachte Emily. „Ich finde es auch schön, dich zu sehen, Trahern."

Er räusperte sich und stand auf. „Ich habe dich nur nicht erwartet, das ist alles."

„Bist du nicht ein bisschen neugierig, wie ich hier sein kann?", fragte Emily.

„Warum? Es zählt nur, dass du hier bist", erklärte Trahern.

Emily ging einen Schritt auf den walisischen Drachenmann zu. „Stimmt, aber die Details sind das Interessante."

Als Sid spürte, dass das Paar noch eine Weile umeinander herumtanzen würde, wenn man sie sich selbst überließ, ergriff sie das Wort. „So sehr ich es hasse, euer Wiedersehen zu verkürzen, ihr beide müsst euch an die Arbeit machen. Jemandes Mutter braucht unsere Hilfe, sonst wacht sie vielleicht nie wieder auf."

Trahern ging zurück zu seinem Mikroskop. „Natürlich, Dr. Sid. Emily, du kannst meine Notizen lesen, während ich meine Arbeit fortsetze. Wenn du bereit bist, kannst du helfen."

Der Mensch blinzelte nicht zweimal, bevor sie sich neben Trahern setzte. Emily hatte offensichtlich in der Vergangenheit genug mit ihm zusammengearbeitet, um seinem Befehl zu folgen.

Sid ergriff erneut das Wort. „Gut, dann lasse ich euch beide mal, während ich die Runde mache."

Das Paar beachtete sie kaum, als sie den Raum verließ und die Tür schloss.

Sie würde ihre Runde wie versprochen machen, aber dann musste sie Gregor suchen und herausfinden, warum das Treffen so lange dauerte.

Gregor knurrte Finns Bild an. „Warum machst du es so verdammt schwer? Du hast Arabella aus Stonefire genommen. Es sollte keine Verhandlung erfordern, um hier bleiben zu dürfen."

Finn lehnte sich in seinem Stuhl zurück. „Da du nicht bleibst, um Cassidy Jackson zu paaren, muss ich es schwierig machen, sonst sitzt mir das verdammte MDA im Nacken. Ein Transfer zwischen Drachen-Clans erfordert einen beträchtlichen Papierkram."

„Es ist ja nicht so, dass ich sie nicht paaren will."

„Was dann?"

Er seufzte. „Sie ist stur und bemüht, alle außer sich selbst zu schützen. Bis ihr Drachenproblem geklärt ist, wird sie Wege finden, mich zu beschützen. Dazu gehört auch, meine Gefühle so weit wie möglich zu schonen."

„Dann streng dich mehr an, Gregor. Glaub mir, ich verstehe, wie es ist, ein widerwilliges Mädel zu umwerben. Meine Frage ist, wie viel Mühe hast du investiert, um sie zu gewinnen?"

„Wir waren ziemlich beschäftigt, wie du verdammt gut weißt", brachte Gregor zwischen zusammengebissenen Zähnen hervor.

„Aye, das weiß ich. Aber wenn die Bedrohung minimal ist und du nichts Entscheidendes tun kannst, dann genieß eine Stunde mit deiner Frau. Wir können nicht zulassen, dass, wer auch immer uns mit Drohnen angreift, uns solche Angst macht, dass wir unser Leben nicht mehr genießen."

„Ich habe keine verdammte Angst. Es gibt einfach so viel zu tun."

„Eine Stunde mit deiner Gefährtin wird mehr bewirken, als du ahnst. Jeder braucht mal eine Pause. Wenn ich es als Clan-Führer schaffe, kannst du es als einfacher Arzt auch."

Er knurrte. „Ein ‚einfacher' Arzt arbeitet viel mehr als du, Finn."

„Wenn du meinst. Du hast keine Ahnung, wie viel Papierkram ich erledigen muss –"

Gregor unterbrach ihn. „Gibt es sonst noch etwas? Ansonsten muss ich jetzt gehen."

„Um Zeit mit deiner gerade erst schwangeren Gefährtin zu verbringen."

„Das ist meine Antwort. Auf Wiedersehen, Finn."

Gregor unterbrach die Verbindung und fuhr sich mit den Händen durchs Haar. Sein Drache beschloss, sich zu äußern. *Finn hat recht. Wir haben tagelang kaum etwas anderes getan als neben unserer Gefährtin zu schlafen. Du hast mich auch noch nicht zum Spielen rausgelassen.*

Nicht du auch noch! Versteht denn niemand, dass es auch was zu tun gibt?

Es gibt immer viel zu tun. Trahern kann eine Weile auf unsere Patienten aufpassen. Deshalb ist er hier.

Mit einem Seufzer ging Gregor zur Tür. *Mal sehen, wie die Dinge in der Klinik laufen. Vielleicht können wir mit Cassidy zu Mittag essen.*

Kein Mittagessen. Küss sie. Halte sie. Lass sie wissen, dass wir sie begehren.

Gregor hielt seine Hand davon ab, den Türknauf zu drehen. *Natürlich begehren wir sie.*

Weiß Cassidy das? Du küsst sie einmal am Tag, wenn du sie zum ersten Mal siehst. Unsere Gefährtin braucht mehr, viel mehr.

Bei dem Gedanken an Cassidy, die denken könnte, dass sie ihm egal war, verließ Gregor den Raum und ging zügig den Flur hinunter. *Vielleicht kann ich zehn Minuten erübrigen, um unsere Gefährtin so zu schätzen, wie sie es verdient.*

Eine Stunde.

Dreißig Minuten.

Sein Drache schnaubte. *Sprich zuerst mit ihr und dann können wir weiterverhandeln.*

Sein Tier verstummte, und Gregor ging um die Ecke. Er wäre fast in seine Ärztin gelaufen. „Cassidy?"

Sie nahm seine Hand und zerrte ihn in einen leeren Raum innerhalb der Kommandozentrale der Beschützer. Nachdem sie die Tür geschlossen hatte, zischte sie: „Was wollte Finn, dass das so lange gedauert hat?"

Er versuchte, ihre Wange zu berühren, aber Sid hob nur die Augenbrauen. Mit einem Seufzer antwortete Gregor ihr. „Er will einen weiteren Austauschkandidaten von Stonefire finden, damit die Zahlen ausgeglichen sind, da Lochguard seit dem Handel mit Arabella letztes Jahr keinen hatte."

Cassidy runzelte die Stirn. „Was? Warum? Bram hat nichts verlangt, als Finn Arabella gepaart hat."

Gregor entschied, Cassidy die Wahrheit zu sagen. „Aye, aber Finn hat Arabella gepaart."

„Und das haben wir nicht", sagte Cassidy.

„Ich will dich nicht drängen. Ich werde weiter gegen Finn kämpfen, um hier bleiben zu können, Liebes. Mach dir deswegen keine Sorgen."

„Wenn wir uns paaren, wird er mit den Forderungen also aufhören?"

„Ich habe keine Ahnung. Finlay Stewart macht oft das Unerwartete." Er strich über ihre Wange. „Wie wäre es, wenn wir später über Finns Forderungen sprechen? Hast du mich wegen der Arbeit gesucht, oder hast du einfach meine Küsse vermisst?"

„Mit Finn zu reden, hat deinen Charme rausgebracht", sagte sie gedehnt.

Er beugte sich vor. „Beantworte einfach meine Frage."

Sie seufzte. „Ich wollte dich sehen, ja, aber es gibt etwas Wichtigeres, das du wissen solltest. Traherns Mensch ist zusammen mit einer anderen Frau aufgetaucht."

„Was?"

„Emily Davies arbeitet gerade schon mit Trahern zusammen. Ich bin mir nicht sicher, was mit Alice ist."

Gregor runzelte die Stirn. „Okay, Mädel. Wie wäre es, wenn du mir alles von Anfang an erzählst?" Sobald Cassidy ihn informiert hatte, neigte Gregor den Kopf. „Es scheint seltsam, dass Bram den Menschen so leicht vertraut, selbst wenn man bedenkt, dass einer von ihnen Evies Freundin ist."

Cassidy zuckte mit den Schultern. „Ich habe keine Ahnung, was in seinem Büro vor sich gegangen ist. Aber wir werden zur Klinik zurückkehren, damit Trahern sich allein auf seine Arbeit konzentrieren kann."

Gregors Drache schnaubte. *Ich will Zeit mit unserer Gefährtin.*

Er ignorierte sein Tier, beugte sich zu Cassidys Ohr vor und flüsterte: „Ist die Visite abgeschlossen?" Seine Ärztin nickte. „Dann lass uns eine Pause machen. Ich habe so das Gefühl, dass du seit dem letzten Mal, als ich dich daran erinnert habe, nichts gegessen hast." Als sie nichts sagte, wusste er, dass er recht hatte. „Dann gib mir ein bisschen Zeit, dich besser kennenzulernen, Mädel. Ich bewundere dich für deine Arbeitsmoral, aber ich wette, Cassidy Jackson hat mehr zu bieten als ihre Arbeit."

„Nicht viel."

Er küsste sie vorsichtig. „Das glaube ich nicht. Nur eine Stunde, Liebes. Ich wette, sogar Bram macht manchmal Pausen."

Sein Drache schnaubte. *Du klaust gerade Sprüche von Finn.*

Cassidy seufzte. „Ich würde sagen, dass das irrelevant ist, da es anders ist, Arzt oder Clanführer zu sein, aber ich weiß, dass du unser Kind als Nächstes als Ausrede benutzen wirst, also sollte ich jetzt nachgeben, um etwas Zeit zu sparen."

„So tief würde ich nicht sinken. Zumindest nicht, bis ich alle anderen Wege ausprobiert habe."

Er zwinkerte, und Cassidy schmunzelte. „Schön, eine Stunde, keine Minute mehr."

„Gut, dann beeilen wir uns und füttern dich, damit ich das Beste aus unserer Pause machen kann."

„Ich hoffe, du sagst nicht, was ich denke, dass du es sagst."

Gregor sah ihr in die Augen. „Bist du mich schon leid, Liebes?"

„Nein, es ist nur so, dass ..."

Nach kurzem Schweigen sprang er ein. „Du fühlst dich schuldig, wenn du etwas tust, das dir ein gutes Gefühl gibt, während andere leiden."

„Größtenteils. Aber ich habe auch Angst, dass mein Drache abtrünnig wird."

Kapitel Neunzehn

Sid sah nach ihrem Drachen, aber er ignorierte sie immer noch. Vielleicht musste sie ja eines Tages nicht mehr ständig die Launen des Tieres überwachen, bevor sie handelte oder eine Entscheidung traf.

Und dass Gregor gemeinsame Zeit erwähnte, ließ ihr Herz in Erwartung rasen. Wenn es wirklich nach ihr ginge und ihr Drache kein Problem wäre, würde sie die dringend benötigte Pause mit dem Vater ihres Kindes machen.

Aber da Trahern und Emily an ihren Forschungen arbeiteten und Molly Caruso noch bewusstlos war, wusste Sid, was ihre Pflicht war. Wenn der Clan nicht gesund und ganz war, sollte sie sich nicht amüsieren.

Gregors Stimme gewann erneut ihre Aufmerksamkeit. „Lass es uns einfach einen Schritt nach dem anderen angehen, Liebes. Ich werde dir nicht die Kleider vom Leib reißen und dich gegen einen Baum nehmen. Na ja, zumindest nicht, bis du sagst, dass wir es können."

Er wackelte mit den Augenbrauen, und Sid schnaubte. „Du kannst deine sexversessene Seite vielleicht gut verstecken, aber ich darf nicht vergessen, dass sie immer direkt unter der Oberfläche ist."

„Nur für dich, Cassidy", flüsterte er. „Nur für dich."

Für den Bruchteil einer Sekunde, als sie Gregors Augen betrachtete, wünschte sich Sid, sie könnte eine Woche damit verbringen, ihren Gefährten kennenzulernen. Ja, sie empfand etwas für ihn, und er hatte sich einen Weg in ihr Leben gebahnt, aber es gab noch so viel an Gregor Innes, das sie enträtseln wollte.

Schließlich antwortete sie: „Wie wäre es, wenn du mir deinen Drachen zeigst, und dann essen wir? Ich habe ihn noch gar nicht gesehen."

„Warum, damit du ihn noch mehr für dich gewinnen kannst?"

Einer ihrer Mundwinkel hob sich. „Vielleicht."

Seine Pupillen blitzten auf, doch bei dem Anblick fühlte sie sich nicht unbehaglich, und er sandte auch kein Verlangen durch ihren Körper. Sie wollte Gregor ganz, Drache und Mensch.

Ihr eigener Drache blickte bei diesem Gedanken über die Schulter. Vielleicht, nur vielleicht, könnte es helfen, ihren eigenen Drachen zu besänftigen, wenn sie Gregors Drache sah.

Gregor nahm ihre Hand und führte sie aus dem Gebäude. Er sah sich um und zog sie schließlich in Richtung eines Wäldchens mitten im Land des Clans. Als sie sich ihren Weg durch die Bäume bahnten, stieg Sids Herzfrequenz an. Nach so vielen Jahren, in denen sie Drachenwandlern in Drachengestalt aus dem Weg gegangen war, es sei denn, es ließ sich absolut nicht vermeiden, war es schwierig, die Veränderung anzunehmen.

Dann schmunzelte ihr Schotte über seine Schulter, und sie konnte nicht anders, als zurückzulächeln. Das hier war nicht irgendein Drache, den sie jetzt kennenlernen würde, sondern der eine Mann, der ihr schon so viel bedeutete.

Gregor blieb stehen, als sie die Lichtung zwischen den Bäumen erreichten. Sid hatte den Ort in der Vergangenheit gemieden, da sich hier häufig Pärchen trafen, aber das Gras und die umliegenden Bäume ließen den Rest von Stonefire verschwinden.

An dieser abgelegenen Stelle gab es jetzt nur Sid und Gregor. Keine Arbeit, keine Drohungen und keine Verantwortung.

Ohne nachzudenken, stellte sie sich auf die Zehenspitzen und küsste ihren Drachenmann. Gregor legte seine Arme um sie und ließ Sid den Kuss lenken.

Sie streichelte langsam die Innenseite seines Mundes und schwelgte in Gregors Geschmack.

Dann knabberte er an ihrer Unterlippe, und sie quietschte. Als Vergeltung packte sie eine seiner Pobacken und grub ihre Nägel hinein. Natürlich stöhnte ihr verdammter Gefährte nur und legte ihr eine besitzergreifende Hand auf den Po.

Als sie den Kuss vertiefte, drehte sich ihr Drache ein wenig mehr um. Sid erwartete halb, dass ihr Tier sie beiseiteschob und die Kontrolle übernahm, aber es hielt sich zurück.

Anstatt darüber nachzudenken warum, streichelte Sid noch ein paarmal gegen Gregors Zunge, bevor sie sich zurückzog. Die Hitze in seinen Augen ließ sie zittern. Selbst ohne den Rausch wollte er sie wirklich.

Seine Stimme war rau, als er sagte: „Küss mich noch einmal so, und ich sehe das als Einladung, dich doch gegen einen Baum zu nehmen."

„Wieder typisch für dich, den Moment zu ruinieren."

„Ihn ruinieren? Deine Augen sagen mir, dass du mich willst, Cassidy. Ich versuche nur, meiner Frau zu geben, was sie sich wünscht."

Die Hitze seiner Hand auf ihrem Po sickerte in ihre Haut. Sie hatte fast vergessen, wie es war, Gregors raue Hände an ihrem Körper zu haben. Erinnerungen daran, wie er beim Rausch ihre Hüfte, ihre Oberschenkel und sie dann zwischen ihren Beinen gestreichelt hatte, blitzten in ihren Verstand auf, und ein Ansturm von Hitze strömte durch ihren Körper.

Sie wollte seine Berührung wieder fühlen.

Dann erinnerte sich Sid an alles, was in der Klinik auf sie wartete. Sie hatte nur Zeit für eine Aktivität, bevor sie zurückmusste. Gregors Drachen kennenzulernen war für beide wichtiger, und nicht nur, weil es Sid helfen konnte. Nein, sie wollte alles über ihren Schotten wissen. Sex müsste bis später warten. Unabhängig von Finns Widerwillen würde Sid einen Weg finden, Gregor in Stonefire zu halten.

Sie trat zurück, und Gregor ließ sie los. Dann beantwortete sie die Frage in seinen Augen. „Du kannst mich später gegen einen Baum nehmen. Wir haben nicht viel Zeit, und ich möchte deinen Drachen kennenlernen."

Seine Pupillen blitzten auf, bevor er antwortete: „Ich würde ja versuchen, dich zu überreden, aber mein verdammtes Tier hat gerade einen Wutanfall in meinem Kopf."

Sie hob eine Braue. „Nun, wir haben noch etwa fünfzig Minuten. Wenn du willst, dass ich was esse, dann fängst du besser an."

Gregor zog sein Hemd aus und warf es Sid zu. Sie fing es und wickelte instinktiv den warmen Stoff, der nach ihrem Drachenmann roch, um ihre Arme. „Verwöhn ihn nur nicht zu sehr, sonst höre ich mir das ewig an."

Sid lächelte, während sie zusah, wie Gregor sich zu Ende auszog. „Ich bin nicht dafür bekannt, jemanden zu verwöhnen, also solltest du in Sicherheit sein."

Gregors Blick brannte in ihren. „Solange du mich dich ab und zu verwöhnen lässt, können mein Drache und ich damit leben."

Sid war nicht an Leute gewöhnt, die sich um sie kümmern wollten, also schob sie den Kommentar beiseite. „Achtundvierzig Minuten, und es werden weniger."

Seufzend schloss Gregor die Augen. Sein Körper leuchtete gräulich, bevor seine Nase sich zu einer schwarzen Schnauze dehnte; Flügel sprossen aus seinem Rücken, und sein Schwanz streckte sich hinter ihm aus. Wenig später stand ein großer, schwarzer Drache vor ihr.

Sid bewunderte die starke und mächtige Gestalt von Gregors Drachen. Er mochte Arzt sein, aber die Muskeln an Rücken und Brust sprachen von stundenlangem Training in der Luft.

Sid stieß den Atem aus, den sie angehalten hatte, und näherte sich dem Tier. Obwohl es bewölkt war, glänzte die schwarze Haut im schwachen Licht. Ähnlich wie die goldene Haut ihres Bruders am Tag an den Klippen es getan hatte.

Nein. Sie würde nicht zulassen, dass ihre Vergangenheit sie lähmte. Sie atmete tief ein, ging zu ihm und legte eine Hand an die Brust des schwarzen Drachen. Beim Kontakt brummte das Tier. Sie blickte in graue Augen auf, die dieselbe Farbe wie Gregors hatten, stieß den Atem aus und sagte: „Du bist ein schönes Tier."

Gregors Drache gab ein gedämpftes Knurren von

sich, bevor er seinen Kopf senkte, um seine Schnauze gegen Sids Wange zu stupsen. Beim Kontakt drehte sich der Drache in ihrem Geist herum und neigte den Kopf. Sid war versucht, ihrem Tier eine Frage zu stellen, hielt sich aber zurück. Sie wollte den Zauber nicht brechen.

Sie hielt ihre Hand auf der Haut des schwarzen Drachen, trat langsam zur Seite und musterte seinen Flügel. Erinnerungen daran, wie sie ihre eigenen Flügel geschlagen hatte, bevor sie zu Boden tauchte, erfüllten ihren Geist. Der Ansturm des Windes in Verbindung mit dem Nervenkitzel, im letzten Moment hochzuziehen, war etwas, das sie lange unterdrückt hatte. Würde sie es je wieder erfahren?

Bevor sie es wie die meisten ihrer Hoffnungen verdrängen konnte, trat ihr Drache einen Schritt nach vorn.

Unsicher, wie ihr Drache reagieren würde, fragte Sid: *Vermisst du es auch?*

Eine Sekunde lang verharrte ihr Tier. Dann knurrte es und drehte sich um. *Ich fliege wieder ohne dich.*

Der Zorn in der Stimme ihres Drachen traf Sid direkt ins Herz.

Anstatt sich die wertvolle Zeit, die sie mit Gregor hatte, ruinieren zu lassen, setzte Sid ihren Spaziergang um seinen Drachen fort, bis sie wieder vor ihm stand. „Hallo, Drache. Du bist ein schönes Tier."

Der Drache richtete sich etwas höher auf, bevor er seinen Kopf senkte und sein Ohr darbot. Lächelnd kratzte Sid ihn dahinter und sagte: „Vielleicht kann ich das nächste Mal etwas Öl mitbringen, um die Trockenheit hinter deinen Ohren zu lindern. Wenn du nicht vorsichtig bist, bekommst du eine Art Drachenschuppen."

Der schwarze Drache grunzte und stupste ihre Brust vorsichtig an. Sie fügte hinzu: „Wenn du willst, dass dir jemand nur Komplimente darüber macht, wie großartig du bist, dann hast du offensichtlich nicht aufgepasst, Drache." Das Tier grunzte wieder, und sie kicherte. „Aber es gibt auch eine positive Seite. Wenn ich etwas sage, ist es die Wahrheit. Und du bist einer der besten Drachen, die ich seit langer Zeit gesehen habe, besonders wenn man bedenkt, dass du nur ein Arzt bist."

Zorn blitzte in den Augen des Drachen auf, und Sid konnte nicht widerstehen, ihn noch mehr zu necken. „Vielleicht können wir Wettbewerbe unter den Drachenwandler-Ärzten veranstalten, wenn es uns gelingt, sie zusammenzubringen. Dann kannst du sehen, wer der stärkste ist."

Der Drache wich ein paar Meter zurück, bevor sein Körper schwach glühte und zu schrumpfen begann. Wenige Augenblicke später stand Gregor in menschlicher Gestalt auf der Lichtung.

Er eilte zu ihr und zog sie an sich. „Ich glaube, du willst mir das Leben absichtlich schwer machen, oder? Jetzt wird er nicht aufhören, mich zu belästigen, um stärker zu werden."

Sie neigte den Kopf. „Und mir verschafft es die Ausrede, deinen Drachen öfter sehen zu können."

Sein Gesichtsausdruck wurde sanfter. „Und das ist in Ordnung für dich, Liebes? Einen Moment lang hatte ich Angst, dass du die Flucht ergreifen würdest."

Sie schüttelte den Kopf. „Es war nur eine Erinnerung, aber sie ist verblasst. Es hat mir gefallen, deine Drachengestalt zu studieren. Wichtiger ist jedoch, dass mein Drache deinem Beachtung geschenkt hat."

Er berührte ihre Wange. „Deinem Gesichtsausdruck nach zu urteilen, hat es aber keine Umarmungen und Jubel gegeben."

„Nein, aber ich hatte auch nicht erwartet, dass er mich über Nacht liebt."

„Wir kriegen ihn schon hin, das verspreche ich."

„Das ist ein ziemlich großes Vorhaben."

Er küsste sie. „Nichts ist zu viel für meine Gefährtin." Er küsste sie erneut. „Ich würde dich ja bitten, mich jetzt zu paaren, aber ich weiß, du wirst dir irgendeinen Mist darüber einfallen lassen, dass du meine Gefühle schützen willst. Also werde ich dich nicht fragen, bevor dein Drache kooperiert. Und wenn er es tut, bereite dich auf eine große Überraschung vor."

Sid wollte nichts mehr als den klugen, entschlossenen und neckenden Mann vor sich zu paaren. Und doch konnte sie es nicht, bis sie wusste, dass Gregor nicht noch einmal erleben musste, wie er seine Gefährtin verlor. „Du kennst mich schon zu gut."

Er strich über ihre Wange. „Ich bin Arzt. Menschen lesen zu können gehört zu meinen beruflichen Anforderungen." Er schmiegte sich an ihre Wange. „Und da ich dein Arzt bin, muss ich dir etwas Essen besorgen, bevor du wieder einen Fuß in die Klinik setzt. Selbst wenn ich dich an einen Stuhl fesseln und das Essen in dich reinzwingen muss, ich werde es tun." Er legte eine Hand an ihren Unterleib. „Du darfst deinen wichtigsten Patienten nicht vernachlässigen."

Sie legte ihren Kopf an Gregors Brust und murmelte: „Es ist noch immer nicht ganz bei mir angekommen, weißt du. Das mit dem Baby. Ab und zu erinnere ich mich daran, aber dann habe ich wieder so viel zu tun und vergesse es. Deshalb frage ich mich, ob ich eine gute Mutter sein oder ob ich ihn oder sie ständig vergessen werde, während die Stunden in der Klinik vergehen."

Gregor strich an ihrem Rücken hinauf und hinunter. „Im Moment ist das Kleine ja auch nur ein winziger Fleck. Sobald es anfängt, zu treten und Tamtam zu machen, wird es schon real für dich werden. Aber dann werde ich auch noch mehr auf euch aufpassen, weil ich euch wirklich nicht verlieren will."

Angesichts der Sicherheit in seiner Stimme blickte sie zu ihm auf. „Das Risiko, dass eine Drachenwandlerin bei der Entbindung stirbt, ist gering, Gregor." Er öffnete den Mund, doch sie unterbrach ihn. „Aber ich verspreche dir, dass ich, wenn ich Bettruhe brauche – wie es mir eine zweite Meinung empfiehlt, denn ich möchte verhindern, dass du nur übervorsichtig bist –, sie einhalten werde. Aber bis dahin haben wir noch viele Monate. Im Moment kann ich damit umgehen, dass du kochst oder Essen für mich kaufst. Ist fast so, als hätte ich einen Diener."

Er hob die Brauen. „Oh, aye? Schön zu sehen, dass meine Jahre im Medizinstudium und in der Praxis so gut genutzt werden."

Sie beugte sich zurück, um ihm in die Augen zu sehen, und versuchte, nicht zu lächeln. „Keine Sorge, ich lasse dich ab und zu Doktor spielen."

„Freches Mädel", schnaubte er, bevor er ihren Brustkorb kitzelte. Sid lachte, bis ihre Seiten weh taten, und sie bat ihn aufzuhören. Gregor gab nach und fügte hinzu: „Vielleicht bitte ich dich manchmal, meine Dienerin im Bett zu sein. Das wird die Dinge ausgleichen."

„Nun, dann werden sich auch meine Jahre im Medizinstudium als nützlich erweisen. Ich weiß viel über die Anatomie und wie ein männlicher Drachen-wandler reagiert."

Er neigte den Kopf. „Ach, tust du, ja? Bereit, mich jetzt zu untersuchen?"

Sie schlug ihm auf die Brust. „Nein, wir haben keinen Sex gegen einen Baum. Wir haben keine Zeit dafür."

„Vielleicht nicht jetzt, aber ich habe ein paar Ideen, wie wir heute Abend das Beste aus unserem Bett machen können."

Das Bild von Gregor, der zwischen ihren Schenkeln leckte, während sie seinen Namen stöhnte, blitzte in ihrem Kopf auf. Selbst in ihren eigenen Ohren klang ihre Stimme rau. „Ich freue mich auf deine Vorschläge."

Er schmunzelte. „Kein Grund, so förmlich zu sein, Mädel. Ich habe vor, dich ein paarmal meinen Namen schreien zu lassen, und ich werde nicht schüchtern dabei sein."

Ihr Drache hob den Kopf. *Ich will ihn.*

Diese drei Worte brachten Sid schlagartig in die Realität zurück. Sie hatte es seit dem Rausch vermieden, mit Gregor zu schlafen, um die Kontrolle zu behalten. Sie mochte gut darin sein, es zu verstecken, aber sie wollte ihn mit jedem Atemzug.

Die Stimme ihres Schotten brummte: „Was ist los, Cassidy?"

Sie schüttelte den Kopf. „Nur mein Drache. Aber ich bin entschlossen, ihn für mich zu gewinnen."

„Und ich werde dir auf jede erdenkliche Weise helfen, Liebes. Sag' es nur."

Sid berührte Gregors Wange und wollte ihm sagen, wie sie sich fühlte. Sie hatte noch nie jemanden gehabt, der sich so sehr um ihr Wohlergehen bemühte oder an ihrer Seite stand und dabei all ihre Fehler kannte. Bram unterstützte sie, aber nicht einmal er kannte all ihre Geheimnisse.

Gregor schon, und er unterstützt sie trotzdem.

Da sie nicht weinen wollte, weil sie zwar fast hatte, was sie wollte, aber es nicht greifen konnte, räusperte sie sich. „Im Moment will ich Essen. Vorzugsweise etwas Fettiges und Ungesundes."

Nachdem er sie sanft geküsst hatte, ging er zurück, um seine Hose aufzuheben. „Ich würde ja sofort zum nächsten Restaurant rennen, aber dann würde ich diesen glorreichen Körper mit dem ganzen Clan teilen."

„Was nicht passieren wird."

Er hob die Augenbrauen, während er den Reißverschluss zuzog. „Ich dachte nicht, dass du als Ärztin und noch dazu Drachenwandlerin dich an Nacktheit stören würdest."

Sie machte einen Schritt in Richtung des Weges, der aus der Lichtung führte. „Tut es nicht. Aber ich will nicht, dass die anderen sich erschrecken."

Gregor knurrte, und Sid stürmte den Weg hinunter. Ihr jahrelanges Laufen zahlte sich aus, als sie ein paar Minuten lang einen Vorsprung behielt, bevor seine langen Beine sie schließlich doch einholten. Er flüsterte ihr ins Ohr: „Ich habe dich erwischt, was bedeutet, dass ich heute Abend meinen Preis verlangen kann."

Sie sah über ihre Schulter. „Wir werden sehen, Herr Doktor. Wir werden sehen."

Er nahm ihre Lippen in einem groben Kuss. Und

während sie in der Hitze und dem Geschmack ihres Gefährten schwelgte, hoffte Sid nur, dass Gregor später am Abend Zeit hatte, seinen Anspruch in die Tat umzusetzen. Egal, ob sie nach dem Kampf mit ihrem Drachen ausgebrannt war, Sid wollte mit dem Mann, der ihr so am Herzen lag, schlafen.

Einmal wollte sie nur etwas für sich selbst tun, unabhängig von den Konsequenzen.

Kapitel Zwanzig

Nach dem Mittagessen ging Gregor mit Cassidy in die Klinik und direkt zum Labor.

Er liebte es normalerweise, zur Arbeit zurückzukehren, aber ein kleiner Teil von ihm wollte mehr Zeit mit seiner Frau. Eine Stunde mit Cassidy zu verbringen, hatte Gregor einen Einblick in das gegeben, was er seit dem Tod seiner ersten Gefährtin vermisst hatte.

Sein Drache meldete sich zu Wort. *Dann lern halt, besser zu delegieren. Ich möchte, dass sie mich nochmal hinter den Ohren krault.*

Bevor ich das erlaube, will ich sie nackt und im Bett. Dann sehen wir mit deinen Ohren weiter.

Sein Tier blühte auf. *Ja, ja, ich will eine Runde im Bett. Ich möchte nächstes Mal die Kontrolle haben.*

Nein, Cassidy gehört mindestens eine Nacht mir.

Bei dem Stahl in seiner Stimme schmollte sein

Drache und schwieg. Gregor kommandierte seinen Drachen selten mit solcher Vehemenz herum, aber er würde sich das nicht nehmen lassen.

Viel zu früh erreichten sie die Tür des Labors. Dahinter sah er Aaron, der etwas mit Emily und Trahern besprach.

Als sie verstummten und zu ihm sahen, fragte Gregor: „Was ist los?"

Aaron antwortete: „Der Zustand des Jungen in Glenlough hat sich verschlechtert, und O'Shea will, dass wir uns um ihn kümmern. Kai und ein paar andere bringen ihn nach Stonefire. Da ihr beide weg wart, habe ich gerade Brams Befehle übermittelt."

Cassidy sprang ein. „Was ist los mit dem Jungen?"

„Er ist knapp davor, die Kontrolle zu verlieren und wild zu werden. Nichts, was Glenlough versucht hat, hat geholfen. Sobald die O'Sheas hörten, dass wir eine Lösung haben könnten, haben die Eltern des Jungen in ihrer Verzweiflung angeboten, das Mittel an ihm zu testen."

Gregor runzelte die Stirn. „Warte mal. Wir kennen immer noch nicht alle negativen Auswirkungen. Der vorherige Patient war fast ein Erwachsener, und der Junge ist erst acht Jahre alt."

Trahern antwortete: „Die Eltern des Jungen sind dennoch bereit, es zu versuchen. Es ist die einzige Möglichkeit, die bleibt, abgesehen davon, dass er fortwährend sediert wird."

„Was keine Art zu leben ist", murmelte Cassidy.

Gregor drückte ihre Hand und sah zu Aaron. „Wann kommen sie?"

„Heute Abend. Bram möchte, dass ihr alle gemeinsam daran arbeitet", erklärte Aaron.

So viel zum Thema später am Abend Zeit mit Cassidy zu verbringen.

Sein Drache knurrte. *Das Kind ist wichtiger, und das weißt du.*

Natürlich tue ich das, aber ich wünschte, das Leben wäre weniger aufregend. Zumindest für ein paar Monate.

Cassidy sprang ein. „Richtig, dann will ich, dass Trahern und Emily weiter an dem Moos und seinen Nebenwirkungen arbeiten. Je mehr Informationen wir haben, desto besser sind die Chancen des Jungen. Gregor und ich werden die anderen Patienten im Auge behalten und so viel Arbeit wie möglich vor der Ankunft des Jungen erledigen." Sie wandte ihren Blick Aaron zu. „Bleib in Kontakt. Nicht nur für den Jungen, sondern auch für den Fall, dass deine Mutter aufwacht. Wir haben keine Ahnung, was passieren wird, und wir brauchen deine Entscheidung möglicherweise sofort."

Aaron nickte. „Natürlich."

„Gut", sagte Sid. „Jetzt geht jeder wieder an die Arbeit. Wir haben nicht viel Zeit, und es gibt viel zu tun."

Seine Frau war verdammt fantastisch. Manche Männer mochten es vielleicht ablehnen, wenn eine Frau die Leitung übernahm, aber Cassidy kannte ihren Clan besser als er. Nur ein Idiot würde seinem Ego erlauben, Brillanz und Effizienz im Weg zu stehen.

Alle murmelten ihre Zustimmung, bevor Sid ihn an der Hand zum Ausgang zog. Sobald sie im Flur war, seufzte sie. „Irgendwann war es in Stonefire mal ziemlich ruhig, auch wenn du das vielleicht nicht glauben kannst."

„Das tue ich, denn in Lochguard war es genauso. Aber die Situation wird sich auch irgendwann wieder beruhigen." Er beugte sich an ihr Ohr und flüsterte: „Mein einziges Bedauern ist, dass ich warten muss, bis du meinen Namen schreist. Ich glaube nicht, dass einer von uns heute Abend die Energie haben wird."

Cassidy legte eine Hand an seine Brust, und ihre Berührung brannte durch sein Hemd. „Ich lerne langsam, dass ich die Zeit, die ich habe, nutzen muss und die Dinge nicht aufschieben darf." Sie schmiegte sich an seine Wange. „Wenn wir etwas Zeit haben, gehörst du mir, Drachenmann."

Er sah Cassidy in die Augen und war überrascht, dass ihre Pupillen blitzten. Er hoffte nur, dass ihr Drache keinen Aufstand machen würde. „Dann ist das ein zusätzlicher Anreiz für mich, so hart wie möglich zu arbeiten."

Sids Drache ging in ihrem Kopf auf und ab und sagte schließlich, *Ich möchte die Dinge in Angriff nehmen. Neun Monate zu warten ist zu lang.*

Obwohl Gregor sie anstarrte, konzentrierte sich Sid auf ihr Tier. *Es gibt viele Dinge, die wir gemeinsam versuchen können, wenn du mir eine Chance gibst. Dann musst du nicht warten.*

Ihr Drache schwieg ein paar Takte, bevor er antwortete: *Warum willst du etwas mit mir teilen, nachdem ich dir gesagt habe, dass ich die Kontrolle über unseren Körper und unser Kind übernehme, nachdem er oder sie geboren ist?*

Weil ich denke, du erinnerst dich an unsere Zeit davor, als wir Teenager waren und zusammengearbeitet haben. Es könnte wieder so sein. Ihr Drache grunzte, und Sid fuhr fort, *Denk darüber nach. Nachdem wir das irische Kind gerettet haben, können wir etwas versuchen, wenn du willst.*

Ich werde mich nicht einmischen, während du versuchst, das Kind zu retten, aber ich werde keine Versprechen über den Rest machen.

Ihr Tier zog sich in den Hinterkopf zurück, und Sid seufzte. Auf Gregors neugierigen Blick hin murmelte sie: „Wir sollten keine Ablenkungen haben, während wir an unserem neuesten Auftrag arbeiten. Sogar mein Drache will dem Jungen helfen."

„Das ist ein Fortschritt."

„Ich schätze schon." Sid lief los, und Gregor folgte ihr. „Lass uns mal nach Molly Caruso sehen und dort unsere Runde beginnen, da Ginny sagte, in der nächsten Stunde gäbe es keinen Termin."

Sie machten sich auf den Weg den Flur hinunter und betraten Mollys Zimmer. Die Drachenfrau warf sich im Bett herum.

Sid ließ Gregors Hand los und eilte an ihre Seite. Sie schlief noch, aber die Veränderung in ihrem Verhalten konnte bedeuten, dass die Frau bereit war aufzuwachen.

Sid nahm Molly an den Schultern und fragte: „Kannst du mich hören, Molly? Wenn ja, dann musst du aufwachen, damit ich dir helfen kann."

Gregor war auf der anderen Seite und überprüfte Mollys Pupillen. Sie blitzten zwischen Schlitzen und runden hin und her. Sie hoffte, die Veränderung sei ein gutes Zeichen.

Ihr Gefährte forderte sie auf: „Molly, kämpfe gegen deinen Drachen! Wir brauchen dich wach. Jetzt."

Die ältere Frau murmelte etwas Unverständliches. Sid fand ein Fläschchen mit speziell formuliertem Riechsalz und hielt es unter Mollys Nase. Die Frau wandte den Kopf ab, aber Sid folgte ihr. Nach ein paar weiteren Sekunden schoss die Frau im Bett hoch. „Was ist los? Wo bin ich?"

Mollys Pupillen waren rund.

Gregor überprüfte ihre Vitalwerte, als Sid sagte: „Du bist in der Klinik, Molly. Weißt du noch, was du zuletzt gemacht hast?"

„Ich war ... im Auto. Das ist das Letzte, woran ich mich erinnere."

„Gut. Nun, wie geht's deinem Drachen?", fragte Sid.

Molly nahm sich einen Moment, bevor sie antwortete: „Er ist bewusstlos." Ihre Augen begegneten Sids „Warum kann ich ihn nicht wecken?"

Sid hielt ihre Stimme kühl und gefasst und antwortete: „Man hat dir eine seltsame Droge verabreicht, die wahrscheinlich deinen Drachen beeinflusst hat. Er hatte tagelang die Kontrolle und ist wahrscheinlich nur erschöpft."

„Tage?"

Sid nickte. „Ja. Ich weiß, dass das verwirrend für dich ist, aber du musst ein paar Fragen beantworten, damit ich dir helfen kann, gesund zu werden. Kannst du das tun?" Molly nickte, und Sid fuhr fort: „Kannst du mit Zehen und Fingern wackeln?" Molly tat es. „Gut. Tut es irgendwo weh?"

Molly legte eine Hand an ihre Schläfe. „Ich habe massive Kopfschmerzen, aber das war's."

Gregor ergriff das Wort. „Ich werde mich für Sie darum kümmern, Mädel. Und wenn Sie bereit sind, rufen wir Ihren Sohn an."

„Geht's Aaron gut?", fragte Molly.

„Ihm geht's gut", antwortete Sid. „Sonst wurde niemand angegriffen."

Molly seufzte. „Gott sei Dank. Aaron wollte noch nicht, dass ich zurückkomme, aber ich habe mich mit ihm gestritten und gewonnen. Ich möchte nicht, dass jemand sonst verletzt wird, nur weil ich stur war."

Gregors Stimme war leise, als er sagte: „Sturheit grassiert unter Drachenwandlern. Aber ich würde Ihnen empfehlen, bis auf Weiteres in Stonefire zu bleiben. Sie haben eine seltsame Substanz eingeatmet, und wir sind uns nicht sicher, was die Auswirkungen sind. Egal, wie klein die Veränderung ist, Sie sagen uns alles, ja?"

„Ja, Herr Doktor."

Gregor lächelte. „Gut." Ginny trat ein, und Gregor deutete auf sie. „Da all Ihre Vitalparameter normal sind, wird Ginny bei Ihnen bleiben, bis Ihr Sohn kommt. Sie wird Ihnen auch etwas gegen den Schmerz geben."

Sid tauschte einen Blick mit Ginny aus, und die Krankenschwester nickte – sie würde versuchen, mehr von Molly zu erfahren, und sie sanft drängen.

Sid tätschelte ihr beruhigend die Schulter, verließ mit Gregor den Raum und machte sich auf den Weg zu ihrem Büro. Sobald sie drinnen waren, sagte sie: „Dieses Ergebnis hatte ich nicht erwartet."

Gregor zuckte mit den Schultern. „Vielleicht hat ihr Drache so lange gewütet und gekämpft, bis er ohnmächtig wurde? Das ist vollkommen möglich."

„Aber warum geht's ihr dann gut und dem Jungen nicht? Trahern sagte, die Unterschiede in der Formel seien nicht so erheblich."

„Selbst die kleinste Veränderung könnte zu

einem anderen Ergebnis führen, besonders, wenn wir es nicht mit einem Experten zu tun haben."

Eine Idee blitzte in Sids Verstand auf, und sie ging zu ihrem Computer. Sie öffnete Traherns Notizen und überflog die chemische Zusammensetzung der Substanzen, die in dem irischen Jungen, Sid und Molly gefunden worden waren. Alle drei waren unterschiedlich, wenn auch nur geringfügig.

Gregor stellte sich hinter sie. „Was denkst du, Liebes?"

Sid tippte auf jede der chemischen Formeln. „Ich glaube nicht, dass die von derselben Person gemacht wurden. Während ein Wissenschaftler jedes Mal nur eine Variable geringfügig ändern würde, weisen diese unterschiedliche Mengen der Hauptverbindungen auf, die im Grunde ein Beruhigungsmittel sind."

„Aye, das sehe ich."

Sid drehte sich um, um zu Gregor aufzusehen. „Ich glaube, die wurden von drei verschiedenen Amateuren gemacht."

„Aber hätte Trahern das nicht erwähnt?"

„Vielleicht, vielleicht auch nicht. Er konzentriert sich darauf, das geheimnisvolle Element zu finden. Nach dem, was wir bisher über ihn wissen, könnte er die Unterschiede irgendwo notiert haben, um sie später weiterzugeben, und dann zum nächsten Test übergegangen sein."

„Angenommen, du hast recht, und Amateure haben das hier gemacht – wie nutzen wir das zu unserem Vorteil? Stonefire hat eine ansehnliche Liste von Feinden. Die Drachenjäger sind im letzten Jahr viel vorsichtiger geworden, und ich bezweifle, dass sie etwas so Riskantes tun würden."

„Da stimme ich dir zu. Aber die Jäger sind nicht unsere einzige Sorge."

Gregor runzelte die Stirn. „Die Drachenritter? Aber ich dachte, dass ihre Hauptstreitkräfte nach ihrem letzten Angriff auf Lochguard gefangen genommen wurden."

„Ich kenne nicht alle Einzelheiten, aber ich weiß, dass nur einige der Ritter gefangen wurden und ihre gesamte Führung unversehrt entkam. Wir müssen mit Bram und vielleicht sogar Grant reden."

Grant McFarland war Lochguards oberster Beschützer.

„Du gehst, Liebes. Ich kümmere mich um die Klinik, damit du, Trahern und Emily eure Arbeit erledigen könnt", sagte Gregor.

Sid stand auf. „Viele Männer hätten es abgelehnt, den Babysitter zu spielen."

„Aye, aber ich bin nicht viele Männer. Ich glaube an dich, Cassidy. Das ist deine Theorie." Er küsste sie schnell. „Und jetzt geh. Jede Minute, in der wir miteinander plaudern, gibt den Bastarden mehr Zeit, wieder zuzuschlagen."

In diesem Moment verliebte sich Sid in Gregor. Er würde sie immer unterstützen und nie wirklich versuchen, ihre Freiheit einzuschränken. Er erkannte auch die Bedeutung ihrer Arbeit und versuchte nicht, sie abzutun.

Ihr Drache horchte auf bei ihren Gedanken, sagte aber nichts, was gut war, da Sid keine Zeit hatte, sich mit ihrem Tier zu beschäftigen, geschweige denn mit ihren Gefühlen für Gregor Innes. „Gut, dann gehe ich zuerst zu Bram und komme so schnell wie möglich zurück. Wenn etwas mit Molly passiert, zögere nicht, mich anzurufen."

„Aye, Frau Doktor. Und jetzt geh!"

Sid gab Gregor einen letzten Kuss, rannte durch die Tür und den Flur hinunter. Sobald sie draußen war, steigerte sie ihr Tempo, bis sie joggte.

Selbst wenn sie recht hätte, fragte sie sich, ob sie etwas mit den Informationen anfangen könnten. Dass die Drachenritter so bald wieder angegriffen haben sollten, war rein spekulativ, besonders mit ihren erschöpften Zahlen. Aber Sid musste wenigstens versuchen zu helfen. Sie würde keine Möglichkeit ununtersucht lassen.

Sie erreichte Brams Cottage und klopfte an die Tür. Der Anführer von Stonefire öffnete. „Was ist, Sid?"

„Nicht hier."

Bram bedeutete ihr, einzutreten und in sein Büro zu kommen. Als sich die Tür schloss, sprach er wieder. „Hier sind wir sicher, Mädel. Erzähl mir, was nicht stimmt."

„Genau genommen stimmt alles." Sie erklärte ihre Theorie über die Amateure, die die Verbindung hergestellt und damit angegriffen haben könnten. Als sie fertig war, fügte sie hinzu: „Auch wenn ich weiß, dass du mit Kai und Aaron reden musst, solltest du vielleicht Arabella bitten, online nach Drachenrittern zu suchen. Sie kennt alle geheimen Winkel des Internets, wo sie gerne abhängen."

Bram nickte. „Wenn es irgendwo online ein Rezept für dieses Ding gibt sowie Verbesserungsvorschläge, könnten Angriffe häufiger auftreten." Er nahm sein Handy heraus und tippte eine Textnachricht ein, bevor er hinzufügte: „Gute Arbeit, Sid. Wenn du recht hast, dann kann Arabella vielleicht die mysteriöse Verbindung finden und Trahern kann helfen, ein Heilmittel zu formulieren."

„Das ist ein großer Wenn, Bram. Du solltest dir noch nicht zu viele Hoffnungen machen."

Bram sah ihr in die Augen und verschränkte die Arme vor der Brust. „Apropos, ich werde ehrlich zu dir sein, Sid. Ich weiß, dass du die Träume von der Zukunft beiseitegelegt hast. Zuerst dachte ich, es sei wegen deines stillen Drachen, aber im Nachhinein denke ich, es hatte auch mit diesen Episoden zu tun, die deinen Verstand auf die Probe gestellt haben. Wenn du jedoch immer negativ denkst, wirst du nie die Chance haben, das Geschenk zu genießen, das du hast. Sosehr der schottische Arzt mich zum Teufel nochmal reizt, ich habe gesehen, wie er dich ansieht. Wenn du meinen Rat willst: Gib ihm eine Chance und bau dir eine Zukunft."

„Bram –"

Er hob eine Hand. „Ich weiß, du willst sagen, dass es mich nichts angeht. Und vielleicht sogar ein oder zwei Ausreden vorbringen, dass dein Drache instabil ist. Oder dass du Innes nicht verletzen willst. Aber ich garantiere dir, er ist stark genug für alles, was passiert."

Sid hob die Brauen. „Kann ich jetzt was sagen?"

Bram schnaubte. „Nur zu."

„Was ich sagen wollte, ist, dass du genau weißt, dass meine Eltern gestorben sind, als sie versucht haben, einen Weg zu finden, mich zu retten. Ich kann mein Gewissen nicht wieder mit sowas belasten. Gregor würde etwas Dummes tun, wenn ich dadurch leben könnte. Ich bin Ärztin. Meine Aufgabe ist es, Leben zu retten."

„Aye, und du leistest gute Arbeit. Aber lass mich dich nur eines fragen: Wenn du etwas tun könntest, um Innes' Leben zu retten, würdest du es tun?"

„Natürlich", antwortete sie, ohne zu zögern.

„Dann versuch mal zu erklären, warum du dein Leben riskieren kannst, um jemanden zu retten, aber jemand anderes darf dasselbe nicht für dich tun. Du bist die Welt wert, Sid. Fang an, das zu glauben."

Sie öffnete den Mund, schloss ihn dann aber sofort. Sie hasste es, wenn Bram recht hatte.

Bevor jemand noch etwa sagen konnte, klopfte es an Brams Tür. Er rief: „Herein!", und Nikki Gray betrat den Raum.

Die Beschützerin sah zwischen ihnen hin und her und sagte: „Ich merke, dass gerade etwas Ernstes

passiert. Magst du mir sagen, warum du mich herge-
rufen hast, Bram?"

„Aaron ist bei seiner Mutter, und Kai ist mit
einer anderen Aufgabe beschäftigt. Du bist mehr als
in der Lage, damit umzugehen und kommst gut
genug mit Arabella klar."

Nikki neigte den Kopf. „Was ist los?"

Während Bram Nikki die Situation erklärte,
wanderte Sids Verstand zu Brams Worten: *Dann
versuch mal zu erklären, warum du dein Leben
riskieren kannst, um jemanden zu retten, aber jemand
anderes darf dasselbe nicht für dich tun.*

Verdammt seien Bram und seine weisen Worte.
Sid mochte logische Erklärungen, und er wusste es.
Sie würde diese Argumentation nie zurückweisen
können.

Es gab nur eine Sache zu tun – ehrlich zu sich
und Gregor zu sein. Sobald Sid wieder einen
Moment mit ihrem Drachenmann allein hätte, wollte
sie den Sprung wagen und ihm sagen, wie sie fühlte.

Kapitel Einundzwanzig

Gregor legte die Schiene an den Flügel des jungen roten Drachen und sah dem Teenager Miles ins Auge. „Du wirst in deiner Drachengestalt bleiben müssen, bis einer der Ärzte dich für geheilt erklärt. Ich weiß, dass du dich mit sechzehn für unbesiegbar hältst, aber wenn du für den Rest deines Lebens ohne Schmerzen fliegen willst, musst du meine Anweisungen befolgen. Aye?"

Der männliche Drache nickte widerwillig. Gregor tätschelte ihm die Schnauze und sagte: „Ich weiß, dass du versucht hast, ein Mädel zu beeindrucken, aber glaub mir, Frauen mögen dich lieber lebendig und gesund, anstatt dass du flach auf dem Boden liegst. Zurschaustellung von Dummheit wirkt selten so gut wie Respekt und vielleicht ein kleines Geschenk." Miles grunzte, und Gregor schnaubte. „Wie du willst, Junge. Aber wenn du versuchst, zu fliegen, bevor du geheilt bist, habe ich kein Problem damit, dich an den Boden zu ketten."

Sein Drache meldete sich zu Wort. *Du gibst den gleichen Rat, den uns ein Arzt einmal gegeben hat. Es hat damals nicht funktioniert. Ich bezweifle, dass es das jetzt tun wird.*

Vielleicht, aber anders als Lochguards alter Arzt, werde ich ihn wirklich an den Boden ketten, wenn das bedeutet, dass ich seinen Flügel retten kann.

Viel Glück dabei, seine Eltern zu überzeugen.

Oh, sie sind vielleicht offener dafür, als du meinst, wenn man bedenkt, was ich darüber gehört habe, wie oft dieser Knabe schon in Schwierigkeiten geraten ist.

Als sich der Teenager-Drache auf dem Boden niederließ, legte Gregor seine Instrumente in das Zelt, das für Drachenwandler in Drachengestalt genutzt wurde, und ging zum Ausgang. Er warf dem Jungen einen letzten, noch strengeren Blick zu, bevor er das Hauptgebäude betrat.

Er war noch keine zwei Schritte drinnen, als sein Handy klingelte. Nachdem er sich gemeldet hatte, hörte er Brams Stimme. „Kai und die anderen sind gerade angekommen und bringen den Jungen in deine Klinik. Sei bereit."

Gregor schaffte es gerade noch „Aye" zu sagen, bevor Bram auflegte.

Er stürmte auf den Eingang zu und kam an, als Cassidy allein hereinkam. Sie begegnete seinem Blick. „Bram hat es dir auch gesagt?"

„Aye, hat er." Er musterte seine Frau einen

Moment lang und bemerkte, dass sie mit der Hand gegen ihren Oberschenkel trommelte. „Was überlegst du, Liebes?"

Sie schüttelte den Kopf. „Jetzt ist nicht der richtige Zeitpunkt."

Warnglocken schrillten in seinem Kopf. „Wenn es mit deinem Drachen zu tun hat, dann sag es mir."

„Nein, es nicht mein Drache. Es kann bis später warten. Der Junge braucht unsere ganze Aufmerksamkeit. Ich verspreche, es dir zu sagen, sobald wir ihm geholfen haben."

Er streifte Cassidys Arm und nickte.

Sie standen in freundschaftlichem Schweigen da, bis Kai und Quinn mit einem Jungen auf einer Trage in die Klinik kamen. Der dunkelhaarige Junge war an den Handgelenken und Knöcheln festgebunden, aber bewusstlos.

Der Anblick eines Achtjährigen, der festgebunden war, brachte Gregor dazu, gegen eine Wand schlagen zu wollen. Er hoffte, dass Cassidys Idee Früchte tragen würde. Die Bastarde, die für den Angriff verantwortlich waren, mussten gefangen und für ihre Verbrechen vor Gericht gestellt werden.

Cassidy fragte: „Wie kann er bewusstlos sein? Ich dachte, er wäre außer Kontrolle."

Kai antwortete: „Er wurde mit dem Drachenschlafmittel ruhig gestellt, bevor wir aufgebrochen sind."

Gregor tauschte einen Blick mit Cassidy aus, bevor ein unbekannter Drachenwandler den Flur betrat. Der Mann sagte: „Mein Name ist Ronan O'Brien. Ich bin der Juniorarzt aus Glenlough und hier, um auf meinen Patienten aufzupassen."

„Großartig, Sie glauben also, dass wir ihn umbringen werden", sagte Gregor gedehnt.

Cassidy warf ihm einen Blick zu, bevor sie sagte: „Ignorieren Sie Gregor. Ich bin Dr. Sid. Sagen Sie mir, was Sie wissen, Dr. O'Brien."

Gregor wies Kai und Quinn in den nächsten Raum, während Ronan antwortete: „Brendan hat fast die Kontrolle über seinen Drachen verloren. Um ihn sicher transportieren zu können, haben wir ihm zwei Spritzen mit dem Drachenschlafmittel verabreicht."

„Nicht mehr!", befahl Cassidy.

Ronan hob die Augenbrauen, und Gregor ergriff das Wort. „Eine Überdosis kann dazu führen, dass der innere Drache dauerhaft zum Schweigen gebracht wird."

„Er ist vorerst stabil, also sollte das kein Problem sein", sagte Ronan. Kai und Quinn legten Brendan ins Bett, und er fuhr fort: „Mein Clan-Führer scheint zu glauben, dass Sie ihm helfen können. Ich bin da nicht so sicher."

Gregor öffnete den Mund, doch Cassidy kam ihm zuvor. „Sehen Sie, ich weiß, dass Clans seit mehr Jahren, als ich zugeben möchte, geheimnisvoll und misstrauisch sind, aber ich versichere Ihnen, dass wir Brendan nur helfen wollen. Wenn Sie das nicht akzeptieren können, können Sie in der Hauptkommandozentrale der Beschützer warten. Ich brauche keine zusätzliche negative Einstellung, die meine Arbeit behindert."

Als Gregor sein schönes Mädel mit dem Feuer in den Augen und erhobenem Kinn anstarrte, liebte er sie umso mehr, weil sie sich dem Arzt stellte, der mehrere Steine schwerer war als sie.

Er blinzelte. Lieben?

Ja, als er seine Gefährtin beobachtete, die Ronan finster anstarrte, gestand Gregor sich ein, dass er alles an seiner Frau liebte, von ihrer Stärke über ihre Sturheit bis hin zu ihrer Hingabe für den Clan. Aye, sie war auch hübsch, aber Gregor liebte mehr als ihre Schönheit.

Sein Drache meldete sich zu Wort. *Hat ja auch lange genug gedauert.*

Schhh, Drache. Wir haben keine Zeit für einen Streit.

Gregor atmete tief durch und hielt seine Gefühle zurück. Der kleine Junge brauchte seine Hilfe; seine eigenen Gefühle und dass er Cassidy beanspruchen wollte, mussten warten, bis sich die Dinge endlich beruhigten.

Kais Stimme gewann seine Aufmerksamkeit. „Wir haben keine Zeit zu streiten. Konzentriert euch auf den Jungen. Je mehr Ärzte er in seinem Fall hat, desto höher die Chance, dass er überlebt."

Ronan murmelte schließlich seine Zustimmung und fügte hinzu: „Dann beeilen wir uns und tauschen Informationen aus, da ich keine Ahnung habe, wie lange er bewusstlos sein wird. Das ist das erste Mal, dass ich mehr als eine Spritze des Drachenschlafmittels verabreicht habe."

Ronan hielt die Akte hin, die er in der Hand gehalten hatte, und Cassidy nahm sie. Gregor las über ihre Schulter.

Als der Junge ein paar Sekunden zuckte, bevor er sich wieder entspannte, hoffte Gregor, sie könnten helfen. Nein, er würde nicht hoffen. Gregor würde einen Weg finden, den Jungen zu retten. Denn je eher er das tat, desto eher konnte er Cassidy endlich bitten, seine Gefährtin zu sein. Auf keinen Fall würde er jemals von ihrer Seite weichen.

Trahern Lewis versuchte, sich zu konzentrieren, aber jedes Mal, wenn Emily sich zu ihm lehnte, um die Ergebnisse auf dem Computerbildschirm zu lesen, fing er ihren süßen, femininen Duft ein, der seinen Drachen nach und nach aufweckte.

Mit einem Gähnen meldete sein Tier sich endlich zu Wort. *Sie?*

Ja, Emily. Unsere Freundin.

Sein Drache seufzte und senkte den Kopf wieder.

Trahern wollte seinen Drachen schütteln und fragen, warum es so schwierig war, mit der schlauen, schönen Frau an seiner Seite befreundet zu sein. Aber Emily tippte auf etwas auf dem Computerbildschirm und sagte: „Ein weiteres negatives Ergebnis. Allmählich denke ich, dass das Moos keinem Drachenwandler schaden wird."

Er konzentrierte sich. „Ein Bauchgefühl ist nicht wissenschaftlich. Wir müssen sicher sein."

Emily sah ihn von der Seite an, und es brauchte alles, was er hatte, um sich nicht in ihren tiefbraunen Augen zu verlieren. „Selbst bei jahrzehntelanger Forschung sind Nebenwirkungen nie auszuschließen. Es braucht nur eine Person mit seltenen Reaktionen, um etwas Neues in die Liste aufzunehmen."

„Jahrzehntelange Forschung ist eine Sache. Ein paar Stunden eine ganz andere." Als Emily die Ergebnisse weiterlas, fügte er hinzu: „Warum bist du hier, Emily? Ich weiß, dass du deiner Familie nahestehst, und wenn du hierherkommst, besteht die Chance, dass du sie eine Weile nicht siehst."

„Sie sind nach Australien ausgewandert. Ich werde sie nicht so bald wiedersehen", erklärte sie.

Er wollte mehr wissen, aber er entnahm ihrem Ton, dass Emily nicht mehr preisgeben würde. Er konnte sich nur auf seine Arbeit konzentrieren.

Er hatte kaum den nächsten Test vorbereitet, als das Telefon klingelte. Er ging ran, und eine weibliche Stimme mit nordenglischem Akzent war zu hören. „Trahern Lewis, hier spricht Arabella MacLeod. Ich übertrage etwas auf Ihren Bildschirm."

„Was —"

Ein neues Fenster öffnete sich für ein Programm, das er nie gesehen hatte. Eine forumsähnliche Seite mit mehreren Antworten füllte den Bildschirm. Bevor er etwas lesen konnte, fuhr die Frauenstimme fort: „Dies ist eine Dark Site, die von Rekrutierern der Drachenritter benutzt wird."

„Dark Site?"

„Ein geheimer Teil des Internets, auf den der Durchschnittsuser nicht zugreifen kann. Ich habe etwas gefunden, das Sie sich ansehen sollten. Lesen Sie den ersten Beitrag."

Trahern sah sich den Post an:

Willst du Teil der Drachenritter sein und Groß-britannien von unserem Drachenproblem befreien? Dann nimm diese Zutaten, und finde das beste Rezept, um den Drachen eines Drachenwandlers in den Wahnsinn zu treiben. Aufgrund der erhöhten Überwachung nehmen wir nur noch engagierte Leute als Mitglieder auf. Finde die Lösung, dokumentiere den Beweis, und wir werden uns mit dir in Verbindung setzen.

Der Rest des Posts war eine Grundformel, ohne Mengenangaben. Trahern las die Liste. Beim letzten Stoff tippte er auf den Bildschirm. „Diese Pflanze muss das geheimnisvolle Element sein."

Arabella erwiderte: „Ich habe mir den wissen-schaftlichen Namen angesehen. Wenn man diesen Namen, den die Einheimischen im Amazonasgebiet verwenden, übersetzt, bedeutet es Drachenseele. Die Pflanze ist im dortigen Regenwald heimisch."

Emily, die neben Trahern zugehört hatte, ergriff das Wort. „Ich habe noch nie davon gehört. Wenn die Angreifer diese Pflanze beziehen, dann über einen Schwarzmarkt."

Arabella antwortete: „Ich suche gerade nach den Quellen. Wenn diese Bastarde ein Forum auf einer versteckten Website nutzen, kennen sie sich im Darknet aus, wo man fast jeden illegalen Gegenstand finden und kaufen kann. Sobald ich herausfinde, woher sie die Pflanze haben, lasse ich es Sie wissen."

„Gut", sagte Trahern. „Und ich werde mal sehen, was wir noch woanders finden können. Es muss eine bestimmte Verbindung geben, die innere Drachen beeinflusst. Wenn ich weiß, was es ist, kann ich sie vielleicht neutralisieren."

„Sie werden später wieder von mir hören", sagte Arabella, bevor sie auflegte.

Trahern sah Emily an, und sie nickte, als sie zu ihrem Laptop ging. Während sie tippte, sah sie zu ihm hinüber. „Wir sind einen Schritt weiter, Trahern. Sag es mir in der Sekunde, in der du etwas findest, und ich mache dasselbe."

Er nickte und machte sich an die Suche. Obwohl er keine Möglichkeit hatte, einen der Amazonas-Drachenclans zu kontaktieren und zu fragen, ob sie wussten, wie man den Auswirkungen der Drachenseelenpflanze entgegenwirkt, war er vielleicht in der Lage, etwas zu finden, das irgendwo in einer wissenschaftlichen Zeitschrift vergraben war.

Sid saß neben Brendans Bett und strich ihm sanft die Haare von der Stirn. Da es nichts anderes zu tun gab, als zu warten, war Gregor zu Trahern gegangen, während Sid mit dem irischen Arzt Wache hielt. Sie wusste immer noch nicht genug über Ronan O'Brien, um ihm ihre Ideen für eine zukünftige Zusammenarbeit zu unterbreiten. Allerdings musste sie daran arbeiten, da die Aufnahme des Clan Glenlough in ihr Netzwerk ein Segen für sie und Bram wäre. Sid verfolgte die Clan-Politik nicht allzu genau, aber sie wusste, dass Bram den irischen Clan auf seine Verbündeten-Liste aufnehmen wollte.

Brendan seufzte im Schlaf, und sie konzentrierte sich wieder auf den Jungen. Sid fragte sich, ob sie als Teenager während ihrer Bewusstlosigkeit auch so unruhig gewesen war. Sie wusste, dass ihre Eltern ihre Seite nie verlassen hatten. Brendans Eltern waren nicht gekommen wegen der restriktiveren Regeln des irischen MDA, wenn es darum ging, einen Clan außerhalb Irlands aufzusuchen, aber Sid würde vorerst ihren Platz einnehmen. Sie würde bis zu ihrem letzten Atemzug für ihn kämpfen.

Vielleicht war es egoistisch, aber sie hoffte, dass ihr eigenes Kind nie etwas so Traumatisches durchmachen musste. Obwohl, wenn er oder sie zwei Ärzte als Eltern hatte, hätte das Kind eine bessere Chance als die meisten anderen.

Sie erwartete, dass ihr Drache knurrte und sagte, das Kind sei seins. Aber ausnahmsweise saß er nur da und beobachtete sie. Er hielt sein Versprechen, sich nicht einzumischen, bis es dem Jungen besser ging.

Gerade, als Sid darüber nachdachte, dass die Arbeit mit Kindern ihr helfen könnte, besser mit ihrem Tier auszukommen, sprach Dr. Ronan O'Brien von der anderen Bettseite. „Vorhin hat Dr. Innes darauf bestanden, dass zu viel des Drachen-schlafmittels einen inneren Drachen dauerhaft zum Schweigen bringt. Davon habe ich noch nie gehört. Woher wissen Sie, dass es stimmt?"

Sid blickte den irischen Arzt an und sah aufrich-tiges Interesse in seinen Augen. Früher hätte sie ihr Geheimnis nie mit einem Fremden geteilt. Aber wenn es in Zukunft jemals Offenheit und Zusam-menarbeit zwischen Clanärzten geben sollte, musste Sid den ersten Schritt machen. „Weil es mir vor 24 Jahren passiert ist."

Ronan runzelte die Stirn. „Ihr Drache schweigt?"

„Schwieg, heißt: in der Vergangenheit. Aber ich war 24 Jahre ohne mein Tier."

Ronan hob die Brauen. „Aber Sie haben einen Weg gefunden, ihn zurückzubringen? Könnten wir das nicht bei dem Jungen nutzen, wenn es dazu kommt?"

Sid schüttelte den Kopf. „Nein. Der Gefährten-rausch war erforderlich, um ihn rauszuholen, was bei einem Kind nicht funktionieren würde."

Ronans Pupillen blitzten. „Ah, ja. Sie riechen wie der andere Arzt. Sie müssen sein Kind tragen."

Ihr Drache meldete sich zu Wort. *Mein Kind.*

Interessant. Wenn andere das Baby erwähnten, beanspruchte ihr Drache es.

Sie ignorierte ihr Tier und beantwortete die Frage in Ronans Augen. „Ja, mein Drache ist wieder da, wie Sie sicher an meinen blitzenden Pupillen bemerkt haben. Aber er hasst mich, weil er eingesperrt war. Das ist nichts, was ich anderen wünsche."

Ronan hielt einen Moment lang inne, bevor er antwortete: „Ich verstehe. Dann versuchen wir, einen anderen Weg zu finden."

Sie lächelte. „Ich mag Ihre Hingabe. Ihr Clan hat Glück."

Der irische Mann wandte seine Augen ab und musterte den schlafenden Jungen. Sie hatte einen Nerv getroffen, aber Sid war sich nicht sicher, womit.

Bevor sie eine Frage stellen konnte, platzte Gregor durch die Tür. „Dank Arabella kennen Trahern und Emily die geheimnisvolle Zutat. Sie arbeiten jetzt an einer Gegenformel."

Sid stand auf. „Das sind großartige Neuigkeiten!"

„Größtenteils. Es ist schwierig, das zu bekommen, was sie brauchen, also kann es eine Weile dauern."

Sid sah den schlafenden Jungen an. „Wir haben vielleicht keine Weile."

Ronan ging zu ihnen. „Dann lassen Sie mich Ihrem Team helfen. Im Laufe der Jahre habe ich reichlich mit Chemie zu tun gehabt."

Der irische Drachenmann konnte nicht viel älter

als dreißig sein, aber Sid kannte seine Geschichte nicht. „Wenn Sie meinen, assistieren zu können, dann bringt Gregor Sie ins Labor."

Mit einem Nicken führte er Ronan aus dem Zimmer. Sie vertraute darauf, dass Gregor sie nach seiner Rückkehr informierte. Sie wollte keine Zeit damit verschwenden, Fragen zu stellen, wenn Ronan helfen konnte, einen Weg zu finden, Brendan zu helfen.

Ihr Drache grunzte zustimmend.

Die Stimmungsschwankungen ihres Tiers bereiteten ihr ein Schleudertrauma.

Vorsichtig darauf bedacht, diesen Gedanken für sich zu behalten, kehrte Sid an die Seite des Jungen zurück. Sie nahm seine Hand und summte eine Melodie, die ihre Mutter ihr immer vorgesummt hatte, als sie noch ein Kind gewesen war. Zu ihrer Überraschung schloss sich ihr Drache bald an.

Während Sid und ihr Tier das alte Schlaflied summten, versuchte sie, nicht zu viel in die Handlungen ihres Drachen zu lesen. Aber vielleicht, nur vielleicht, würde die Hilfe für dieses Kind sie einander näherbringen, bis zu dem Punkt, an dem ihr Tier sie nicht mehr vollkommen hasste.

Bevor Sid sich jedoch Möglichkeiten einfallen lassen konnte, das zu bewerkstelligen, öffneten sich die Augen des Jungen. Seine Pupillen waren geschlitzt, und er zischte. „Befreie mich."

Als der Junge sich im Bett wand und versuchte, sich aufzusetzen, hielt Sid seine Schultern fest und schaffte es, ihn mit einem Arm unten zu halten, während sie die Ruftaste drückte. Dann beugte sie sich hinunter, bis sie nur wenige Zentimeter von Brendans Gesicht entfernt war. Sie legte jede Dominanz, die sie besaß, in ihre Stimme und befahl: „Sieh mich an!" Brendans Blick schoss zu ihrem, und sie fuhr fort: „Wenn die Drachenhälfte die Kontrolle übernimmt und du innerhalb dieser Klinik wandelst, könnten andere sterben. Nicht nur das, ich werde nicht versuchen können, euch beide zu retten, wenn ihr wegfliegt. Das MDA wird euch ins Visier nehmen. Selbst wenn du die Gefangennahme überlebst, wirst du dein Leben in einem Gefängnis verbringen. Ist es das, was du willst?"

Manche mochten sagen, dass ihre direkte Art zu viel für einen kleinen Jungen war, aber Sid versuchte, die Drachenhälfte zu erreichen, die die direkte Art brauchte. Das war eines der ersten Dinge, die ein Drachenwandlerarzt während seiner Ausbildung lernte.

Die Stimme des Jungen war belegt, als er antwortete: „Ich werde in Freiheit fliegen." Einer von Brendans Fingern verwandelte sich in eine Kralle. „Niemand wird mich aufhalten."

Sid ging Brendans Kralle aus dem Weg. „Das MDA hat mächtige Waffen, um dich vom Himmel zu schießen. Aber wenn du mit mir arbeitest, dann könnte ich euch beide retten."

„Ich brauche keine Rettung."

Sie hob die Brauen. „Was ist mit deiner menschlichen Hälfte? Willst du ihn für den Rest deines Lebens einsperren und nie rauslassen?" Brendans drachenbesessenes Selbstvertrauen, verblasste um einen Bruchteil. Sid drängte weiter. „Er ist dein bester Freund. Du wirst ihn vermissen, wenn er weg ist."

Brendans Pupillen blitzten erneut auf. Sid fuhr fort: „Lass Brendan für eine Weile herauskommen. Er hat wahrscheinlich Angst und vermisst eure Eltern. Willst du ihm nicht helfen? Drachenwandler schätzen Kinder. Selbst du solltest das wissen und dich um deinen eigenen Menschen kümmern wollen."

Unentschlossenheit füllte die Augen des Jungen. Sid könnte ihn überzeugt haben.

Brendans Drache antwortete schließlich: „Nur für kurze Zeit. Ich lasse nicht zu, dass er immer die Kontrolle hat. Es gibt zu viel zu tun, und er hält mich immer zurück."

„Nur für eine kurze Weile."

Sid hielt den Atem an und wartete.

Brendans Pupillen wurden schließlich rund und blieben so. „Wer bist du? Wo ist meine Mum?"

Sid streichelte dem Jungen die Stirn und antwortete sanft: „Mein Name ist Dr. Sid. Was deine Mum angeht, sie ist zu Hause. Wir versuchen, dich gesundzumachen, damit du zu ihr zurückkehren kannst."

Brendan sah sich um. „Ich will Dr. O'Brien."

Ihr Drache meldete sich zu Wort. *Beruhige ihn. Ich mag es nicht, dass er Angst hat.*

„Dr. O'Brien wird so bald wie möglich zurück sein. Er versucht, ein Medikament zu finden, um dich gesundzumachen."

Der Junge starrte ein paar Sekunden, bevor er antwortete: „Warum ist mein Drache so wütend?"

Sie nahm ihren Arm weg, der ihn festgehalten hatte, und berührte seinen Bizeps. „Er ist nicht wirklich wütend auf dich. Man hat ihm nur eine seltsame Droge gegeben, die sein Verhalten verändert hat."

„Warum macht das wer?"

„Ich wünschte, ich wüsste es, Brendan. Ich wünschte, ich wüsste es." Als Sid die Spannung in Brendans Körper bemerkte, musste Sid etwas tun, sonst würde der Drache versuchen, die Schwäche des Jungen auszunutzen. „Wie wäre es, wenn wir ein Spiel spielen, während wir warten?"

„Was für ein Spiel?"

Sie sah in seine Augen, als sie die Gurte löste, die ihn am Bett hielten. „Als Kind habe ich Scharaden geliebt, aber ich bin mir nicht sicher, ob du dafür bereit bist."

Sobald der letzte Gurt geöffnet war, setzte sich Brendan in seinem Bett auf. „Ich mag Raten. Du spielst was vor, und ich kann raten."

Mit einem Lächeln stand Sid auf. „Okay, obwohl ich ein bisschen eingerostet bin. Hoffentlich kommst du drauf."

Als sie darüber nachdachte, was sie nachmachen sollte, meldete sich ihr Drache. *Nimm einen Kinderfilm. Das wird leicht für ihn sein.*

Sie ging ein Risiko ein und fragte: *Was schlägst du vor?*

Ich mag Pixar-Filme. Nimm einen davon.

Sid konnte kaum widerstehen, auf den Kommentar ihres Drachen hin zu blinzeln. Sid hatte in ihrem Leben vielleicht zwei Pixar-Filme gesehen, beide Male mit einem ihrer Patienten. Wenn sich ihr Tier jedoch genug an sie erinnerte, um sie zu benennen, könnte es ein Weg sein, ihren Drachen für sich zu gewinnen, wenn sie sich später ein paar weitere ansah.

Sie wählte einen einfachen aus und sagte: „Kinderfilm.”

Als sie einen Finger hochhielt, sagte der Junge: „Ein Wort.” Sie nickte und hob ihre Hände hoch, als hielte sie ein Lenkrad. Sie drehte sich in diese und jene Richtung, und machte so ihren Weg durch den Raum mit übertriebenen Bewegungen. Brendan klatschte in die Hände. „Ich weiß! Cars!”

Sid grinste. „Ja. Sollen wir noch eins versuchen?” Brendan nickte begeistert. Das Glück in seinen Augen erinnerte sie daran, warum sie es liebte, anderen zu helfen.

Ihr Drache meldete sich erneut zu Wort. *Ich habe noch eine Idee. Machen wir die Pyramiden von Ägypten. Die wollte ich schon immer mal sehen.*

Ich auch. Vielleicht können wir eines Tages dorthin reisen.

Sie wartete, ob ihr Drache schnauben und ihr

den Rücken zukehren würde, aber er sagte nur, *Wir werden sehen.*

Diese drei Worte schickten eine Ranke der Hoffnung durch ihren Körper. Doch da sie den Zauber nicht brechen wollte, sagte sie zu Brendan, „Berühmter Ort".

Während sie die Bewegungen durchging, vergaß Sid alles, außer, den kleinen Jungen zum Lächeln zu bringen und ihn über ihre albernen Mätzchen lachen zu lassen. Sie mochte den Jungen zwar aufmuntern, aber Sid konnte sich nicht erinnern, wann sie zuletzt so viel Spaß gehabt hatte.

Kapitel Zweiundzwanzig

ls Gregor die Tür zu Brendans Zimmer öffnete, schmunzelte er bei dem Anblick vor sich.

Cassidy machte Bewegungen mit ihrem Körper, und der Junge musste raten. Er wollte den Spaß nicht stören, also blieb er einfach im Hintergrund und sah zu.

Sein Drache meldete sich zu Wort. *Vielleicht brauchen wir doch keine spezielle Medizin, um dem Jungen zu helfen. Seine Pupillen sind rund, und er lacht.*

Aye, aber wir werden sehen, wie lange es hält.

Der Junge rief: „Ein Kater macht Theater!"

Cassidy nickte. „Fünf in Folge. Bist du sicher, dass du das nur zweimal gespielt hast?"

Brendan öffnete den Mund, erblickte dann aber Gregor. „Der andere Arzt ist hier."

Cassidy drehte sich um. Mit der Röte auf ihren

314

Wangen und der Freude in ihren Augen war sie das schönste, was er seit langer Zeit gesehen hatte. Und etwas, das er jeden Tag für den Rest seines Lebens sehen wollte.

Cassidy legte eine Hand auf ihre Hüfte und fragte: „Wie lange stehst du da schon?"

Er zuckte die Schultern. „Lange genug. Ich liebe es, dir zuzusehen, wie du dich bewegst und Scharaden spielst."

Als er sie langsam von oben bis unten betrachtete, wurden ihre Wangen noch dunkler rot. „Nun, mir gehen allmählich die Ideen aus. Also kannst du vielleicht eine Weile übernehmen?"

Er ging auf sie zu und berührte vorsichtig ihre Wange. „Später, Liebes." Er richtete seinen Blick auf Brendan. „Eine der Krankenschwestern bringt dir jetzt Suppe."

Der Junge rümpfte die Nase. „Ich mag keine Suppe."

Er trat näher und senkte seine Stimme. „Diese Suppe ist anders. Sie macht dich stark, was bedeutet, dass du das Bett früher verlassen kannst."

Brendan sah ihm in die Augen. „Ist das die Wahrheit oder nur eine Lüge, damit ich mich besser fühle?"

Er blinzelte. „Warum sollte ich dich anlügen?"

„Erwachsene lügen manchmal, damit Kinder was machen."

Er legte eine Hand über sein Herz. „Ich schwöre bei meinem Leben, dass ich dich nicht belüge. In der

Suppe ist Medizin, die dir hilft. Wenn du alles isst, solltest du bald wieder gesund werden."

Der Junge zögerte. „Was ist mit meinem Drachen?"

Gregor packte die Schulter des Jungen. „Es wird auch ihm helfen."

Cassidy ergriff das Wort. „Wenn Dr. Innes sagt, dass es hilft, dann glaub' ihm."

Brendan sah zwischen ihnen hin und her. „Das musst du ja sagen, weil er dein Gefährte ist. Du riechst nach ihm."

Gregor lachte und Cassidy schoss ihm einen Blick zu, bevor sie sich zu Brendan zurückwandte. „Deine Eltern sind Gefährten, oder?" Der Junge nickte. „Macht deine Mum immer, was dein Dad sagt?"

Er schüttelte den Kopf. „Nein. Sie nennt ihn manchmal einen Eejit und Dad gibt dann nach."

Gregor biss sich auf die Lippe, um nicht zu lachen. Der Junge war aufmerksam. Zweifellos würde Cassidy ihn in der Zukunft auch oft als Idioten bezeichnen.

„Nun, ich bin genauso", antwortete Cassidy. „Wenn mir Dr. Innes' Idee nicht gefallen würde, würde ich das sagen. Aber ich vertraue ihm. Wirst du ihm eine Chance geben?"

Brendan musterte Gregor für ein paar Sekunden, bevor er antwortete: „Okay. Aber wenn mir die Suppe nicht hilft, esse ich sie nicht mehr."

„Na schön. Ich möchte auch, dass du mir die

Wahrheit sagst, wenn ich später wiederkomme, okay?", sagte Sid.

Brendan packte die Laken. „Du gehst?"

Seine Gefährtin fragte sich wahrscheinlich, was es mit der Suppe auf sich hatte, wollte aber offensichtlich bleiben. Gregor ergriff das Wort: „Wie wäre es, wenn ich ein paar Minuten draußen im Flur mit Dr. Sid rede, sobald die Krankenschwester hier ist? Auf diese Weise ist sie in der Nähe, falls etwas nicht stimmt. Nicht wahr, Frau Doktor?"

Cassidy nickte. „Ja. Und ich komme wieder, sobald wir mit Reden fertig sind."

Brendan sah von Cassidy zu Gregor und wieder zurück. „Okay. Aber bleib' nicht zu lange weg, Dr. Sid. Mein Drache hört auf dich, und ich brauche deine Hilfe vielleicht wieder."

Cassidy zerzauste dem Jungen die Haare. „Ich bleibe, solange du mich brauchst, Brendan. Das verspreche ich."

Ein Klopfen an der Tür verhinderte, dass der Junge antwortete. Ginny kam mit einem lächelnden Gesicht und einem Tablett herein. „Ich habe eine ganz besondere Suppe für einen ganz besonderen Gast."

Als Ginny das Tablett auf dem Betttisch abstellte und ihn über Brendans Bett schwang, sagte Cassidy: „Ginny wird ein paar Minuten bei dir bleiben, während ich mit Dr. Innes rede. Bin gleich wieder da, okay?"

Brendan nickte. Ginny reagierte auf Stichwort

und sagte, wie wichtig es sei, jeden einzelnen Löffel zu essen.

Gregor zog Cassidy in den Flur. Bevor sie den Mund öffnen konnte, zog er sie an sich und küsste sie. Obwohl er nicht viel Zeit hatte, streichelte er langsam gegen ihre Zunge, bis seine Frau seufzte. Mit großer Mühe zog sich Gregor zurück und murmelte: „Ich liebe dich."

Sid blinzelte. „Was?"

Er berührte ihre Wange und streichelte ihre weiche Haut. „Unsere Zeit allein ist kurz, und ich konnte nicht länger warten. Dich da drin zu sehen, wie du mit dem Jungen Scharade gespielt hast, hat meine Gefühle für dich nur gestärkt. Du bist eine Seltenheit, Cassidy Jackson. Du bist freundlich, entschlossen, hingebungsvoll, stur und doch manchmal auch zärtlich. Mit dir an meiner Seite können wir alles erreichen."

Cassidy spielte mit den Nähten seines Laborkittels, und Gregor fragte sich, ob er sich geirrt hatte. Nicht, dass er seine Worte zurücknehmen würde, da er sie mit jedem Knochen in seinem Körper so meinte.

Gerade als er eine Frage stellen wollte, flüsterte Cassidy: „Ich liebe dich auch."

Als Gregor gesagt hatte, er liebe sie, war Sid erstarrt. Sie hatte gewusst, dass er etwas für sie empfand, aber die Worte zu hören, machte es zur Wirklichkeit.

Auch wenn sie glücklich sein sollte, dass er so fühlte wie sie, wartete Sid auf die Reaktion ihres Drachen.

Zuerst saß ihr Tier nur da und sagte nichts. Dann, nach ein paar weiteren Sekunden ergriff es das Wort. *Verlier ihn nicht.*

Sie sollte auf Nummer sicher gehen, aber Sid hatte es satt, auf Zehenspitzen um ihren Drachen herumzuschleichen. *Warum?*

Ihr Tier erhob sich. *Er ist gut für uns.*

Uns?

Ihr Drache grunzte. *Du hast mich gehört. Was gut für dich ist, ist gut für das Baby. Jage ihn nicht aus Angst weg.*

Ich mache mir mehr Sorgen, dass du ihn verlässt, sobald das Baby geboren ist.

Ich werde ihn nicht verlassen. Ich mag ihn.

Sid wählte ihre nächsten Worte sorgfältig aus. *Er bleibt nur, wenn wir zusammenarbeiten. Ich dachte, du wolltest das Kind nehmen und fliehen?*

Ihr Drache hielt inne und sagte dann, *Ich mochte das Spiel. Wenn ich allein gehe, wird es langweilig.*

Also überlegst du es dir noch einmal?

Vielleicht, vielleicht auch nicht. Verlier ihn nur nicht!

Die Bedeutung der Aussage ihres Drachen entging Sid nicht. Sie konnte tatsächlich eine Chance haben.

Als sie in Gregors graue Augen starrte, bemerkte sie, dass er nervös ihre Antwort abwartete. Das Gespräch mit ihrem Drachen war zwar ein großer Schritt, aber er verblasste im Vergleich zu dem, was sie für den Drachenmann vor sich empfand. Sie war es satt, immer auf Nummer sicher zu gehen, und flüsterte: „Ich liebe dich auch."

Einer seiner Mundwinkel zuckte hoch. „Bist du dir sicher, Mädel? Ich kann dir mehr Zeit geben, wenn du sie brauchst."

Sie runzelte die Stirn. „Da gehe ich ein Risiko ein, und du neckst mich."

Er berührte ihre Wange, und seine rauen Finger gegen ihre Haut lösten etwas von ihrer Spannung. „Du hast dich verkrampft, sobald deine Pupillen zu blitzen begonnen haben. Ich wollte dir helfen, ein bisschen zu entspannen. Schließlich bin ich dein Leibarzt."

„Jetzt hör auf, mein Arzt zu sein, und sei einfach der Mann, der mich liebt. Und der sollte mich küssen – jetzt sofort."

Gregor beugte sich hinunter, bis seine Lippen ein Flüstern von ihren entfernt waren. „Ich wünschte, wir hätten Zeit für mehr als nur einen Kuss, aber du solltest wissen, dass das nur ein Vorgeschmack auf das ist, was kommen wird."

Er hinderte sie daran zu antworten, indem er seine Lippen auf ihre drückte. Bei dem Kontakt summte ihr Drache, und Sid schlang ihre Arme um seinen Hals.

Sie neigte den Kopf und öffnete den Mund, um seine Zunge aufzunehmen. Er neckte und streichelte und mit jedem Zungenschlag schmolz Sid ein wenig mehr gegen ihren Drachenmann. In dem Moment, als ihre Brustwarzen seine Brust berührten, stöhnte sie.

Gregor nahm ihren Po und drückte sie gegen sich. Das Gefühl seines harten Schwanzes an ihrem Bauch ließ Nässe zwischen ihre Beine rauschen.

Mit einem Knurren zog Gregor sich zurück. Sid blinzelte ein paarmal, bevor sie fragte: „Warum hast du aufgehört?"

„Wenn ich dich noch länger geküsst hätte, hätte ich dich in dein Büro getragen, dir die Klamotten runtergerissen und dich genommen."

Das Bild, wie sie auf ihrem Schreibtisch saß und ihre Beine gespreizt hatte, während Gregor in sie pumpte, machte ihre Haut noch heißer.

Ihr Drache meldete sich zu Wort. *Aber der Junge.*

Bei der Erwähnung von Brendan rauschte Eis durch ihre Adern. Sie räusperte sich und flüsterte: „Wir werden es definitiv später versuchen, aber nicht, bis wir das mit unserem jungen Patienten geklärt haben."

„Genau, Liebes. Ansonsten hätten mich nicht einmal tausend Drachenjäger vor den Toren davon abhalten können, dich zu beanspruchen."

Sie hob die Brauen. „Ich bezweifle, dass das stimmt, aber wir werden später über bessere Übertreibungen sprechen. Vorerst musst du mir sagen, was an dieser Suppe so besonders ist."

Gregor drückte ihre Pobacke. „Dein Engagement für deine Patienten ist einer der vielen Gründe, warum ich dich liebe."

„Gregor", knurrte sie.

„Aye, die Suppe. Trahern hat durch eine botanische Forschungsorganisation Informationen über die *Drachenseele* gefunden. Er ist zuversichtlich, dass er den Gegenagenten gefunden hat."

„Das ist also nicht garantiert? Wird es Brendan schaden?"

Gregor schüttelte den Kopf. „Nein. Selbst wenn es der Droge nicht entgegenwirkt, ist es für Drachenwandler harmlos."

„Wie schnell wird es wirken?"

„Er ist sich nicht ganz sicher."

„Und Trahern sagte, ich soll es trotzdem versuchen?"

Er nickte. „Ja, dank dieser Menschenfrau. Seine perfektionistischen Tendenzen scheinen zu verblassen, wenn sie im Raum ist."

Sid neigte den Kopf. „Ich habe so meinen Verdacht, was die beiden angeht, aber jetzt ist nicht der richtige Zeitpunkt."

„Da stimme ich dir zu. Ich habe vor, dich zu beanspruchen, und zwar lange, bevor wir uns Zeit nehmen, über Trahern und seinen Menschen zu sprechen." Er schmiegte sich an ihre Wange. „Ginny wird dir eine Portion derselben Suppe bringen."

„Aber was ist mit dem Baby?"

„Da es auch in anderen Formeln verwendet wird, wissen wir, dass es harmlos ist", sagte Gregor.

Sid sprach mit ihrem Drachen. *Was möchtest du tun?*

Ich bin überrascht, dass du mich fragst.

Das Drachenschlafmittel und deine Gefangenschaft waren außerhalb meiner Kontrolle und deiner. Diesmal möchte ich, dass du ein Mitspracherecht hast.

Ihr Tier hielt inne, und Sid fragte sich, ob sie all ihre Fortschritte rückgängig gemacht hatte.

Ihr Drache schlug endlich mit dem Schwanz. *Sogar von meinem Gefängnis aus habe ich gesehen, wie du zum Medizinstudium gegangen bist und dann Medizin praktiziert hast. Das Gegenmittel sollte sicher sein. Versuch es.*

Danke.

Er schnaubte, ließ sich nieder und schwieg.

Sid sah zu Gregors Blick zurück. „Wir werden es versuchen."

Gregor lächelte. „Aye, nun, dann gehen wir besser zurück ins Zimmer. Je eher Ginny nicht mehr aufpassen muss, desto eher kann sie deine Dosis holen."

Sie nickte. Sie liebte die Tatsache, dass Gregor keine Garantien oder falsche Hoffnungen machte.

Sid hatte Glück, wenn es um ihren wahren Gefährten ging.

Gregor schlang einen Arm um ihre Taille und

führte sie zurück in Brendans Zimmer. Mit klopfendem Herzen fragte Sid sich, wie sie den Jungen bei Laune halten konnte, bis Ginny ihre Dosis brachte. Aber dann sah sie Brendans gerümpfte Nase, als er einen Löffel Suppe aß, und sie musste sich auf die Lippe beißen, um nicht zu lachen.

Ginny sagte: „Na, na, die Suppe ist gar nicht so schlecht. Als ich noch ein Kind war, hat uns unser Arzt alle möglichen üblen Dinge zum Probieren gegeben. Du solltest dankbar sein."

Brendan fragte: „Wie alt bist du?"

„Alt genug. Und jetzt iss deine Suppe. Sie schmeckt besser warm als kalt."

Sid fügte hinzu: „Sie hat recht, weißt du. Ich würde mich beeilen und sie essen, wenn ich du wäre."

„Das musst du ja sagen", antwortete Brendan. „Aber wenn sie so gut ist, warum hast du dann keine?"

„Oh, das werde ich, sobald Schwester Ginny mir welche holt." Sid nickte Ginny zu, und die Schwester verließ das Zimmer. „Willst du wieder mit deinem Drachen befreundet sein?" Brendan nickte, und Sid fuhr fort: „Dann sollte jeder Löffel dieser Suppe helfen."

„Okay", sagte er, bevor er einen großen Löffel nahm.

Als Sid neben Gregor stand und den kleinen Jungen beobachtete, konnte sie sich leicht vorstellen, wie sie dasselbe mit ihrem eigenen Kind taten, wenn es krank war.

Und zum ersten Mal glaubte Sid wirklich, dass sie in Brendans Alter für ihr Kind da sein würde.

Fünf Stunden später konnte Sid kaum aufrecht stehen. Obwohl die Suppe sie schläfrig gemacht hatte, hatte sie weiter Brendan und dann Molly Caruso geholfen. Beide Patienten waren stabil und berichteten, dass ihre Drachen fast wieder ihr altes Selbst waren. Während beide noch ein paar Tage bleiben würden, um sicherzustellen, dass das Heilmittel dauerhaft wirkte, war Sid zuversichtlich, dass es ihnen gut gehen würde. Sie würde Brendan vermissen, aber sie wollte ihn nicht länger als nötig von seinen Eltern fernhalten.

Außerdem musste sie nur Geduld haben. Sie und Gregor würden ihr eigenes Bündel habe, ehe sie wussten, wie ihnen geschah. Auch wenn Sid keine Chance gehabt hatte, nach ihrem eigenen Drachen zu sehen, der in ihrem Hinterkopf schnarchte, war sie hoffnungsvoll.

Als sie an ihrer Bürotür ankam, stand Gregor da und wartete. „Ich bringe dich nach Hause."

Bevor sie nicken konnte, hob Gregor sie auf seine Arme. Sie sah ihn stirnrunzelnd an. „Was machst du denn?"

„Du bist nicht nur erschöpft, du machst auch die

Jessie Donovan

Wirkung des Arzneimittels durch. Als dein Arzt sage ich, du musst von den Füßen kommen."

Zu müde, um zu argumentieren, lehnte sich Sid an seine Brust und murmelte: „Nur dieses eine Mal werde ich mich nicht wehren. Ich fühle mich, als könnte ich tausend Jahre schlafen."

„Hoffen wir, dass du das nicht so lange tust, Liebes. Du würdest nicht nur die Geburt unseres Kindes verpassen, sondern auch sein ganzes Leben."

Sie seufzte. „Nimm nicht alles so wörtlich. Das ist irritierend."

Gregor lachte. „Ich werde nie aufhören, dich zu ärgern, Cassidy."

Sie kuschelte sich an seine Brust und antwortete: „Aus welchem Grund auch immer, aber ich hoffe es."

„Darauf werde ich vielleicht später noch einmal zurückkommen. Ich habe so das Gefühl, dass du dich nicht daran erinnern wirst, was gerade passiert."

„Das werde ich", murmelte sie. Es wurde immer schwieriger, ihre Augen offenzuhalten. „Bring mich einfach nach Hause und halt mich fest, Gregor. Ich denke, dass wir uns das nach einem Tag wie heute verdient haben."

„Wie meine Frau wünscht." Er küsste ihre Stirn und flüsterte: „Jetzt ruh dich aus. Ich werde nach dir sehen und auf dich aufpassen, bis es dir besser geht."

Umgeben von der Hitze und dem Geruch ihres Mannes schloss Sid die Augen. Während sie seinem Atem und dem Herzschlag lauschte, schlief sie ein.

Kapitel Dreiundzwanzig

Am nächsten Tag öffnete Sid die Augen zu dem schwachen Licht, das durch das Fenster strömte. Sie hatte keine Ahnung, wieviel Uhr es war, aber das vergaß sie schnell, als sie Gregors schlafendes Gesicht anstarrte.

Er war zu ihr gedreht, sein Mund offen und die Augen geschlossen. Selbst im Schlaf hatte er seine Hand auf ihrer Hüfte in einer gleichzeitig schützenden und besitzergreifenden Geste.

Und Sid machte es nichts aus. Gregor war ihr wahrer Gefährte und ihre Liebe. Sie würde seine Drachennatur nicht vollkommen ablehnen. Sie vertraute darauf, dass er wusste, wann er sich wie ein Alpha verhalten und wann er sie loslassen sollte. Er hatte seit seiner Ankunft mehr als gezeigt, dass er dazu fähig war, und scheute sich nicht davor, eine weniger aufregende Aufgabe zu übernehmen, um sie tun zu lassen, was getan werden musste.

Natürlich müsste sie auch Kompromisse eingehen. Mit der fortschreitenden Schwangerschaft
würde Gregor unruhig werden. Seinen Beschützerwahn zuzulassen könnte ihm helfen, zu überwinden,
was mit seiner Gefährtin passiert war. Sid würde
auch auf sich achten müssen. Zum Glück hatte sie
jetzt jede Menge zusätzliche Hilfe in der Klinik.

Es war erstaunlich, was wenige Wochen mit
ihrer alten Routine anstellen konnten.

Sids Drache streckte sich in ihrem Hinterkopf.
Sid schob alle anderen Gedanken beiseite und hielt
den Atem an. Sie hatte keine Ahnung, ob es zu früh
war, um zu entscheiden, ob das Medikament, das sie
eingenommen hatte, wirkte oder nicht.

Ihr Tier gähnte und meldete sich zu Wort: *Ich
weiß, dass du wach bist. Warum sagst du nichts?*

*Ich war mir nicht sicher, ob du mit mir reden
willst.*

Ihr Drache hielt inne und fragte schließlich: *Darf
ich ehrlich sein?*

Das will ich mehr als alles andere.

*Auch wenn ich immer noch wütend bin über
meine Gefangenschaft, ist mein Zorn auf dich
verblasst. Du warst bewusstlos, als die anderen uns
das Drachenschlafmittel gegeben haben.*

Sid hielt inne, um ihre Gedanken zu sammeln.
Sie wollte nicht zu verzweifelt oder zu hoffnungsvoll
klingen. *Wenn ich gewusst hätte, was passieren
würde, hätte ich es nie zugelassen.*

Das glaube ich dir. Ich weiß nicht, warum ich so

rachsüchtig war. *Ich habe Lärm gemacht und gebrüllt, um dir zu sagen, dass ich da war und dass ich frei sein wollte. Sobald ich frei war, hätte ich glücklich sein sollen.*

Es war die Droge der Drachenritter-Drohne, die deinen emotionalen Zustand beeinflusst hat. Aber nichts davon ist mehr wichtig. Ich freue mich einfach darauf, was wir in Zukunft erreichen können.

Wir werden unseren Gefährten und unser Kind haben. Das wird uns beschäftigt halten.

Sid lächelte. *Das wird es. Wir werden aber auch dafür sorgen, dass wir Spaß haben. Das hast du dir verdient.*

Gregors Stimme unterbrach eine Antwort. „Du lächelst, während du mit deinem Drachen redest. Das ist ein gutes Zeichen."

Nachdem sie so viele Jahre nicht mit ihrem Tier gesprochen hatte, überlegte Sid, ob sie Gregor um ein wenig Zeit allein mit ihrem Drachen bitten oder ihre kostbare Freizeit mit ihrem Gefährten genießen sollte.

Ihr Drache meldete sich. *Ich werde hier sein. Wir haben nicht genug Zeit mit unserem Gefährten verbracht. Ich sage: Necke ihn und lass ihn betteln.*

Sie lachte. *Mir gefällt die Idee.*

Gregor ergriff erneut das Wort. „Was ist denn so lustig?"

Sie stützte den Kopf auf die Hand und antwortete: „Mein Drache."

Er sah ihr in die Augen. „Also ist es besser?"

„Wie du sagen würdest: Aye, ist es." Sid legte ihre freie Hand an Gregors Hüfte und streichelte ihn. „Mein Tier hat auch eine andere Idee."

Gregor legte seine Hand auf ihre Pobacke. Die Hitze seiner Hand verbrannte ihre Haut und schoss direkt zwischen ihre Oberschenkel.

Ihre Augen bewegten sich zu seinem vollen Mund, und sie konnte ihren Gefährten fast schmecken.

Ihr Drache knurrte. *Warte nicht zu lange!*

Die raue Stimme ihres Drachenmanns füllte den Raum. „Ich hoffe, dass diese Idee dich und mich in diesem Bett einbezieht."

Er rollte herum, bis er auf ihr lag. Da sie beide nackt waren, konnte ihr sein harter Schwanz, der an ihren Bauch gepresst war, nicht entgehen. „Vielleicht", antwortete sie.

Mit einer Hand zwischen ihnen beiden liebkoste er ihre Brust und knetete sanft. „Die Zeit für Spiele ist vorüber, Liebes. Es ist schon viel zu lange her, seit ich dich das letzte Mal beansprucht habe." Er zwickte ihren Nippel, und Sid hielt den Atem an. „Aber im Gegensatz zu dem Rausch habe ich vor, die Dinge diesmal langsam anzugehen."

Ihr Drache summte. *Ja, ja, beeil dich.*

Sie öffnete ihre Beine und rieb sich an Gregors Schwanz. „Dann sollten Sie besser anfangen, Herr Doktor."

Mit einem Knurren küsste er sie.

Während Gregor mit Cassidys Brust spielte und die Innenseite ihres Mundes streichelte, wollte er nur in sie hineinstoßen und seine Gefährtin dazu bringen, seinen Namen zu schreien.

Doch er nahm jedes bisschen, das er an Willenskraft besaß, zusammen und starrte in die braunen Augen seiner Gefährtin. „Ich liebe dich."

Sie lächelte und fuhr mit der Hand durch sein Brusthaar. „Ich liebe dich auch." Ihre Hand wanderte weiter hinunter, bis sie seinen Schwanz packte. Er zischte, als sie ihn drückte. „Jetzt zeig mir, wie sehr."

Sein Drache knurrte. *Hör auf, Zeit zu verschwenden, und verschlinge sie richtig.*

Ausnahmsweise, Drache, bin ich einverstanden.

Er knabberte an Cassidys Unterlippe. „Sobald du meinen Schwanz loslässt, werde ich deine harten Nippel lutschen und mich nach unten arbeiten. Dein Orgasmus liegt in deinen Händen."

Sie schnaubte und ließ ihn los. „Ich hoffe nicht."

Er grinste. „Vielleicht nächstes Mal." Sie öffnete den Mund, doch er beugte sich vor und zog ihren Nippel in den Mund, bevor sie antworten konnte.

Während er an dem straffen Gipfel knabberte und leckte, stöhnte Cassidy und bog sich in seine Berührung. Weil er nicht wollte, dass sich ihre andere Brust vernachlässigt fühlte, ließ er die eine los und machte sich an die andere. Während er sie neckte und an ihr knabberte, rollte er mit einer seiner Hände ihren anderen sensiblen Knoten zwischen den Fingern.

Jedes Mal, wenn Cassidy einatmete, wurde sein Schwanz härter.

Sein Drache summte. *Ja, mach weiter! Ich möchte mich an dem Honig zwischen ihren Beinen laben.*

Bei dem Gedanken an den moschusartigen Geschmack seiner Gefährtin hob Gregor mit einem Knurren den Kopf. Cassidys Pupillen blitzten auf, und es brauchte alles, was er hatte, um sie nicht zu fragen, ob es ihr gut ging. Wenn etwas nicht stimmte, würde sie sich äußern. Er musste ihr vertrauen.

Er küsste sich ihren Körper hinunter, hielt an ihrem Unterbauch an und drückte einen Kuss über ihr heranwachsendes Kind.

„Gregor."

Bei der Zärtlichkeit in Cassidys Stimme blickte er auf. „Ich weiß, Liebes. Ich weiß." Er streichelte die Innenseite ihrer weichen Schenkel und murmelte: „Deshalb sollten wir die Zeit genießen, die wir haben, bevor wir ein Kleines haben, das alle paar Stunden schreit."

Einer von Tristans Mundwinkeln zuckte nach oben. „Warum redest du dann noch? Brauchst du Zeit, um dich vorzubereiten, alter Mann? Vierzig soll ja das neue Dreißig sein, aber vielleicht nicht in deinem Fall."

Er biss ihr vorsichtig in die Innenseite des Ober-schenkels. „Freches Frauenzimmer."

Er rieb seine stoppelige Wange an Cassidys Innenschenkel, und sie entspannte sich erneut mit einem Seufzen.

Sein Drache knurrte. *Genug geredet. Beeil dich und fick unsere Gefährtin mit unserer Zunge.*

Mit Vergnügen.

Gregor machte sich an Cassidys Pussy und hauchte langsam zwischen ihre Falten. Sie öffnete ihre Beine weiter und wackelte einladend mit den Hüften.

Beim Anblick ihres geschwollenen rosa Fleisches zerbrach Gregors Zurückhaltung, und er leckte langsam ihren Schlitz.

Sie schmeckte verdammt fantastisch.

Ja, ja, mehr, drängte sein Tier.

Gregor nahm Cassidys Schenkel, stieß seine Zunge in sie und pumpte hinein und hinaus. Seine Gefährtin war schon heiß und feucht für ihn.

Und wenn er etwas dazu zu sagen hätte, würde kein anderer Mann jemals die Perfektion von Cassidy Jackson schmecken.

Er nahm seine Zunge heraus und zog sie zu ihrer Klitoris, berührte sie aber nicht. Er kreiste ein paarmal um die geschwollene Knospe, bevor Cassidy knurrte: „Hör auf, mich zu necken!"

Anstatt zu antworten, hauchte er langsam auf ihre feste Knospe. Cassidy krallte die Finger in die Laken, und er entschied, dass er sie genug geärgert hatte. Nachdem er einmal ihre Klitoris geleckt hatte, saugte er sie zwischen seine Zähne und sorgte sich sanft um das geschwollene Fleisch. Cassidy stöhnte: „Härter!"

Er stieß zwei Finger in ihre Pussy, und endlich gab er nach. Als seine Gefährtin schrie, krallte sie sich an seine Finger und hielt sich fest, während Gregor weiter an ihrem Fleisch knabberte. Erst als sie aufgehört hatte, sich zu verkrampfen, hörte er auf und labte sich an ihrem Orgasmus.

Sein Drache brüllte. *Wir haben es auf deine Art gemacht. Jetzt fick sie mit unserem Schwanz.*

Gregor hob den Kopf und fragte: „Bist du bereit, meinen Namen nochmal zu schreien, Liebes?"

Sid konnte kaum zwei Gedanken aneinanderreihen, als Gregor sie fragte, ob sie bereit sei, seinen Namen noch einmal zu schreien. Ihr ganzer Körper fühlte sich knochenlos und entspannt an, auf eine Weise, an die sie sich nicht erinnern konnte.

Ihr Drache meldete sich zu Wort. *Wir haben später noch Zeit zu entspannen und zu schlafen. Ich will seinen Schwanz in uns. Es ist schon zu lange her.*

Waren doch nur ein paar Tage.

Wir sollten ihn jeden Tag beanspruchen.

Sid antwortete ihrem Gefährten schließlich, indem sie ihre Beine spreizte. „Ich bin mehr als bereit."

Mit einem Knurren positionierte Gregor seinen Schwanz und stieß bis zum Anschlag hinein.

Sid stöhnte und griff nach Gregors Schultern. Er beugte sich hinab, damit sie seine warme Haut berühren konnte. „Bitte, Gregor. Spiel keine Spielchen. Ich möchte jetzt, dass du mich fickst."

Ihr Drache grunzte. *Wir sollten ihn betteln lassen.*

Sids Antwort wurde abgeschnitten, als Gregor ihre Lippen in einem rauen Kuss nahm. Er bewegte seine Hüften, und sein Schwanz füllte sie auf köstliche Weise.

Er erhöhte sein Tempo, während seine Zunge gegen ihre streichelte. Da sie mehr von seiner Haut fühlen musste, strich sie ihre Hände über seinen Rücken zu seinen festen Pobacken und grub ihre Nägel hinein. Gregor knurrte in ihren Mund und bewegte seine Hüften schneller, bis das Bett wackelte.

Sie liebte es, dass er sich nicht zurückhielt.

Eine seiner Hände schlängelte sich zwischen ihre Körper und strich über ihre Klitoris. Sie stöhnte, als sein rauer Finger hin und her rieb, was den Druck mit jedem Mal erhöhte.

Sid war nahe dran.

Als könnte er ihre Gedanken lesen, drückte er gegen ihre Klitoris, und Lichter tanzten hinter ihren Augen, als die Lust durch ihren Körper schoss. Im nächsten Moment hielt Gregor in ihr inne. Sein Orgasmus schickte Sid in einen weiteren, der sie dazu brachte, Gregors Namen zu schreien.

Als sie endlich von ihrem Hoch herunterkam, brach Gregor auf ihr zusammen.

Für etwa eine Minute atmeten beide heftig und sagten nichts. Doch Sid schlang langsam ihre Arme um Gregors Rücken. Er rollte sich auf die Seite, nahm sie mit, zog ihn aber nicht heraus.

Seine grauen Augen waren auf halbmast und voller Liebe und Hitze. Als er ihre Wange streichelte, erkannte Sid, wie glücklich sie war. Ein Mann liebte sie, sie hatte ihren Drachen, sie konnte weiterhin Medizin praktizieren, und bald bekam sie ein Kind.

Noch vor einem Monat hätte Sid nie geglaubt, dass sie nach 24 Jahren Schmerz endlich das Glück ergreifen könnte.

Gregors Stimme war rau, als er sagte: „Erzähl mir, was du gerade denkst, Liebes."

Sie legte eine Hand auf seine Brust und räusperte sich, um die Emotionen zu beseitigen, bevor sie antwortete: „Nur, dass ich glücklich bin."

„Warum klingst du so überrascht? Du, mehr als die meisten, verdienst etwas Glück."

„Ich weiß. Aber es ist nicht lange her, dass ich mich darauf eingestellt habe, allein und wahnsinnig zu sterben." Sie zog Figuren über seine Brust. „Und hier bin ich mit dem Mann, den ich liebe, und einer Zukunft vor mir. Daran werde ich mich erst einmal gewöhnen müssen."

Er küsste sie vorsichtig. „Dann werde ich mich mehr bemühen müssen, dich zum Lächeln zu bringen." Er streichelte eine ihrer Brüste. „Ich denke, sobald sich die Dinge beruhigt haben, kann ich mich an erotischen Statuen versuchen."

„Gregor."

Er senkte die Stimme. „Die natürlich nur du und ich sehen werden."

Sie schüttelte den Kopf und lächelte schließlich. „Ich schätze, ich könnte es als Erpressung benutzen, für den Fall, dass du aus der Reihe tanzt."

Er knurrte. „Das würdest du nicht."

Sie grinste. „Natürlich würde ich das nicht. Aber es macht Spaß, dich zu necken."

Er knabberte an ihrer Unterlippe. „Vielleicht habe ich einen schlechten Einfluss auf dich."

Sie strich ihre Hand an seiner Seite hinab und packte eine seiner Pobacken. „Du warst genau das, was ich brauchte, Gregor Innes. Egal, wie sehr ich seufze oder den Kopf schüttele, verändere dich nie. Ich liebe dich."

Er lehnte seine Stirn gegen ihre. „Ich liebe dich auch, und ich will dir zeigen, wie sehr."

Als Gregor sie wieder unter sich rollte und ihr Bein um seine Taille hakte, konnte Sid nicht aufhören zu lächeln.

Aber dann bewegte ihr Gefährte seine Hüften, als er an ihrer Brust saugte, und Sid verlor alle Gedanken. Sie griff sein Haar mit ihren Fingern und zog ihren Drachenmann zu sich.

Es dauerte nicht lange, bis sie erneut seinen Namen schrie.

Kapitel Vierundzwanzig

Zwei Tage später betraten Gregor und Cassidy Brams Cottage, um ein Zimmer voller Menschen vorzufinden.

Gregor erkannte alle außer einer menschlichen Frau neben Evie mit Haaren, die oben dunkel und in den Spitzen blau waren.

Cassidy stellte sich auf ihre Zehenspitzen und flüsterte: „Das ist Dr. Alice Darby, Evies Freundin."

Bram ergriff das Wort. „Aye, das Alice. Alice Darby, das ist Gregor Innes, der früher zum Clan Lochguard gehörte, aber leider bald ein Teil des Clan Stonefire sein wird."

„Bram", knurrte Cassidy.

Grinsend drückte Gregor seine Frau enger an seine Seite. „Mach dir keine Sorgen, Liebes. Bram sagt es mit Liebe."

Bram seufzte, aber Kai Sutherland, Stonefires oberster Beschützer, sprang ein. „Ihr zwei könnt später scherzen. Im Moment müssen wir etwas erledigen."

Gregor sah Kai in die Augen. „Etwas? Hat es was mit Medizin zu tun?"

Kai schüttelte den Kopf. „Nein. Brendan ist sicher nach Glenlough zurückgekehrt, und Molly Caruso ist ihr altes Ich."

Cassidy bat: „Erzähl uns einfach, was los ist, Kai. Du weißt, ich hasse es, wenn jemand um den heißen Brei herumredet."

„Zuerst gibt es ein Update zu der gesamten Drachenritter-Rekrutierungssache. Arabella MacLeod hat es geschafft, das Message Board abzuschalten und einige der Leute zu finden, die in dem Thread gepostet haben", antwortete Kai.

Gregor hob die Brauen. „Nicht alle?"

Bram schüttelte den Kopf. „Nein. Mehr als einige von ihnen wussten, wie man seine Spuren beseitigt."

Evie sprang ein. „Aber zumindest ist der Drogencocktail jetzt offline."

„Aye, ist er. Aber jeder, der ihn gesehen hat, bevor es ausgeschaltet wurde, könnte sich seine eigene Version ausdenken und erneut zuschlagen", sagte Bram. Er sah zu Gregor und Cassidy. „Da kommt ihr beide ins Spiel. Ich möchte, dass ihr so viele Drachenwandler-Ärzte wie möglich kontaktiert und ihnen das Heilmittel für diese Droge weitergebt."

Cassidy runzelte die Stirn. „Unsere Verbündeten

werden kein Problem sein, aber die anderen könnten uns Arbeit machen."

Gregor fügte hinzu: „Aber wir werden uns etwas einfallen lassen. Cassidy und ich wollen ohnehin eine Organisation gründen, in der alle Drachen-wandler-Ärzte Informationen austauschen." Gregor nickte in Trahern Richtung. „Vorausgesetzt, Lewis bleibt und hilft in der Klinik, dann sollten wir in der Lage sein, alles zu klären."

„Ich werde nirgendwo hingehen", erwiderte Trahern.

Gregor meinte, es habe zum Teil mit der mensch-lichen Forscherin an seiner Seite zu tun.

Bram sagte: „Gut, dann ist eine Sache geregelt. Die nächste hat mit Emily und Alice zu tun und dem Grund, weshalb sie hier sind. Das MDA hat zuge-stimmt, dass beide auf Versuchsbasis bleiben können, sofern beide Menschen Informationen mit dem MDA austauschen." Bram richtete seinen Blick auf Sid. „Ich habe ihnen meine Antwort noch nicht gege-ben. Ich muss wissen, ob es in Ordnung ist, dass Emily weiter im Labor arbeitet und ihre Ergebnisse an das MDA weitergibt."

Gregor fragte sich, warum Bram die Zukunft der beiden Menschen mit ihnen diskutierte.

Sein Drache ergriff das Wort: *Es ist ein Zeichen von Dominanz und Macht. Bram hat die Verantwor-tung. Die Menschen müssen das verstehen.*

Schätze schon. Zum Glück gibt Cassidy nicht nach, nur um die Gefühle von jemandem zu schonen.

Und deshalb lieben wir sie.

Gregor widersetzte sich einem Schnauben, als Cassidy antwortete: „Die neue MDA-Direktorin hat mir noch keinen Grund gegeben, ihr zu misstrauen. Es ist jedoch riskant, alles zu teilen. Emily wird sich Tag für Tag unser Vertrauen verdienen müssen, und es gibt ein paar Dinge, über die ich das MDA noch nicht informieren möchte." Sie sah zu Emily. „Wie du dir vorstellen kannst, könnten einige Geheimnisse viele Drachenwandler das Leben kosten."

Trahern runzelte die Stirn, aber Emily sprach zuerst. „Das verstehe ich vollkommen. Ich vertraue Trahern, aber auch Stonefire muss sich mein Vertrauen verdienen."

Nun, es schien, als hätte Emily Davies ein Rückgrat. Sie würde sich wahrscheinlich gut in Stonefire machen, was ein Problem sein könnte, wenn andere Männer ihr nachstellten, während Trahern die Frau noch verehrte.

Sein Drache schnaubte. *Nicht unser Problem.*

Brams Stimme hinderte Gregor daran zu antworten. „Gut. Alice weiß bereits, was sie tun muss, um auch bleiben zu können, nämlich, ihre Beobachtungen über den Clan einreichen. Damit bleibt nur noch eine letzte Sache zu diskutieren." Bram sah zu Gregor und dann zu Cassidy. „Ihr zwei müsst über eure Zukunft entscheiden."

Sid hatte gewusst, dass das Thema irgendwann aufkommen würde, aber sie konnte immer noch nicht anders, als die Stirn zu runzeln. „Gregors und meine Zukunft geht nur uns etwas an."

Bram antwortete: „Aye, das mag sein. Ohne eine Paarungszeremonie wird Gregors Transfer jedoch in den Händen des MDA liegen."

Gregor knurrte: „Das MDA sollte nichts überstürzen."

Evie meldete sich: „Ich denke, ihr beide solltet diese Angelegenheit allein besprechen. Ich bin sicher, Bram kann euch einen Tag geben, um darüber nachzudenken."

Bram seufzte. „Sie hat recht. Ich kann euch einen Tag geben, aber nicht mehr."

Gregor nahm Sids Hand. „Sind wir hier fertig?"

„Aye, wir sind hier fertig", sagte Bram. „Aber ich muss morgen wieder mit euch beiden reden."

Sid nickte. „Verstanden."

„Wenn ihr uns dann entschuldigen würdet", sagte Gregor, während er Sid aus dem Raum zog.

Als sie sich zur Tür machten, ergriff Sids Drache das Wort. *Du solltest ihn einfach paaren. Er ist unser wahrer Gefährte.*

Das will ich mehr als alles andere. Aber ich werde diese Entscheidung nicht vor einem Raum voller Menschen treffen.

Gute Idee. Gregor sollte dafür arbeiten.

Sid schnaubte. Da sie draußen waren, hob Gregor die Augenbrauen und fragte: „Was?"

„Ich sage nur, dass du froh sein solltest, dass ich das Sagen habe und nicht mein Drache." Gregor führte sie von der Klinik und ihrem Cottage weg. „Wohin gehen wir?"

Er grinste. „Das ist eine Überraschung."

„Ich weiß nie, ob ich glücklich oder besorgt sein sollte, wenn es um deine Überraschungen geht."

„Oh, die hier wird dir gefallen. Das verspreche ich."

Sie erwartete halb, dass er sie zur Lichtung brachte, wo er ihr seine Drachengestalt gezeigt hatte. Gregor steuerte jedoch stattdessen einen der Übungslandeplätze an, die für die Kinder genutzt wurden.

Ihr Magen drehte sich. Sie hoffte, er würde sie nicht bitten, das zu tun, was sie dachte.

Grunzend richtete ihr Drache sich in ihrem Kopf hoch auf. *Warum nicht? Wir fliegen beide gern.*

Wir haben es seit über zwei Jahrzehnten nicht getan. Ich würde mich lieber nicht vor Gregor zum Narren machen.

Er wird uns trotzdem lieben. Wenn überhaupt etwas, wird er unser größter Cheerleader sein.

Bei dem Gedanken an Gregor mit Pompons und in einem amerikanischen Cheerleader-Outfit, musste sie laut lachen.

„Ich bin mir nicht sicher, ob ich wissen will, was in deinem Kopf vor sich geht. Aber ich bin froh, dass du wieder mit deinem Drachen auskommst."

Ihr Tier schnaubte. *Wenn er mich in all meiner*

Herrlichkeit sieht, wird er sehen, wie mächtig und majestätisch ich bin. Dann wird er nicht denken, dass ich etwas vorhabe.

Sie gingen um die Kurve, und Sid blieb abrupt stehen.

Mehrere geschnitzte Holzstatuen in Formen von Drachen und Pferden bis hin zu Löwen umringten einen großen Bereich in der Mitte des Übungsgeländes. In der Mitte war ein rechteckiger Holzblock.

Sie sah zu Gregor, und er erklärte: „Ich werde deine Drachengestalt in diesen Holzblock schneiden. Aber um das zu tun, muss ich ihn erst sehen."

„Gregor."

Er zwinkerte. „Schließlich wird es mir die Chance geben, dich auf respektable Weise nackt zu schnitzen."

Sie schüttelte den Kopf. „Und das war's mit dem Moment."

Er nahm ihre Taille und zog sie an seinen Körper. „Ich mache Momente, Liebes. Jeder kann romantisch sein, aber nur wenige können es mit einem Stück Holz machen und über Nacktschnitzereien reden."

Einer von Sids Mundwinkeln zuckte nach oben. „Ich gebe zu, du bist originell."

„Also, wirst du deinen Drachen mit mir teilen?"

Sid zögerte einen Moment lang und ihr Tier ergriff wieder das Wort. *Ich bin bereit. Vertraust du mir?*

In den Tagen, seit sie das Heilmittel aus

Drachenseele genommen hatte, war ihr Drache nichts anderes als angenehm und ehrlich gewesen. Es würde einige Zeit dauern, eine Freundschaft aufzubauen, die von absoluter Ehrlichkeit und Vertrauen geprägt war, aber einer von ihnen musste den ersten Schritt machen.

Sid atmete einmal tief durch und antwortete *Ja. Lass es uns versuchen.*

Gregor schmiegte sich an ihre Wange. „Ist das ein Ja?"

Sie lächelte ihren Mann an. „Solange du versprichst, nicht zu lachen, wenn ich nicht einmal in die Luft springen kann, dann werde ich meinen Drachen mit dir teilen."

Er küsste sie. „Liebes, ich werde hier sein, um dich zu unterstützen. Mein Charme wird draußen und bereit sein. Selbst wenn du flach auf dein Gesicht fällst, werde ich dich in kürzester Zeit wieder zum Lächeln bringen."

„Manchmal frage ich mich, warum ich dich liebe."

„Weil ich unwiderstehlich bin und ein ziemlich guter Fang."

Sid versetzte ihm einen Klaps auf seine Brust und deutete mit der Hand zur Seite. „Gib mir nur Platz zum Wandeln."

Nach einem weiteren Kuss tat Gregor, worum sie gebeten hatte, und Sid trat in die Mitte des Statuenkreises.

Ihr Magen brannte, als sie Jacke und Oberteil

auszog. Sie war so nervös wie beim ersten Mal, dass sie sich als Kind vollständig gewandelt hatte.

Ihr Drache meldete sich zu Wort. *Hab keine Angst. Ich bin sicher, was man einmal gelernt hat, vergisst man nie.*

Mach nur nichts Verrücktes. Unsere Muskeln werden schwach sein, und eine falsche Bewegung könnte uns Tage oder Wochen lang am Boden halten.

Ich weiß, ich weiß. Hör auf, wie eine Ärztin zu denken, und nimm mich an.

Sid wollte gerade schon sagen, dass es unmöglich war, den Arztteil aus ihr zu nehmen, als sie Gregors Holzblock erreichte. Der Gedanke, wie er stundenlang liebevoll ihre Drachengestalt schnitzte und sie dann stolz präsentierte, löste ihre Nervosität. Hatte er gewusst, dass seine Gabe so sehr helfen würde?

Ihr Tier grunzte. *Vermutlich. Er ist doch überschlau.*

Ja, das ist er, aber keiner von uns würde es anders wollen.

Sid drehte sich zu Gregor um, zog den Rest ihrer Kleidung aus und ging ein paar Schritte vom Holzblock zurück, damit sie ihn nicht zerbrechen konnte. Ihr Mann nickte ihr zu, und sie nickte zurück. Sid atmete tief durch und stellte sich vor, dass ihre Arme zu Vorderbeinen wuchsen, ihre Nase sich zu einer Schnauze dehnte und ihre Flügel und ihr Schwanz sich von ihrem Rücken erstreckten.

Für ein paar Sekunden passierte nichts. Dann blendete sie alle Gedanken aus, ließ ihren Drachen die Kontrolle übernehmen, und ihr Körper begann zu wandeln.

Die Kombination aus Lust und Schmerz lief durch ihren Körper, als sie in ihre grüne Drachengestalt wandelte. Auch wenn der Wandel länger dauerte, als sie es aus ihrer Teenagerzeit in Erinnerung hatte, stand Sid schließlich auf vier Gliedmaßen da und riss ihre Flügel hinter sich hoch.

Ihr Tier meldete sich zu Wort. *Siehst du? Wir haben uns daran erinnert, wie man wandelt.*

Sid begegnete Gregors Blick und sah, wie stolz ihr Gefährte auf sie war. Seine Unterstützung gab ihr das Vertrauen, sich hinzuhocken und in den Himmel zu springen.

Sid schlug einmal mit den Flügeln, gewann aber keine Kraft. Sobald sie jedoch ihrem Drachen erlaubte, die Kontrolle zu übernehmen, schlugen ihre Flügel in einem gleichmäßigen Rhythmus, als sie in den Himmel stiegen.

Sie war nicht mehr als dreißig Meter in der Luft, als ihre Flügelmuskeln anfingen zu schmerzen. *Wir müssen wieder landen.*

Ihr Drache knurrte. *Noch nicht. Es ist zu früh.*

Wenn wir es nicht tun, wirst du länger nicht Gelegenheit haben zu fliegen, als dir lieb ist.

Nach einer Sekunde seufzte ihr Tier. *Schön, aber wir müssen daran arbeiten, unsere Stärke wieder aufzubauen.*

Stimmt.

Als Sid zurück zum Landebereich glitt, achtete

sie darauf, den Statuen am Boden auszuweichen. Die Herausforderung war gering, aber gut. Als ihre Beine endlich die Oberfläche berührten, überschwemmte ein Gefühl der Erfüllung ihren Körper. *Wir haben es geschafft!*

Natürlich. Du musst aufhören, daran zu zweifeln.

Gregor näherte sich ihnen und klopfte ihr auf die Brust. „Sogar dein Drache ist hübsch. Ich bin ein glücklicher Drachenmann."

Ihr Drache brüstete sich in ihrem Geist, aber Sid ignorierte ihn, um Gregor in die Krallen eines ihrer Vorderbeine zu nehmen und ihn auf Augenhöhe zu heben. Gregor zuckte nicht mal mit der Wimper, als er ihre Schnauze streichelte. „Nutz meine Gestalt jetzt ruhig aus, denn wenn du erst einmal wieder in Form bist und fliegst, werden du und ich uns ein paar Herausforderungen stellen." Sie blies Luft aus ihren Nasenlöchern, und Gregor grinste. „Das ist nicht kindisch. Außerdem müssen wir üben für dann, wenn unser Kleiner älter ist. Wenn er oder sie wegfliegt, müssen wir hinterherjagen können."

Es war wieder typisch für ihren Gefährten, eine logische Erklärung für Spaß zu finden.

Ihr Drache meldete sich zu Wort. *Ich mag ihn. Ich glaube, er wird in Zukunft auf meiner Seite sein.*

Dann muss ich einfach unser Kind auf meine kriegen. Aber im Moment haben wir ein paar Dinge mit unserem Mann zu besprechen. Ist es okay, jetzt zurückzuwandeln?

Es gefällt mir, dass du mich fragst. Ja, wenn wir nicht mehr fliegen, dann können wir genauso gut wandeln. Schließlich müssen wir zustimmen, Gregor zu paaren.

Ich dachte, du willst, dass er dafür arbeitet?

Nach seiner Überraschung auf dem Landeplatz, glaube ich, hat er es sich verdient.

Sid wollte lächeln. *Stell nur sicher, dass du sein Ego nicht zu oft aufbläst, okay?*

Ihr Drache schnaubte, und Sid nahm das als Antwort ihres Tiers.

Sie stellte Gregor wieder auf den Boden und bedeutete ihm zurückzutreten. Sobald er in sicherer Entfernung war, stellte sie sich vor, dass ihre Flügel schrumpften, ihre Beine sich verkürzten und ihre Schnauze sich wieder in ihr Gesicht verformte. Wenige Augenblicke später stand sie wieder nackt in ihrer menschlichen Gestalt da.

Bevor sie den Mund öffnen konnte, legte Gregor ihr die Jacke um die Schultern und zog sie an sich. „Du hast das brillant gemacht, Liebes."

Sid hob ihre Brauen. „Bist du auch ehrlich? Denn ich hatte das Gefühl, als würde ich herumflattern, bevor ich in die Luft steigen konnte. Ich glaube nicht, dass das so hübsch war."

„Perfektion ist langweilig, Cassidy. Ich ziehe es vor, zuzusehen, wie du mit der Zeit stärker wirst und dich verbesserst. Denn, dass du mir deinen Fortschritt zeigst, heißt, du vertraust mir."

„Natürlich vertraue ich dir. Ich würde nicht fast

nackt mitten auf einem Landeplatz stehen, wenn ich es nicht täte."

„Apropos, wir müssen dich reinbringen." Er gab ihr einen schnellen Kuss. „Wir haben noch ein paar weitere Dinge zu besprechen!"

Sie neigte den Kopf. „So? Und was wäre das?"

„Sei nicht albern, Mädel. Ich will dich als meine Gefährtin und werde alles tun, um dich davon zu überzeugen, mich zu akzeptieren."

„Wenn ich mich recht erinnere, hast du mich vorher abgelehnt."

„Aye, nun, das tue ich nicht mehr. Ich will dich als meine Gefährtin, Cassidy Jackson. Würdest du mir die Ehre erweisen?"

Ihr Herz trommelte in ihrer Brust, als sie Gregor in die Augen starrte. Sie wollte Ja schreien und den Rest des Tages im Bett feiern. Aber es gab noch eine letzte Sache, die sie zuerst angehen musste. „Unter einer Bedingung."

„Aye?"

„Bring mich nach Hause, lass mich mich anziehen und erzähl mir mehr über deine Schwester."

Er runzelte die Stirn. „Was hat Nora mit unserer Paarung zu tun?"

Sid hob eine Hand an Gregors Wange. „Alles, Gregor. Das ist die letzte Barriere zwischen uns, und ich will, dass sie weg ist."

„Wenn ich dir also von Nora erzähle, wirst du meine Gefährtin?"

„Vorausgesetzt, du beantwortest alles zu meiner Zufriedenheit, dann ja."

„Gut, dann lass uns gehen. Ich möchte der Welt zurufen, dass du mir gehörst, und Bram bitten, die Paarungszeremonie so schnell wie möglich zu arrangieren."

Gregor hob Sid hoch und rannte in Richtung Cottage. Als sie sich an seine warme Brust kuschelte, bemerkte sie kaum die Kälte. Der Mann, den sie liebte, war mehr, als sie sich je erhofft hatte. Sie konnte es auch kaum erwarten, allen zu sagen, dass Gregor Innes ihr gehörte.

Als Gregor Tee machte, wartete er, bis Cassidy hinunter kam, um zu reden. Zugegeben, er würde lieber nicht über seine tote Schwester sprechen, aber wenn es der einzige Weg wäre, um sicherzustellen, dass sie Bram um eine Paarungszeremonie bitten würden, würde er es tun.

Sein Drache seufzte. *Du hast es lange genug für dich behalten. Ich weiß, du willst über Nora reden und Erinnerungen wiederbeleben. Es ist nicht gut, alles für sich zu behalten.*

Ich wollte nie irgendjemanden belasten.

Aber bei Cassidy ist es anders.

Aye, ich will alles über sie wissen, und es ist nur fair, dass auch ich teile.

Allein die Erinnerung an Cassidys schöne grüne

Drachengestalt brachte ihn zum Lächeln. Es war nicht leicht gewesen, seine Statuen ohne das Wissen seiner Frau nach Stonefire schicken zu lassen, aber Layla hatte es für ihn hinbekommen.

Der Gedanke an Lochguards neue Oberärztin bereitete ihm Heimweh.

Sein Drache ergriff das Wort: *Wenn wir eine Paarungszeremonie haben, können wir viele unserer Freunde wiedersehen.*

Er hatte keine Gelegenheit zu antworten, als Cassidy in der Tür erschien. Sie trug vielleicht nur eine Yogahose und ein langärmliges Oberteil, aber sie war immer noch schön für ihn.

Mit einem Lächeln setzte sich Cassidy an den Tisch. „Ich könnte mich daran gewöhnen, dass du mich so ansiehst."

Er stellte eine Tasse Tee vor Cassidy und setzte sich dann neben sie. Er nahm mit einer Hand ihren Nacken und sagte: „Selbst, wenn du an einer seltenen Krankheit erkranken solltest, die dein Gesicht mit Pusteln bedeckt, werde ich dich immer so ansehen."

Sie schnaubte und nahm ihren Tee. „Lass uns hoffen, dass es nicht so weit kommt."

Sein Drache grunzte. *Hör auf, das Gespräch hinauszuzögern. Ich will, dass sie zustimmt, so schnell wie möglich unsere Gefährtin zu werden.*

Gregor drückte sanft ihren Nacken. „Also, was möchtest du wissen?"

Cassidy sah ihm in die Augen. „Ich möchte nur,

dass du mir mehr von ihr erzählst. Sie war dir wichtig, was bedeutet, dass sie mir wichtig sein sollte."

„Du weißt schon, dass meine Schwester gerne Bücher las und drinnen blieb."

„Ja, aber was war, als ihr Kinder wart? Habt ihr beide je Ärger gemacht? Die kleinen Details erwecken einen Menschen zum Leben, Gregor. Da ich Nora nie kennenlernen konnte, würde ich sie gerne durch dich kennenlernen."

„Ich glaube, sie hätte dich gemocht, trotz eurer unterschiedlichen Persönlichkeiten." Er lächelte liebevoll. „Nora mag still gewesen sein, aber sie war stur. Und zwar so sehr, dass sie, als sie eine bestimmte Vogelkolonie besuchen wollte und unsere Eltern sich weigerten, zu mir kam. Ich war fünfzehn und sie dreizehn. Wir haben uns beide unbesiegbar gefühlt."

Cassidy neigte den Kopf. „Habt ihr es geschafft?"

„Nicht wirklich." Gregor grinste. „Wir haben uns verirrt und uns schließlich in einem Wald versteckt. Da es in Schottland war, hat es natürlich geregnet. Es dauerte ein paar Stunden, bis wir endlich die Niederlage eingestanden und unsere Eltern angerufen haben. Sagen wir einfach, dass die Sicherheit nach unserem Missgeschick für ein paar Monate verschärft wurde und keiner der jüngeren Drachenwandler darüber glücklich war."

Obwohl Gregor und seine Schwester unterschiedlich waren, hatten sie einander nahegestanden. Der Gedanke, nie das lächelnde Gesicht seiner

Schwester zu sehen, geschweige denn ihre Tochter, die genau wie Nora ausgesehen hatte, drückte sein Herz.

Cassidys Stimme gewann seine Aufmerksamkeit. „Es tut mir leid, dass ich sie nicht kennenlernen kann. Wie auch immer, du kannst mit mir über sie reden, wann immer du willst, Gregor. Wir werden ihr Gedächtnis am Leben erhalten."

Als er seiner Frau in die Augen starrte, verliebte sich Gregor erneut in sie. „Vielen Dank, Liebes. Ich werde einige Zeit brauchen, um vollständig zu akzeptieren, dass sie nicht mehr da ist, aber ich werde das Angebot auf jeden Fall annehmen."

Sie legte ihre Hand an seinen Bizeps. „Wenn wir ein Mädchen bekommen, können wir es auch Nora nennen, wenn du willst."

„Wir werden sehen, Liebes. Wir haben noch viele Monate, um uns für einen Namen zu entscheiden. Apropos, du solltest dich ausruhen. Es ist schon lange her, dass du geflogen bist, und dein Körper wird bald wehtun."

Sie hob die Brauen. „Aber du vergisst etwas ganz Wichtiges."

Sein Drache schnaubte. *Wie konntest du vergessen, sie paaren zu wollen?*

Gregor erwiderte: „Nun, ich dachte, das sei schon entschieden. Ich habe über Nora gesprochen und deine Bedingung erfüllt, also hast du zugestimmt, mich zu paaren."

„Deine romantische Ader kommt und geht, wie ich sehe."

Gregor nahm die Tasse Tee aus Cassidys Händen, stellte sie auf den Tisch und kniete vor ihr nieder. „Mein hübsches Mädel, würdest du mir die Ehre erweisen, meine Gefährtin zu werden?"

Belustigung tanzte in ihren Augen, als sie antwortete: „Schätze schon." Er knurrte, und sie lachte. „Natürlich paare ich dich, Gregor Innes. Beeil dich und küss mich, um den Deal perfekt zu machen!"

Ohne ein weiteres Wort nahm er Cassidys Lippen und ließ keinen Zweifel daran, dass der Deal zwischen ihnen perfekt war.

Kapitel Fünfundzwanzig

Sid blickte noch einmal aus der Tür an der Seite der großen Halle, aber nichts hatte sich geändert. Der ganze verdammte Clan und mehr als ein paar Leute aus Lochguard waren schick gekleidet und warteten auf ihre Paarungszeremonie.

Sie schloss die Tür und konnte es immer noch nicht glauben, dass sie mit Gregor gepaart werden würde. Nicht nur das, sondern auch mit einem Baby in ihrer Zukunft.

Ihr Tier meldete sich zu Wort. *Wir haben es verdient.*

Da werde ich dir nicht widersprechen, aber bei allem, was in den letzten anderthalb Monaten passiert ist, kann ich immer noch nicht glauben, dass es real ist.

Ich schon. Es ist schön, nicht eingesperrt zu sein.

Es tut mir leid, Drache, das tut es wirklich.

Ihr Tier schnaubte. *Hör auf, dich zu entschuldi-*

gen. *Wir haben bereits darüber gesprochen und es hinter uns gelassen. Konzentrier' dich auf die Zeremonie. Sobald wir damit fertig sind, können wir mehr Zeit mit dem Flugtraining verbringen.*

Sid lächelte. *Du und das verdammte Fliegen. Du wirst bald noch waghalsige Manöver durchführen, oder?*

Natürlich. Ich muss Gregors Drachen besiegen.

Sie schüttelte kaum merklich den Kopf. Ein Klopfen an der Tür verhinderte, dass sie antwortete. „Ich bin's, Sid."

Sie öffnete die Tür und ließ Bram herein. Als die Tür mit einem Klick ins Schloss fiel, sprach er weiter. „Ich wollte nur nach dir sehen."

Sie verdrehte die Augen. „Ich werde nicht ohnmächtig werden oder umfallen, wenn Gregor dir das gesagt hat."

„Ich habe mehr Vertrauen in dich als das. Aber in letzter Zeit ist viel passiert, und ich muss sicherstellen, dass es meiner Chefärztin gut geht." Sein Gesichtsausdruck wurde sanfter. „Du bist das Herz des Clans, Sid. Wenn du einen Rückzieher machen willst, sag es nur, und ich werde alle verjagen."

„Du willst nur den ‚nervigen Schotten' loswerden, wie du es ausdrückst."

Er seufzte. „Vielleicht. Finn wird mich noch in ein frühes Grab bringen."

„Ach, hör auf. Dein Blutdruck ist besser, und du hast Pausen gemacht. Evie hat sogar erwähnt, dass du jemanden suchst, der dir bei den Clanführer-

Aufgaben hilft. Finn wird dich nicht töten, obwohl er dich vielleicht nervt."

„So viel zum Thema, meinen Arzt auf meiner Seite zu haben."

Sie hob die Brauen. „Ich bin doch auf deiner Seite. Aber du kannst ihn schon ein oder zwei Tage lang ertragen."

Bram lächelte. „Ich freue mich, dich glücklich zu sehen und wieder dein altes Ich, Sid. Du hast den heutigen Tag definitiv verdient." Jemand bereitete den Dudelsack vor, und Bram verzog das Gesicht. „Das ist dein Zeichen. Ich hoffe, du trödelst nicht. Diese verdammten Dinger sollten gesetzlich verboten werden."

„Das werde ich nicht. Glaub mir, ich will Gregor Innes für mich."

Bram packte ihre Schulter und drückte. „Ich bleibe in der ersten Reihe, wenn du mich brauchst."

Obwohl er zu beschützend war, nickte sie. „Danke, Bram." Der Dudelsack wurde lauter. „Du gehst jetzt besser, oder wer weiß, wie laut das noch werden kann."

„Gut, dann bin ich jetzt weg."

Bram küsste ihre Wange und verließ den Raum.

Sid richtete sich auf und atmete einmal tief durch. Obwohl sie jeden Tag mit anderen arbeitete, war sie es nicht gewohnt, im Mittelpunkt der Aufmerksamkeit zu stehen. Hoffentlich verlor sie nicht den Kopf.

Ihr Drache meldete sich erneut zu Wort. *Natür-*

lich kannst du das. Und jetzt beeil dich und beanspruche unseren Gefährten.

Mit der Ermunterung ihres Drachen öffnete Sid
die Tür und ging auf das Podest vorn in der großen
Halle zu.

Gregor stand in seiner kiltartigen traditionellen Kluft
an der Seite des Raumes und wartete darauf, dass
Cassidy sich zeigte. Da die Zeremonie um Mittag
beginnen sollte und es ein paar Minuten drüber war,
hoffte er, dass sie keine Bedenken hatte.

Sein Drache seufzte. *Natürlich nicht. Siehst du
Bram aus dem Zimmer kommen? Es ist seine Schuld.*

Bram sah Gregor in die Augen und nickte.
Gregor erwiderte die Geste. Die beiden Männer
kamen allmählich miteinander zurecht, obwohl
Gregor wusste, dass er Bram nie so nahe stehen
würde wie Finn.

Sein Tier meldete sich zu Wort. *Das ist in
Ordnung. Selbst wenn Bram kein enger Freund ist,
wird er uns immer beschützen. Er kümmert sich um
Cassidy wie um eine Schwester.*

Ich weiß. Es ist einfach anders, das ist alles.

Bevor sich weitere Zweifel in seinen Kopf schleichen konnten, trat Cassidy in ihrem tiefblauen traditionellen Kleid aus dem Nebenraum, und er hörte
auf zu atmen.

Das dunkelblaue Kleid hing über einer Schulter

und ließ die Schulter ihres tätowierten Arms frei.
Die Farbe brachte ihre helle Haut zum Leuchten.
Als ihre Augen auf seine trafen, waren sie voller
Hitze und einem Hauch von Belustigung. Die
Dudelsackmusik wurde lauter, und ihr Mundwinkel
zuckte hoch.

Er ging zu ihr und schob einen ihrer Arme in
seinen, während er bemerkte: „Du siehst hübsch aus,
Mädel."

„Du siehst auch nicht schlecht aus."

Sie lächelten einander einen Moment lang an,
bevor sie den Gang hinunter zum Podest gingen.
Gregor bemerkte kaum seine Freunde und Familie
auf den Sitzen. Er stand kurz davor, ein zweites Mal
gepaart zu werden.

Vor nicht allzu langer Zeit hätte er an seiner
Entscheidung gezweifelt oder um das Leben seiner
neuen Gefährtin gefürchtet. Cassidy hatte sich
jedoch in sein Herz geschlichen und ihn auch etwas
zur Vernunft gebracht. Bis jetzt war alles normal an
ihrer Schwangerschaft, und sie hatte versprochen, im
weiteren Verlauf vorsichtig zu sein.

Wegen ihrer Ermutigung freute er sich auf seine
Zukunft mit seiner Gefährtin und seinem Kind. Er
würde nie seine erste Gefährtin vergessen, aber er
wusste, dass sie sein Glück gewollt hätte.

Nachdem sie die Treppe hinaufgegangen waren,
traten Gregor und Cassidy in die Mitte des Podests,
wo eine offene Schachtel auf dem Tisch stand. Darin
lagen ihre silbergravierten Paarungsbänder.

Sie standen einander mit ineinander liegenden Händen gegenüber, und die Dudelsackmusik verstummte. Der Raum wurde still, Gregor räusperte sich, erhob seine Stimme und sagte: „Ich hätte nie gedacht, dass ich das Glück hätte, eine zweite Chance zu finden. Während ich meine Gefühle eingemauert und mein Leben der Medizin gewidmet habe, war ich entschlossen, für den Rest meiner Tage allein zu sein. Aber dann kam eine sachliche Frau in mein Leben, und so sehr ich es auch versuchte, ich konnte ihrer Stärke nicht widerstehen. Sie hatte einen Willen, den sich nur wenige vorstellen können, und ihre eigenen inneren Schlachten zu kämpfen. Trotzdem war sie entschlossen, mir zu helfen. Bald haben wir einander geholfen, und ich wusste, dass sie mir das Herz stehlen würde. Und es dauerte nicht lange, bis ich mich in die kluge, engagierte und fürsorgliche Frau vor mir verliebte. Ich stelle mir eine Zukunft vor, in der wir in allen Bereichen des Lebens zusammenarbeiten – vom Praktizieren der Medizin, darüber, dass wir uns gegenseitig zwingen, eine Pause einzulegen, bis hin zum Versuch, uns mit lächerlichen Wettbewerben zu übertreffen."

Ein paar Leute lachten im Publikum, aber Gregor bemerkte es kaum. „Ich liebe dich, Dr. Cassidy Jackson. Würdest du mir die Ehre erweisen, meinen Anspruch anzunehmen und meine Gefährtin zu werden?" Sie nickte, und Freude rauschte durch seinen Körper. Irgendwie schaffte er es, den silbernen Armreif mit seinem Namen in der alten Drachensprache zu nehmen und ihn vorsichtig um den Bizeps ihres nicht tätowierten Arms zu legen.

Sowohl Mann als auch Tier gefiel es, ihren Namen am Arm ihrer Gefährtin zu sehen – Cassidy Jackson gehörte ihnen für immer.

Cassidy richtete sich auf, als ihre Stimme ertönte. „Zu sagen, dass ich ein Workaholic war, wäre eine Untertreibung. Aber da mir sehr viel an meinem Clan liegt, hat es mir nichts ausgemacht. Ich hätte nie erwartet, einen Gefährten zu nehmen, geschweige denn Mutter zu sein. Ich hatte das lange akzeptiert, aber dann kam ein bestimmter schottischer Drachenmann in mein Leben, und ich hatte Schwierigkeiten, ihn zu vergessen. Er kam sogar, um zu helfen, als ich ihn am meisten brauchte. Er hat nicht nur mein Herz gefangen, sondern auch das meines Drachen. Ohne Gregor Innes wäre ich heute keine ganze Drachenfrau. Ich liebe es, dass er mit mir arbeitet, anstatt zu versuchen, meine Praxis zu übernehmen, und trotzdem hat er keine Angst, mir zu sagen, wann ich eine Pause machen muss. Mit ihm an meiner Seite genieße ich das Leben wieder. Der Gedanke, ein Kind mit ihm großzuziehen, ist eines der größten Geschenke."

Ein paar Leute im Publikum seufzten, und Cassidy fuhr fort: „Ich liebe dich, Dr. Gregor Innes. Wirst du meinen Anspruch annehmen und mein Gefährte werden?"

„Natürlich tue ich das, Liebes."

Lächelnd schob Cassidy den silbernen Armreif mit ihrem Namen in der alten Drachensprache um seinen Bizeps. Sobald das getan war, zog er sie an sich und küsste sie. Obwohl er vielleicht nicht der erste Mann war, der das tat, wäre er der letzte. Er würde seine Ärztin nie gehen lassen.

Sids Herz trommelte in ihren Ohren, als sie das Paarungsband um Gregors Bizeps schob. Sie bereute es nicht, aber vor dem Clan zu stehen, stellte ihre Nerven mehr auf die Probe, als sie gedacht hätte.

Doch als Gregors Lippen ihre berührten und er sanft an ihrer Unterlippe knabberte, verlangsamte sich ihr Herz. Die Menge verblasste. Gregor Innes hatte ihre volle Aufmerksamkeit.

Als er sie näher an seinen Körper zog, beruhigte sie sich noch mehr. Sie machte sich keine Gedanken darüber, dass seine Hand über ihren Rücken strich, bis er auf ihrer Pobacke liegenblieb. Sie unterbrach den Kuss, um zu flüstern: „Hör auf!"

Er zwinkerte. „Ich konnte nicht anders. Ich brauchte etwas, das mich bis später über Wasser hält."

Unfähig, einem Lächeln zu widerstehen, sagte sie: „Mach das nur nicht vor unseren Anführern oder deiner Nichte."

Bei der Erwähnung von Gregors Nichte Fiona nickte er. „Wir sollten uns wahrscheinlich wieder der

Menge stellen und die Runde machen. Je eher wir fertig sind, desto eher kann ich mit dir rausschleichen."

„Denk nicht einmal daran, mich aus der großen Halle zu tragen."

Er zwinkerte. „Es ist schwer, zu schleichen, wenn man eine andere Person trägt. Diesmal bist du sicher."

Sie schnaubte, und ihr Drache ergriff das Wort. *Er macht immer Spaß.*

Ermutige ihn nicht zu sehr.

Bevor ihr Tier antworten konnte, wandten sie und Gregor sich allen zu, die sich in der Halle versammelt hatten, und es erhob sich ein Jubel.

Alles andere war verschwommen, als sie die Treppe hinabstiegen und sofort von Bram und Finn begrüßt wurden. Finn sprach als Erster. „Schön zu sehen, dass du es geschafft hast, ohne dass Sid die Flucht ergriffen hat."

Gregor grunzte. „Ein Glückwunsch hätte genügt."

Finn schlug ihm auf den Arm. „Glückwünsche sind langweilig." Er richtete seinen Blick auf Sid. „Obwohl ich der Dame gratulieren werde." Er senkte die Stimme. „Und pass auf unseren Arzt auf, okay? Er muss lernen, ab und zu ein bisschen locker zu lassen."

Sie lächelte. „Angesichts seiner Vorliebe für Tücher und Nacktstatuen weiß er, wie man sich entspannt."

Finn grinste Gregor an. „Oh, aye? Das höre ich zum ersten Mal."

Bram sprang ein. „Angesichts deiner Vorliebe zu necken bin ich überrascht, dass dir überhaupt irgendjemand peinliche Dinge erzählt."

Finn deutete auf Bram. „Mach dir keine Sorgen, Bram. Ich arbeite noch an dir. Nicht, dass Arabella in diesem Bereich eine große Hilfe wäre."

Arabella war gezwungen gewesen, wegen ihrer fortgeschrittenen Schwangerschaft in Lochguard zu bleiben, sodass Sid beschloss, für sie auf Finn aufzupassen. „Es gibt viel wichtigere Dinge im Leben, um die man sich Sorgen machen muss, wie zum Beispiel, wie man mit Drillingen umgeht und gleichzeitig den Clan leitet."

Finn seufzte. „Natürlich musstest du das ansprechen."

Gregor legte einen Arm um Sids Taille. „So sehr ich auch gerne weiter plaudern würde, es gibt noch viele andere Leute, mit denen wir reden müssen."

Finn legte eine Hand über sein Herz. „Du hast mich verletzt, Gregor." Er zwinkerte. „Aber Bram zu beschäftigen, wird mich unterhalten. Kommt nur einfach nochmal bei mir vorbei, bevor du mit deiner Gefährtin verschwindest. Ich reise in ein paar Stunden zurück nach Lochguard, damit ich auf Arabella aufpassen kann."

„Erstick sie nicht, Finn", sagte Sid.

„Ich versuche es, obwohl ich meine Natur nicht vollständig kontrollieren kann." Finn deutete auf die

Menge. „Geht! Es gibt einige besondere Gäste, die darauf warten, mit euch zu sprechen."

Sid wusste, dass er Harry und Fiona Chisolm meinte.

„Wir sehen euch dann später", antwortete Gregor, bevor er Sid von Finn und Bram wegführte.

Sid sah sich um und entdeckte Evie mit Melanie und Tristan MacLeod. All ihre Kinder, außer Eleanor in Evies Armen, spielten zu ihren Füßen.

Als sie aus dem Augenwinkel sah, wie Gregor die Menge überflog, entschied Sid, dass sie später mit Evie und Melanie sprechen würde. Ihr Gefährte würde sich erst wohlfühlen, wenn sie mit Harry und Fiona gesprochen hatten.

Gregor zeigte auf den Rand des Raumes, wo Harry mit seiner Tochter saß, und sagte: „Lass sie uns erwischen, bevor sie versuchen zu fliehen. Selbst wenn sie hier wohnen werden, wird Harry immer noch einen Weg finden, sich zu verstecken."

„Natürlich. Ich bin so froh, dass sie kommen konnten."

„Finn musste etwas Überzeugungsarbeit leisten, aber am Ende hat er es geschafft. Bei all seiner neckenden Natur ist ihm der Clan doch wirklich wichtig."

Sie lehnte sich gegen ihn. „Keine Sorge, wir werden versuchen, Lochguard so oft wir können zu besuchen."

Er sah zu ihr hinab. „Habe ich dir in letzter Zeit eigentlich gesagt, dass ich dich liebe?"

„Vor ein paar Minuten." Sid grinste. „Aber du kannst es so oft sagen, wie du willst, in Maßen. Wenn du anfängst, es unaufhörlich zu sagen, werde ich dich schlagen. Ich weiß schließlich, wie man einen erwachsenen Mann zur Strecke bringt."

Er hob die Brauen. „Oh, aye? Möchtest du mir einen Hinweis geben, damit ich mich besser vorbereiten kann?"

„Keine Chance. Ich brauche ein oder zwei Geheimwaffen."

Gregor küsste ihre Wange und flüsterte: „Ich liebe dich wirklich, Cassidy", bevor er sie die letzten paar Meter zu Harry und Fiona führte.

Harry stand auf und nickte. „Hi, Gregor."

„Ist das eine Art, Familie zu begrüßen?" Gregor ließ Sid los, um den jüngeren Mann in eine Umarmung zu schließen.

Das kleine Mädchen neben Harry zog an Gregors Gewand. „Was ist mit mir, Onkel Gregor? Du hast mir eine extra große Umarmung versprochen, wenn ich komme."

Gregor ließ Harry los und ging in die Hocke. „Aye, das habe ich. Komm her!"

Als sie zusah, wie Gregor seine Nichte umarmte, konnte Sid nicht anders, als zu bemerken, dass das Mädchen in den Armen ihres Onkels lächelte.

Ein Umzug nach Stonefire wäre gut für sie.

Ihr Drache meldete sich zu Wort. *Natürlich ist es das. Wir werden auf sie aufpassen. Sie sind jetzt auch Familie.*

367

Ihr Tier hatte recht – Sid hatte neue Mitglieder in ihrer Familie. Sie wollte Harry und Fiona helfen, ihre Trauer zu überwinden und hoffentlich wieder Glück zu finden.

Gregor ließ Fiona los, und das Mädchen sah zu Sid auf. „Du bist meine neue Tante, oder?"

Sie hockte sich hin. „Ja, das bin ich. Du kannst mich Sid nennen."

„Ich bin Fiona", sagte das Mädchen, bevor es Sid umarmte.

Sie umarmte die Kleine und ließ sie dann los. „Nun, Fiona, möchtest du ein paar der anderen Kinder kennenlernen? Da hinten ist eine Gruppe mit Kindern ungefähr in deinem Alter."

Fiona stellte sich auf die Zehenspitzen. „Sind das alles Jungen?"

Sie biss sich auf die Lippe, um nicht über Fionas angewiderten Ton zu lachen. „Die meisten, aber nicht alle." Sie senkte die Stimme. „Aber zeig' den Jungs einfach, dass du das Sagen hast, und normalerweise hören sie zu."

„Wirklich?"

Sie nickte. „Wirklich. Denk dran, du bist das neue Mädchen, und jeder wird mit dir reden wollen. Der erste Eindruck ist alles, also lass dich nicht von einem der Jungs einschüchtern."

„Aye, ich werde versuchen, daran zu denken." Fiona nahm ihre Hand. „Bringst du mich hin?"

Sid sah zu Gregor. Mit seinen Augen voller Liebe und Wärme wusste sie, dass es ihm nichts ausmachte, wenn sie sich ein paar Minuten ihres Paarungstages nahm, um seiner Nichte beim Ankommen zu helfen. „Bin gleich wieder da."

„Aye, Liebes. Mach nur nicht zu lang."

Nach einem weiteren liebevollen Blick auf ihren Gefährten führte Sid Fiona in den Kinderbereich.

Mit der Liebe ihres Gefährten, Fionas Glauben und ihrem Drachen, den Sid nun wiederhatte, war sie eine der glücklichsten Drachenfrauen der Welt. Ihr Kampf war hart ausgefochten worden, und sie würde ihr Glück nie als selbstverständlich ansehen. Aber sie sollte verdammt sein, wenn sie es sich wieder durch die Finger gleiten ließe.

Schließlich hatte ihr Glücklich-bis-ans-Ende-ihrer-Tage gerade erst angefangen.

Epilog

Knapp acht Monate später

Sid steckte die Decke enger um ihren neugeborenen Sohn und murmelte: „Wir sind fast zu Hause, Wyatt."

Gregor streichelte ihr den Rücken. „Er ist ein kräftiger Junge und kann ein paar Minuten draußen ertragen. Wenn er sich mit so vielen Deckschichten um sich erkältet, dann wäre es sowieso passiert."

Sie schaffte es, den Blick von ihrem Sohn zu reißen, lange genug, um ihren Gefährten finster anzusehen. „Wenn man bedenkt, wie du mich in den letzten zwei Wochen so ziemlich auf Bettruhe gehalten hast, bin ich überrascht, dass du so entspannt bist, was Wyatt angeht."

Gregor strich ihrem Sohn über die Wange. „Ihr

seid beide am Leben und wohlauf. Außerdem hast du mir eingetrichtert, dass ich mir zu viele Sorgen mache. Ich versuche, den Anweisungen meiner Ärztin zu folgen."

„Ich hoffe wirklich, dass diese Selbstgefälligkeit nicht lange dauert. Das bereitet mir Unbehagen."

„So wenig Vertrauen, Liebes."

Er zog Sid fester an seine Seite, und sie seufzte. „Wenigstens hast du nicht wieder erwähnt, dass unser Sohn eines Tages ein Revolverheld werden könnte."

„Das war unser Deal – wir würden unseren Sohn nach deinem Bruder benennen, aber ich habe die freie Wahl, dich deswegen aufzuziehen."

Sie zeichnete die Formen auf der Decke um Wyatt herum nach. „Der Wilde-Westen-Druck auf der Decke ist ein bisschen viel."

„Oh, das soll es dir nur etwas leichter machen. Ich habe eine Überraschung für dich zu Hause."

„Was hast du gemacht, Gregor?"

Er zwinkerte. „Einfach abwarten und sehen."

Ihr Drache meldete sich zu Wort. *Ich mag Über- raschungen. Gregor hat die ungewöhnlichsten.*

Und genau das macht mir Angst.

Sie kamen jedoch an der Tür zu ihrem Cottage an, bevor Sid ihren Gefährten weiter befragen konnte. Er öffnete die Tür, aber als sie hineinblickte, hatte sich der Flur nicht verändert, seit sie Wehen bekommen hatte. „Wo ist jetzt diese Über- raschung?"

Gregor lachte. „Da ist aber jemand ungeduldig." Er führte sie die Treppe hinauf. „Komm."

Beim Hinaufgehen sagte Sid zu ihrem Sohn: „Willkommen zu Hause, Wyatt."

Ihr Baby schlief fest, aber Sid schwor sich in dem Moment, dass ihr Sohn immer ein liebevolles Zuhause haben würde. Egal, wie nervig Gregor manchmal sein konnte, er war ihr bester Freund und wahrer Gefährte. Zusammen könnten sie alles tun.

Gregor blieb vor Wyatts Zimmer stehen. „Die Überraschung ist da drin."

Da beide beschäftigt gewesen waren und Wyatts Zimmer nicht einrichten konnten, hätte es leer sein sollen. „Wenn du geschafft hast, es einzurichten, während ich in den Wehen war, könnte ich einfach beeindruckt sein."

Er legte eine Hand an ihren unteren Rücken. „Natürlich bin ich beeindruckend. Manchmal brauchst du einfach eine Weile, um das zu erkennen."

Sie schüttelte den Kopf, konnte aber nicht aufhören zu lächeln. „Öffne einfach die Tür."

„Wie meine Dame es wünscht."

Gregor gehorchte, und Sid blinzelte, als sie sah, was drinnen war.

Ein Wandgemälde zeigte, was sie für die Wüste von Arizona hielt, mit Kakteen und wilden Pferden in der Ferne. Einige Cowboys ritten wild im vorderen Teil des Bildes, aber im Gegensatz zu den meisten menschlichen Darstellungen des alten Westens flogen auch Drachen am Himmel.

Nachdem sie das Wandbild betrachtet hatte, bemerkte sie die Möbel und einige von Gregors Tier-schnitzereien, die im Raum standen. Als sie jedoch sah, was auf der Kommode stand, hielt sie an, um Gregors neueste Schnitzerei zu studieren. Es waren drei Drachen, die für ein Familienfoto posierten, und jeder trug einen kleinen Cowboyhut.

Ihr Tier schnaubte. *Ein Drache würde nie einen Hut tragen. Und ganz sicher keinen Cowboyhut.*

Das macht es ja so besonders.

Wenn du meinst.

Sie sah zu Gregor auf, und er hob die Brauen. „Also, was denkst du? Ich musste viele Gefallen einfordern, aber ich denke, es ist brillant geworden."

„Es war vielleicht nicht meine erste Wahl, aber weil ich weiß, wie viel Mühe du dir gemacht hast, liebe ich es."

Ihr Gefährte strahlte. „Harry sagte mir, ich sei verrückt, aber ich wusste, dass du es mit der Zeit mögen würdest." Er deutete auf die Drachen mit den Cowboyhüten. „Fiona hat die Hüte vorgeschlagen. Ich fand es eine großartige Idee."

Sie schmunzelte. „Klar, dass Fiona das vorschlagen würde." Das kleine Mädchen hatte vor ein paar Monaten angefangen, aus sich herauszu-kommen, und kam bei den jüngeren Kindern sehr gut an. „Aber so sehr ich deine Überraschung auch genieße, ich möchte, dass Wyatt eine Weile in unserem Zimmer schläft. Obwohl ich weiß, dass es irrational ist, möchte ich ihn noch nicht aus den Augen lassen."

Gregor nahm den Kopf ihres Sohnes in seine Hände. „Dem könnte ich nicht mehr zustimmen. Außerdem braucht er auch Zeit, um uns kennenzulernen."

Während sie so zusammenstanden und ihren Sohn anstarrten, blinzelte Sid ihre Tränen zurück. Auch wenn es Freudentränen waren, würde es ihren Gefährten verstimmen.

Außerdem wollte Sid trotz ihrer Erschöpfung und Schmerzen diesen Moment so lange genießen, wie sie konnte. Sie stand in einem Raum voller Drachen und Cowboys, mit ihrem Sohn in den Armen und ihrem Gefährten an der Seite, und das war mehr, als sie sich je erhofft hätte. Diese Erinnerung würde sie für den Rest ihres Lebens begleiten.

Es war jedoch erst der Anfang. Mit der Koordination anderer Drachenwandlerärzte und der Betreuung von Stonefire sowie ihrem Sohn, hatten Sid und Gregor noch viele weitere Erinnerungen zu schaffen.

Dem Drachen helfen

Stonefire Drachen #9

Teagan O'Shea ist eine der wenigen Drachenwandlerführerinnen. Obwohl ihr irischer Clan traditionell weibliche Anführer hat, mussten sie sich immer hinter einem männlichen Gesicht verstecken, um zu verhindern, dass die anderen Clans sie als schwächer ansahen und dann angriffen. Als die Wahrheit durchsickert, steht Teagan vor der Wahl: Die Führung einem Mann übergeben oder die Herausforderer zu einem Führungswettbewerb einladen und sich ihren Platz verdienen. Um zu beweisen, dass kein Penis erforderlich ist, um Anführer zu sein, entscheidet sie sich für Letzteres.

Aaron Caruso wird unter dem Deckmantel, die Beziehungen zwischen zwei Clans kitten zu müssen, nach Irland geschickt. Bei seiner Ankunft erfährt er jedoch die Wahrheit. Entschlossen, Teagans Platz zu sichern, damit er ihren verlockenden Augen und ihrer süchtig machenden Persönlichkeit entfliehen kann, bemüht er sich, ihr zu helfen, wie er nur kann. Eine Frau hat ihn schon einmal ausgenutzt, und er wird das nicht wieder durchmachen, egal, wie sehr ihn die irische Frau reizt.

Während die beiden gemeinsam an den Vorbereitungen für den Führungswettbewerb arbeiten, beginnen Aaron und Teagan, einander in einem neuen Licht zu sehen. Beide haben ihre eigene selbst auferlegte Einsamkeit und sehnen sich nach etwas, das sie nicht haben können. Können Aaron und Teagan nicht nur die Tradition ändern, sondern auch ihre Herzen öffnen? Oder werden sie beide dazu verdammt sein, allein zu leben, um ihre inneren Schlachten zu kämpfen?

Bücher von Jessie Donovan

Die Stonefire-Drachen

Dem Drachen geopfert

Den Drachen verführen

Die Drachen offenbaren

Den Drachen heilen

Den Drachen wiedererwecken

Vom Drachen geliebt

Dem Drachen ergeben

Vom Drachen geheilt

Dem Drachen helfen

Den Drachen finden

Vom Drachen ersehnt

Den Drachen überzeugen

Vom Drachen geschätzt

Dem Drachen Vertrauen - erscheint demnächst

Lochguard Highland Drachen

Das Dilemma des Drachen

Der Drachenwächter

Das Drachenherz

Der Drachenkrieger

Über die Autorin

Jessie Donovan hat mehr als eine halbe Million Bücher verkauft, Hunderttausende weitere kostenlos an ihre Leser*Innen verschenkt und es sogar auf die Bestsellerlisten der *NY Times* und *USA Today* geschafft. Sie ist vor allem für ihre Drachenwandler-Serie bekannt, schreibt aber auch über Elfenhexen, Vampire, Alien-Krieger und hat sogar eine verrückt-komische Liebesromanreihe aufgelegt, die in Schottland spielt. Wenn sie nicht gerade ein Buch liest, auf ihrem Laufband joggt oder mit nur wenigen Groschen in der Tasche durch ein fremdes Land reist, findet man sie oft auf Facebook oder TikTok, wo sie mit ihren Lesern interagiert. Sie lebt in der Nähe von Seattle. Dort regnet es zwar oft, doch der Regen macht auch alles grün.

Besuchen Sie ihre Website unter:

www.JessieDonovan.com

www.ingramcontent.com/pod-product-compliance
Lightning Source LLC
Chambersburg PA
CBHW020258030726
47499CB00001B/244